MEMORY HOUSE

记忆坊文化

荀午——著

重症监护室

ZHONG
ZHENG
JIAN
HU
SHI

II

江苏凤凰文艺出版社
JIANGSU PHOENIX LITERATURE AND
ART PUBLISHING, LTD

第一章

ZHONG ZHENG JIAN HU SHI

〔1〕

　　一上午，梅琳抢救了三个濒危病人：一个重症肺炎，两个急性心衰。中午，她回到办公室，打开抽屉看见那本红色证书的时候，才想起自己已经离婚了。此时此刻，忙得晕头转向的梅主任甚至记不清离婚的日子到底是哪一天，昨天，还是前天？

　　半年之前，儿子离家上大学，妻子又远在澳洲，妇科主任谢冬芳一下子变成了留守男人。正常情况下，上了年纪的妇科男大夫应该是婚外情的低危人群，因为他们中的很多人不是被身边的女同胞们同化成了娘娘腔，便是对女性的特殊部位产生了抵抗力。梅琳觉得，自己的丈夫老谢，似乎就属于第二种情况。所以，她从未担心过自己的婚姻会出现问题。

　　但是，人生往往有太多的意想不到。

　　那个女人相貌平平，身材一般，年龄跟自己不相上下，据说业务水平也很一般。喜新厌旧，是梅琳为丈夫出轨找到的唯一理由。

都说婚姻是女人的第二次投胎，梅琳却不这样认为，在她看来，婚姻犹如有着赏味期限的一锅汤，不管开头的味道多么鲜美，放久了都一样会变馊。

离婚对她来说，就像割掉了一个随时可能恶变的肿瘤，尽管当时受点苦遭点罪，却还不至于让它给自己的身心造成不可逆转的伤害。离婚，梅琳做出这个决定的速度，丝毫不比决定给心脏骤停的病人做CPR慢多少。ICU的女大夫，无论外表多么娇小柔弱，内里都是性情刚烈的女汉子。雷厉风行，决不拖泥带水，是她们一贯的做事风格。

从民政局办完手续，梅琳直接回了医院。刚进办公室，就接到何院长的电话。

"梅主任，上午的中层干部会议，你怎么没来参加？"何院长劈头盖脸地问。

"抱歉。"梅琳疲惫地靠在椅子上，哑声道，"我出去办点事，没来得及赶过去。"

何院长想起会上宣布梅琳任职却四处找不到她身影的尴尬处境，余怒未消地说："这个会就是向大家宣布，关于你重新接替ICU主任的事情，主角都不出场，这像话吗？什么事能比开会还重要？你到底干吗去了？"

"也不算什么重要的事。"梅琳知道搪塞不住，支吾道，"就是去了趟民政局……离了个婚。"

电话那边的何院长一愣，半晌才憋出一句："啊？你离婚了？"

"谢冬芳和那个江大夫的事情早在医院里传得沸沸扬扬，你不会不知道吧？"

何院长心虚地干笑两声，很明显，他早就知道了："你还好吧？用不用休假调整两天？"

"不用。"梅琳果断拒绝，干了这么多年ICU医生，她经历了许多风浪，见惯了生离死别，个性也逐渐变得坚硬冷漠，离婚这点小事，还不至于让她放下工作，为之劳心耗神。

梅琳觉得，那些离婚之后成了深闺怨妇的应该都是活得悠闲轻松的女人，像自己这样连上厕所都得小跑着去的，哪里还有时间顾影自怜。人生中还有很多比婚姻更重要的关乎生死的头等大事等着她去解决，正如此刻，病房的急救铃声又响起来。

3床病人，最终也没能救过来。

住进ICU之前，他就出现了呕血、黑便和黄疸等临终症状。癌细胞在他的体内迅速转移扩散，造成多脏器衰竭，医生已经几次给家属下了病危通知。ICU每天的治疗费用不菲，他的父母卖了老家的房子，还借债十多万元。

主治医生梅琳劝家属放弃治疗，因为癌症患者到了终末期，活在世上的每一分每一秒都是煎熬，靠药物和器材多维持几天生命，也改变不了他终究要走的事实，不如让他尽早解脱，结束痛苦。而且患者到了这种濒死状态，绝不会有奇迹发生，怎么努力都无济于事。

重症监护室是医院过度治疗最严重的部门，那些本该油尽灯枯凋零谢幕的生命，却因家人的不甘心不舍得，浑身被插上各种管子，拖着痛苦的病躯在这个世界上再多苟延残喘一时半会，多少家庭一夜之间从倾家荡产到负债累累，最后人财两空。

3床患者今年二十一岁，患的是胃腺癌，因为病情发现太晚，化疗和靶向药物都抑制不了癌细胞扩散。住院后两个月癌细胞就已全身多发转移，肝、肾、脑、淋巴……他身上的肿瘤由最初的一个变为现在的几十个。

他的父母都是进城打工的农民工，为了给儿子治病，花光了家里所有积蓄。癌症晚期的病人很痛苦，剧烈的疼痛让他们生不如死。被送到ICU时，病人的上半身就瘦得只剩一副骨架子，肋骨根根凸起，大量的腹腔积液把他的肚子撑得又大又硬，且伴有严重的双下肢浮肿，反复穿刺引流抽取腹水使他的身体更加虚弱。可是家属死活不同意放弃治疗。ICU每天仅有半个小时的探视时间，他们被隔绝在病房的大门外，打着铺盖卷苦守了两个礼拜。

最后，癌细胞全身扩散，多器官功能衰竭，病人还是走了。

尸体推出病房，家属竟比想象中平静，在巨额的医疗费用和无数次病危通知的惊吓和折磨下，他们的耐心慢慢被磨没了，痛苦也渐渐被麻木所代替，最终，对生命的执着变成了无奈的放手。

在这里，梅琳看遍人间的世事无常，眷属分散、骨肉分离、白发人送黑发人……

相比之下，离婚，还真是一件小事。

〔2〕

男人出轨，最后一般都会得到女人的谅解。一方面因为女人心软，别说男人的眼泪，就算鳄鱼的眼泪都能让她们心生怜悯。另一方面是她们信心不足，害怕离婚之后遇不到更好的人，一个人孤独终老。

所以，谢冬芳怎么也没想到，梅琳会如此决绝地签下离婚协议，丝毫不顾这么些年的夫妻情分。他跟她下跪哀求，赌咒发誓，保证跟小三断，断得一干二净！结果只换来她冷冷的一句："算了吧，老谢，离婚是我们之间最好的收场。我不想跟你撕破脸皮大吵大闹，也不想跟你恩断义绝反目成仇，请给彼此都留点尊严，心平气和地走出这段婚姻。"

谢冬芳叹气，自己大半辈子都在跟女人打交道，到头来，却连身边这位都搞不定。女人啊，甭管多大年纪，都喜欢把感情挂在嘴边，还喜欢小题大做。

他觉得，男人只要没有精神出轨，就不能算不忠。他们一时冲动干了那种事情就像尿急的时候找不到厕所，纯粹为了解决生理需要。比起那些随地大小便的放荡男人，自己只是找了一个固定马桶，已经算是好的了。

当他把这种想法小心翼翼地讲出来时，梅琳厌恶地皱起眉头，讥笑道："有句话说得真对，流氓不可怕，就怕流氓有文化。有些人就算做了伤天害理的事，也会用一堆大道理把自己的行为包装得冠冕堂皇。"

谢冬芳还试图挽回："小琳，你对我的误会太深了……"

"误会？"梅琳冷哼一声，嘴角似笑非笑，"听说那个女人也是有家有室的。老谢，你知道婚外恋为什么又叫'偷情'吗？因为它跟盗窃财物的性质是一样的，都是为了满足自己的欲望而窃取别人的东西，在别人的心上捅刀子，只不过偷盗见物，杀人见血，感情这东西却看不见也摸不着，不用担心法律的制裁。当然，这并不代表偷情就比其他两种犯罪行为高尚多少，有时候，它对人造成的伤害或许更大。要不然，偷情的人为啥也叫贼——淫贼！"

梅琳的言辞越来越刻薄，谢冬芳赶紧闭上嘴，缩头乌龟一样躲进了书房。今天的局面让他明白，现在即便是死缠烂打不同意离婚，以后的日子也不会好过。伤口总有愈合的一天，可那道难看醒目的疤痕却永远不会消失，时刻提醒着他过去犯下的错误，也让她想起来就心里犯硌硬。与其毫无尊严地生活在无休止的嘲弄讽刺之下，倒不如痛痛快快地离了吧。

领完离婚证，谢冬芳的心情差到极点。一纸证书，把他与过去的生活无情地撕裂了。下午出门诊，他没精打采的，眼皮都懒得抬一下。

"轮到谁了？"护士小孟冲走廊喊道，坐在长椅上的女人正在发呆，显然没听见电子叫号已经喊到她的号牌。

诊室门开了，进来一个穿着黑色貂皮大衣的年轻女人，她的身材并不苗条，貂皮大衣衬得她的体态更加臃肿，站在空间狭小的诊室中央，活脱脱像一只黑熊。

谢主任一直不理解，为什么女人都喜欢皮草？难道从审美角度来讲，带毛的猿猴进化成人还是一种退步？

黑熊小姐看见办公桌对面的大夫，明显愣了一下："我的妈呀，谢冬芳是个男的啊，我还以为是女的呢。"

谢主任已经习惯了类似的大惊小怪，进门喊天叫娘的她不是第一个。刚来妇科的时候，他还会耐心地跟患者解释，自己是冬天梅花飘香的时候出生的，所以叫"冬芳"。可到了后来，他也开始怀疑父母为什么给自己起了个这么性别模糊的名字，难道是预见到他们的儿子以后会当妇科大夫，方便他挂羊头卖狗肉？

谢冬芳指了指对面的椅子，待患者坐下来之后，精神萎靡地问道："赵芸，是吧？"

"嗯。"

"怎么了，哪儿不舒服？"

"你给我看？"赵芸皱起眉头，南津医院的网上挂号系统只显示医生姓名，不显示性别，她真后悔没事先调查一下。

"嗯。"谢主任又重复一遍，"哪儿不舒服？"

"我一生气……乳、乳腺和子宫就一起疼。"

"多久了？"

"大概半年了。"

"疼痛持续的时间长吗？怎么个疼法？"

赵芸支支吾吾半天也说不出个所以然。

"还有什么其他症状？"谢主任心不在焉地继续问。

"这里……好像有个肿块。"赵芸指了指自己左边的胸部。

"衣服解开，我检查一下。"

赵芸极不情愿地脱掉一身"熊皮"，动作磨磨蹭蹭，嘴里还嘟嘟囔囔："男的怎么还叫芳呢？"

谢主任看着她慢腾腾地掀起衬衣，腹部堆积的脂肪被一道深深的褶子劈成两半，露出两截肚子。一遇上这样的患者，谢冬芳就很头疼，耽误时间不说，如果处理不好，后续还可能有一堆麻烦事。

"到底哪里长了肿块？"他不耐烦地道。

"左胸……"

"那你光露肚子有什么用？"

赵芸又扭捏地往上提了提衣服，还是没到位。妇产科患者排斥男大夫恐怕不只是谢冬芳一个人所面临的问题，不过随着社会开放程度的提高，这样的事情越来越少了，尽管谢冬芳也说不清这样的开放到底是好是坏。

"横竖都是两团子肉，有什么可紧张的？"谢冬芳的情绪不佳，也懒得拐弯抹角，话说得直率了点，他想表达的意思只是在医生眼里，病人没有性别之分，肚子上的肉和胸脯上的肉也没什么区别。

赵芸低头看了看自己那比胸还高的两截肚子，涨红了脸嚷嚷道："肉和肉能一样吗？别说人了，就连菜市场卖的猪里脊和猪肘子还不是一个价呢！"

"你偏要拿自己跟牲口比，我也没意见，但不管你是人还是猪马牛羊鸡……想看病都得把怀疑病变的器官露出来让医生检查。"谢主任这次说得比较隐晦，尽管说来说去，都是一样的意思。

"有女大夫吗？让女大夫给我检查！"赵芸不干了。

"你挂了我的号，就是我的病人，只能我给你看。"

"我要退号！"赵芸挂的是68块钱的专家号，不甘心就这么白白浪费。

"病你可以不看，挂号费退不了。"谢冬芳勾起嘴角，脸上挂着掩饰不住的嗤笑。他当然知道，外表看起来光鲜靓丽的女人不一定真有钱，多少女人宁可吃糠咽菜，也要从牙缝里挤出钱来花在脸皮上，眼前这位说不定就是穿着貂皮背着芬迪还天天上下班挤公交的虚荣女人。

当了这么多年医生，谢主任不是第一次碰见这种情况。换作平常，他肯定会好好说话，可今天他原本就气不顺，此时的脸色更加难看，冲着护士道："小孟，叫下一位患者。"

见赵芸还杵着不走，谢主任故意跟护士小孟发牢骚："真搞不懂，活剥下来的动物皮穿在身上就那么舒服吗？"

"我反正是不穿皮草，太残忍了！"小孟附和道。

挂号费没要回来还遭到三番五次的讽刺，赵芸羞愤交加，摔门出去之前，狠狠地瞪着谢主任蹦出三个字："你等着！"

那眼神比死不瞑目还吓人。

谢冬芳不禁打了个寒战。他并不是什么天不怕地不怕的勇武之人，相反，性格还有些软弱可欺。可刚刚经历离婚这样的悲惨事件之后又碰上如此蛮不讲理的患者，就是兔子急了还咬人呢，他怎么还不能有点情绪？

其实梅琳从澳洲回来之前，谢冬芳本打算跟江婵一刀两断。但通常情况下，人在作案多次还逍遥法外之后往往都会放松警惕，谢冬芳也存在这样的侥幸心理。

下一位患者刚坐下来，正要叙述病情，诊室大门被人一脚踹开，门外的汉子气势汹汹来者不善，操着一口方言："谁欺负我老婆？"

他往诊室迅速扫了一眼，然后直奔屋里唯一的大夫谢冬芳，伸手一把揪住他的衣领，把他从椅子上拎起来，破口大骂道："瞅你那贼眉鼠眼的熊样，浑身没有几两肉，瘦得跟秋鸡崽儿似的，还有力气欺负人？什么叫横竖都是两团子肉？敢情你是吃你妈肚子长大的啊？哼！骂人不带脏字儿，说话还挺损啊！信不信我一巴掌呼死你？"

谢冬芳脖颈处的领子被死死揪着，他被迫仰着脸，迎着汉子的唾沫星子，望着他歹毒狠厉的眼神和凶神恶煞的表情，心跳得十分剧烈，四肢也不由自主地发抖，刚才好不容易因婚姻的不幸愤而积聚下来的那点勇气瞬间消失殆尽，一种陌生的恐惧弥漫全身，那感觉就像被人拿刀架在脖子上，性命岌岌可危。

一旁的护士小孟眼见形势不妙，正准备冲过去将两人拉开，却在男人抡起拳头的同时，听见谢主任以迅雷不及掩耳的速度大喊一声："我错了！"

小孟顿住脚步，僵在原地。汉子也愣了几秒钟，然后缓缓放下拳头，骂骂咧咧地出去了。

事后，谢冬芳还千方百计地想为自己挽回面子，等到办公室只剩下他和小孟两人，他突然发神经似的站起来，浩气凛然地挺起胸膛，义正词严地道："我不是怕他，他把我打死也得偿命，但我的命能跟那种垃圾一样吗？他死了，世界上只不过少了一个人渣。我没了，是整个医疗界的损失，也是广大女性患者的损失。"好像为了活着继续创造价值，他才忍辱负重低头认错。

"是啊，您犯不着跟这种粗野莽夫较劲。"小孟一如既往地附和道，心里琢磨，医生为了避免不必要的人身伤害，能忍则忍并没有错，但非要把自己的怯懦行为美化成奉献牺牲的崇高品德就有点厚脸皮了。

这一刻，谢主任在她心中本就不高大的形象更打了折扣。

〔3〕

入冬以来的急诊，输液区一直人满为患，走廊上和大厅里塞满了轮床，到处躺着紧闭双眼、哼哼唧唧的急重症患者。

不知为什么，冬天总是各种疾病的高发季节。或许人也与自然界的花草树木一样，遵循着春生秋死，从复苏到凋零的规律。

陈永疾步穿梭在留观室和抢救室之间，虽然他身材挺拔，气质出众，又长了一张英俊脱俗的明星脸，但在这里，却没人愿意多瞅他一眼。准确地说，在急诊患者那里，白发苍苍满脸皱纹的老大夫更受欢迎。

急诊科的郝雪松跟陈永同岁，高年资主治医师，而且三年之内恐怕没机会评上副高。由于他天生长得持重老成，又不幸早生华发，看起来就像已过不惑快知天命的年纪了。

一天，急诊送进来一个食物中毒的小姑娘，情况比较严重，陈永和郝雪松一前一后跑向救护担架床，孩子的母亲却无视前面的陈永，越过他的身子，捞起郝雪松的胳膊恳求道："大夫，快帮我女儿看看吧。"

很显然，在两人同时在场的情况下，患者和家属更愿意凭直觉相信"上了岁数"的郝大夫。

陈永在急诊忙了一天，眼看快到下班时间，抢救室又多加了几张病床。不一会儿，救护车一辆接一辆地回来了，脑中风的老爷子、急性心梗的中年人，还有一位感染性休克的癌症患者……

电影院门口，梁筱晞又看了眼时间，十九点五十五分，电影已经开场二十五分钟，却还不见陈永的人影，发消息没有回复，打电话也无人接听。这是他们第三次约会看电影，第一次，他被科里喊回去抢救病人，中途离场；第二次，他记错时间，迟到了整整十分钟；这一次，他干脆玩起了神秘失踪。

"都说越容易得到的感情，越不懂得珍惜。你是女追男当然心里没底，连动物界的一般求偶法则都是雄性追求雌性……"

朱亭亭还没说完，就被梁筱晞忍无可忍地打断："朱小姐，你确定你是在安慰我吗？"

"别叫我朱小姐！你又不是不知道，安慰人不是姐姐的强项。"朱亭亭无奈地摇摇头，"再说，我现在帮你分析出轻重利弊，至少你以后对待感情就会多一分理性睿智，少一分盲目冲动。"

"你也就纸上谈兵吧……"

"唉，别揭伤疤啊，我可是会记仇的。"

"好吧。"梁筱晞扯回正题，"我知道，他肯定是工作太忙走不开，可怎么事先连声招呼都不打，害我在电影院门口傻等了半个多小时，别说俩人谈恋爱约会了，就算公寓停水停电都会提前通知的吧？"

"换成别的男人，跟刚处不久的女友约会肯定是所有事情里的最优先选项，但在陈永那里，答案可未必。我听说……"朱亭亭欲言又止。

"听说什么？"梁筱晞连忙问。

"有人说，新上任的急诊科主任是个工作狂，不但对自己要求严格，对下面人也极为苛刻，手段狠辣，急诊大夫每天忙得上气不接下气，现在还得应付领导的百般挑剔……"朱亭亭看着筱晞微变的脸色，识趣地闭上了嘴。

"病人以性命相托，我觉得作为医生，再小心谨慎也不为过。他经常说，医护人员如果业务不精、粗心大意，就等于谋财害命。"梁筱晞尽管仍在气头上，却还是想替陈永辩护几句。

"说得也对，上周有位产妇在我们科分娩了一个多发畸形的男婴，先天唇腭裂合并隐性生殖器。唉，生了这样一个孩子，让这家人以后可怎么过啊！"

"什么原因导致的胎儿畸形？"

"产妇怀孕三个月左右发现阴道出血，当地县医院大夫给她开了安宫黄体酮保胎，后来吃完她自己又去药店买，服用了相当长一段时间。"

"安宫黄体酮是孕妇禁用药啊！"梁筱晞惊讶地道。

"谁说不是呢，这药是调经用的，对胎儿有致畸作用，被列为妊娠期禁用药。虽然并不能完全确定胎儿畸形一定跟服药有关，但是家属一旦把事情闹上法庭，这个胡乱开药的大夫必然败诉。"朱亭亭叹息一声，"有的妇产科大夫根本分不清黄体酮和安宫黄体酮有何区别，治病开药全凭感觉。"

梁筱晞点点头，下结论道："所以啊，人们生病住院为什么都愿意千里迢迢地跑来大医院？医疗资源的区域性不平衡，是大医院患者超负荷、医护人员精力体力过度透支的根本原因。"

"对，咱们不就是活生生的例子？工作压力大，劳动强度高，接诊患者多，相应的，发生医疗纠纷的概率也大，病人和家属一言不合就张口骂人，甚至拳脚相加，拔刀相向……"

"是啊，那年我在急诊实习，值夜班经常忙到后半夜，最怕手忙脚乱的时候再碰到一大群急重症患者一起被送到急诊，那种崩溃绝望的感觉我这辈子也不想体验第二次！"

"哈哈，你也知道急诊科有多忙，你家那位还是科室领导，能者更得多劳。"朱亭亭把剥好的橘子递给她，"所以别多想了，吃个橘子消消气吧。"

梁筱晞怎能不多想，她越想越多，最后在朱亭亭家的沙发床上，迷迷糊糊地睡着了。

午夜时分，陈永疲惫不堪地回到办公室，脱下白大褂换了便衣，拿起手机一看，三个未接来电、七条未读消息，这才忽然想起今晚约了筱晞看电影。一整晚，他只顾着抢救病人，竟把这件事忘得一干二净。

刚要回拨过去，却发现时间已经很晚了，她肯定都休息了，陈永想着不能吵醒她，把手机揣进兜里，走出办公室。

因为有心事，梁筱晞一夜没睡好。早上五点，她半眯着眼睛四处摸手机，找到之后迫不及待地打开来看，主页界面干干净净，没有一个电话、一条信息。

南津医院停车场。梁筱晞刚下车迈出几步，便看见陈永站在不远处低头看表，像在等人。

梁筱晞黑着脸从他身旁经过，却被他一把抓住胳膊："生气了？"

"松手！别碰我！"她的声音很大，引来路人频频侧目。

"真对不起，昨晚急诊病人太多，我把看电影这茬儿给忘了。"

陈永认错态度诚恳，筱晞却一个字也没听进去，左顾右盼："快松开！他们瞅你的眼神就跟瞅见耍流氓似的。"

"耍流氓？这么高难度的动作我可不会！"陈永不以为意，握着她的手一本正经地说，"我感受一下你肢体末梢的温度，充其量也就是查体而已。"

梁筱晞被他逗乐了，心中怨愤一扫而光："不愧是急诊科大主任，耍流氓到你嘴里都变成爱岗敬业了。"

"那当然了，没点本事怎么追到你？"

"你追我？"梁筱晞瞪大眼睛，委屈地道，"不是一直对外宣称是我追的你吗？"

"那都是你自己告诉别人的，我可从来没说过。况且谁追谁又有什么区别？结果你还不都一样上了贼船嘛。"

筱晞想起昨晚朱亭亭的话，小声嘀咕道："那可不一样。"

"要是你介意，咱俩再重来一遍？"

"你以为谈恋爱是演穿越剧啊，说重来就能重来。"梁筱晞抗议道。

"算了，当我没说，"陈永低下头，望着她的表情很认真，"今天晚上，我陪你把昨天没看的电影补上，这次保证不迟到。"

梁筱晞撇着嘴，想起昨晚一个人在电影院门口独自徘徊的惨状，又气恼起来，挣扎着想抽回手："陈主任现在感受完了吗？我这肢体末梢的温度挺正常吧？血液循环没问题吧？"

"再给我点时间，你也知道，我的感觉一向迟钝。"陈永笑着说。

约会也能忘到脑后，梁筱晞不知道他到底是感觉迟钝，还是根本没那么喜欢自己。

〔4〕

电影院旁边有一家大型KTV，夜幕降临之后，门口时常会出现三三两两喝得烂醉如泥的男女。

蔡忠良倚在KTV走廊的墙上抽烟，一脸的沮丧，分明还在为刚才包房里的事情耿耿于怀……

"忠良啊，听说你以前的女朋友就是电台购物频道的？"副台长喝高了，硬着舌根唱完一首《人生何处不相逢》，突然拿话筒冲他喊了这么一句。

"巧了！你们电台的？"主编也来凑热闹。

"是啊，听说是我们购物频道的台柱子……最美主持人。"

"噢！那我猜着是谁了。"主编放下啤酒瓶，摇摇晃晃地坐过来，贴着副台长的耳朵大声道，"前阵子……她卖的那个补肾药，我想买来着，也不知道有没有效果？"

"别买了。"副台长也喝了不少，话都说不利索了，"我吃三、三盒了，该不行……还不行！"

"你想歪了，我就是肾虚尿频，想治治。"主编大嗓门道，唯恐大伙不知道他有这种毛病。

今晚KTV包厢里坐的全是报社的同事、电台的熟人，主编和副台长的一番对话立刻让蔡忠良成了众人窃窃私语的焦点。

他那个最美主持人女友，几个月前劈腿××补肾胶囊的制药老总。这件事之前只是在电台小范围内传播，报社还无人知晓，现在相当于昭告天下了。

一个是报社的主编，一个是电视台领导，哪个都得罪不起。蔡忠良不能发飙，只能忍着。他点了一根烟，缩在角落里闷头抽。

后来他终于受不了四周同情的目光，躲到KTV走廊里独自神伤。

"我想要的生活，你奋斗一辈子也给不了！"这是主持人女友跟他摊牌时说的一句话，很俗套，却很现实。

没错，他够努力，有才华，长得也不赖，可说到底，只是一个挣扎在中产阶级水平线上的小记者，没钱，没背景，没社会地位。

蔡忠良不明白，为什么这个社会对男人和对女人的要求截然相反，男人光有长相有才华却没钱没事业就像女人光有学识有思想却没胸没脸蛋一样，最后连自己都会觉得底气不足。

正当蔡忠良唉声叹气顾影自怜之时，迎面走来一群气焰嚣张的黑衣人，一窝蜂地冲进旁边的包厢，片刻工夫，便从里面拖出一个醉鬼。

蔡忠良凭着新闻工作者的职业敏感度，猜测这里可能会有大事发生，于是偷偷跟了上去。

两个黑衣人拽着醉鬼的胳膊，将他往地上狠狠一摔："呸，这小子死到临头还醉得像烂泥一样！"

其中一个戴墨镜的说："雷哥，这里人多，不方便动手。"

"先教训教训，让他长点儿记性。"

"好。"墨镜男抓着醉鬼的头发，把他抵到墙上，几个耳光扇下去，醉鬼的嘴角流下鲜血，酒也醒了不少。

那个老大模样的雷哥隔开墨镜男，伸脚踩上醉鬼的半边脸，红着眼睛威胁道："小子，再让我看见你跟蓉蓉在一起，小心我割了你……"

雷哥话没说完，就被醉鬼粗暴打断："割你妈的头！"

躲在拐角的蔡忠良心脏颤动了一下，嗅到了危险的气息。

雷哥放下腿，阴笑了几声，脸部肌肉抽搐着，眼里充满杀气，旁边的小弟吓得大气也不敢出。最后，只见他低声咒骂一句，从敞开的夹克里掏出一把菜刀，按住醉鬼的左手，使尽全力砍了下去……

鲜血飞溅到走廊的印花壁纸上，像一幅后现代风格的抽象画。

一位路过的美女亲眼看到血腥的犯罪现场，差点吓尿了裤子，丢魂似的尖叫着往外跑，边跑边喊："救命啊，杀人了！"

蔡忠良望着眼前的一幕，第一反应竟然不是害怕，就在醉鬼的左手掉在地上的一刹那，他的脑中迅速闪出一条博人眼球的新闻标题：歹徒闹市行凶，小伙惨遭断手，情债血偿！

几分钟后，黑衣人逃得无影无踪，平时生意颇为惨淡的KTV，此刻却被围得水泄不通，刚才还在电影院门口排队买票的人全都涌进了KTV。

有人报了警，有人叫了救护车，却没人敢碰伤者，更别提抢救了，刚才还和他在包厢里拼酒的哥们儿惊慌失措地呆立一旁，甚至还以为是自己喝多产生的幻觉。连蔡忠良这种见多识广的新闻记者都觉得这场面太过血腥，不忍直视。

梁筱晞突破重围冲进去的时候，伤者已经昏死过去。那只断手触目惊心地横在她身前一米远的地方，围观的人们谁也不敢靠近，好奇心驱使他们继续留在原地，他们却像躲避瘟疫一样与伤者保持着"安全"距离。

"消毒纱布！消毒纱布有吗？"梁筱晞扯下围巾的同时大声喊道。

KTV老板跑着送来急救药箱，梁筱晞迅速拿出纱布敷在断肢残端，然后用围巾加压缠紧。包扎好之后，她又奔到一米外的地方，捡起断手，举起来喊道："快！保鲜袋和冰块！"吓得站在前排的人连连后退。

将伤者送到医院之后，梁筱晞才松了一口气。她掏出手机，刚想给陈永打个电话，突然感觉有双眼睛正盯着自己，她转过头："是你……"

"是你！"

两人几乎同时脱口而出。

KTV里的场面太混乱，蔡忠良没有认出她来，这时才想起两人曾有一面之缘。方诚发癌烧的那天晚上，就是她帮忙照料的，还教自己怎样物理降温。

没错，他对她印象深刻。只不过她今天化了淡妆，头发也没扎起来，比那时更漂亮了。

"你还记得我吗？我是方诚的朋友……他去世之前，我带他来过医院。"蔡忠良问得小心翼翼，生怕对方以为自己故意搭讪。

听人提起"方诚"这个名字，梁筱晞不禁心头一酸，不过很快平复了情绪，礼貌地点点头："想起来了。"

"刚才我也在现场，你真牛！一个女孩子，面对那样的情况，竟然不害怕。"蔡忠良由衷赞叹道。

"能当大夫的女孩子大部分都是女汉子，不是女汉子最后也得变成女汉子。"梁筱晞说的是实话。

"看来'女''汉子'真是神奇的组合啊，比我这个真汉子的胆子还大！"蔡忠良想不到自己也有在姑娘面前认怂的一天。

这时，梁筱晞瞥见他手里的相机，突然想起来："咦？你就是刚才蹲在我旁边疯狂拍照的那个人吧？"

"对了，忘了自我介绍，我是阜江日报的记者，蔡忠良。"他非常正式地伸出手来。

梁筱晞回握了一下，扯着嘴角冷笑道："你让我想起那个拍'秃鹰与女孩'的记者。"

"你说的是那个获得普利策新闻奖的南非摄影师？"蔡忠良一下子读懂了她脸上的表情。

"没错。"

"原来你是在怪我没有第一时间帮忙救人，而是抢上去拍照？"蔡忠良笑着摇头，"这我倒没什么可愧疚的，记者的本能吧，说得好听一些，也是我们的职业道德，就像律师为杀人犯辩护一样。"

梁筱晞不置褒贬，继续道："据说那个摄影师后来因为舆论的抨击和良心的谴责，最后自杀了。"

"那多亏我今天遇见你了，不然等明天这条新闻登报一发，我不就得变成阜江人民的众矢之的？保不准哪天下班回家，大门就被网络暴民泼了红色油漆，写上几个醒目的大字：冷血记者，见死不救！"

"行了。"梁筱晞笑起来，"你们这些搞媒体的是不是都这么贫嘴？"

"不过说真的，当时也不是我不想救他，实在是看着那血淋淋的场面有点打怵，咱又不像战地记者，见惯了身首异处血肉横飞。所以我特想问你一句，当时拿起那只断手的时候，你心里是什么感受？"

"感受？"这下可把梁筱晞难住了，"没什么特别的感受呀，当年学局解的时候，谁没拿过几个残肢断臂？谁没剖过几个心肝脾肺？"

蔡忠良打了个哆嗦，幽幽地说："女神医，万一哪天我落在你手里，你可得对我手下留情啊。"

"对你留不留情不取决于我，取决于病。"梁筱晞冲他挥挥手，准备走了。

"喂，还不知道你的名字……"蔡忠良喊住她。

"梁筱晞。"

"哦，梁……梁大夫，你要没什么急事，陪我一起等手术结束了再走吧？"蔡忠良也不清楚自己为何这么喜欢跟她待在一起，总之就想千方百计地留住她。

梁筱晞看了眼时间，已经十点半了。她是第一个救人的，当然很想知道最后的结果如何，不过即便是在南津医院，完全离体的断肢再植术，时间也不会太短。

她往回走了两步，好心提醒道："蔡大哥，你也别在医院死守着了，这种手术至少得七八个小时，明天早上再过来看吧。"

"既然这样，那我先回去把稿子赶出来，等明早有了结果，再加个结尾。"蔡忠良说着，跟梁筱晞一起离开医院。

〔5〕

第二天上班，梁筱晞先去了一趟外科手术室，打听到那台断肢再植手术在一个多小时前就做完了，手术很成功。

她才踏进电梯，就收到陈永的微信："昨天放我鸽子，原来是助人为乐去了。"

梁筱晞笑了一下，刚想回复，又进来一条："造型不错，让我想起来一个人……"

这时电梯门开了，到了13楼，办公室已经沸腾了。

"女英雄，你上社会新闻啦！"

"哇，还有配图呢。"

"评论式多了，你这是要上热搜变网红的节奏啊。"

"大家快看最后一段。"姜柏洲对着电脑大声念道，"……美女医生经验丰富，手法利落……断肢得到了妥善保存，为伤者争取了断肢再植的时间……"

梁筱晞赶紧推开姜柏洲，挤到电脑前，扫了一眼文章供稿人，果然是蔡忠良。鼠标再往上拉，当看见文章配图的一刹那，她想死的心都有了。

图片里的自己蹲在地上，回头张着嘴，擎着一只断手，样子简直傻透了！这应该是当时她喊人要冰块的时候被拍的。

她突然想起陈永的第二条微信，急忙打开手机，不安地问道："想起谁了？"

那边很快回了："熟食店卖酱猪爪的大婶。"

梁筱晞要气炸了，恨不得马上冲到急诊去揍他一顿。

最终，还是朱亭亭的一句话安抚了她："你得庆幸那张照片有些失真，并不像本人，不然你现在走到大街上都得戴鸭舌帽和口罩了。"

就这样，梁筱晞原谅了把她拍成傻子的蔡忠良，却对陈永把自己比喻成猪蹄大婶这件事耿耿于怀。

周六上午，两人终于相聚在电影院门口。

"这回就算扯平了吧？一人爽约一次。"陈永说。

"唉，咱俩出来见一面怎么比地下党接头还困难？"梁筱晞的话里明显带着情绪，"过去这么多天，那部电影都下线了。"

"要不咱别看了，谁规定谈恋爱非得来电影院报到的？"陈永想起俞明泽的经验之谈——发现女人不高兴时，要善于转移话题并巧妙地化解矛盾。

可梁筱晞还在纠结那场没看成的电影："前天晚上我特意早到半个多小时，抢了两张中间位置的电影票，没想到……"

"你想看哪部电影？"陈永突然有点好奇，他从来不关注大众娱乐，自然也不清楚正在上映什么影片。

"就是这部——《月缺难圆》。"梁筱晞指着旁边的宣传海报。

"悲剧？"

"算是吧。"

"ICU每天上演的真人版还没看够？"

"不一样，这个是爱情片。"

"亲情、友情、爱情，ICU哪个缺了？保不准还有断背情、人畜情……"陈永话锋一转，"对啊，我想起来了，去年9床那个病人，昏迷了三天两夜，醒来第一句话就问，毛毛怎样了？我们都以为毛毛是他孩子的小名，结果是条狗。"

梁筱晞笑了起来："哈哈，这个事情我知道，当时我也在病房。"

"你知道为什么有些医生不看电影电视剧吗？因为他们工作的地方每天都在上演生离死别的人间大戏，生活永远比艺术更触动人心。"

"我觉得他们也不是不爱看，是工作太忙没空看，我不就是例子？好不容易等到有时间，电影还下线了。"梁筱晞叹了口气，"怪不得医生的离婚率这么高。"

这话陈永可不爱听，还没结婚呢怎么就扯到离婚了："现在全国各行各业的离婚率都不低，别老拿医生说事儿。"

"你急什么，我又没说咱俩。"梁筱晞笑笑，挎上他的胳膊，拉着他往外走。

"去哪儿？"陈永一脸茫然。

"到了你就知道啦。"她眨眨眼，笑得诡秘。

二十分钟后，两人来到一家熟食店门口。

陈永抬头望了一眼店招牌，突然有种不祥的预感："来这儿干吗？你想买什么？"

梁筱晞没有回答，透过玻璃门指着里面一位四五十岁满脸雀斑的胖女人，不怀好意地笑问："看见那个卖猪蹄的大婶了吗？"

陈永犹疑地点点头，警惕起来："怎么了？"

"去，跟她说句话。"梁筱晞冲着店内扬了扬下巴。

"说什么？"陈永下意识地往后挪身子，心里越发感到不安。

"我喜欢你。"

"你神经病啊！"陈永跳了起来，奋力想挣脱她挽着自己上臂的双手，却无济于事，胳膊被她拽得死死的。

"是你自己说的，我让你想起来一个人。"

"我说错了还不行嘛。"陈永苦笑，这就叫自作自受，"你和她之间的距离犹如马里亚纳海沟……"

"少来，马六甲海峡也弥补不了你对我造成的心理伤害，这次不让你吃点苦头，说不定什么时候你又会口无遮拦地随便乱说。"

"换句台词行吗？"果然言语能杀人。

"不行，犯了错误就得接受惩罚。"梁筱晞语气坚定，听起来没有任何商量的余地。

陈永无奈地摇摇头，转身推开了熟食店的玻璃门。大婶正在专心致志地摆弄一段肥肠，那双胖手看起来有些笨拙。

陈永走到柜前，酝酿了好一会儿，才鼓足勇气道："我喜欢你……"接着在大婶惊愕抬头的瞬间，他灵机一动，加了三个字，"……的猪蹄。"

胖大婶压低眉头，眼睑紧绷，胸中怒火一触即发。因为就在昨天晚上，当她吃完两碗米饭，为了打扫剩菜剩饭又盛了半碗的时候，她老公剔着牙，跷着二郎腿指着她的肚子说："你这是泔水缸吧？胖得跟猪似的，还吃那么多。"

"你说什么？！"大婶握紧拳头，脸上满是愠怒。

"我、我的意思是……"陈永盯着她的拳头，语无伦次地解释，"我喜欢吃你家的猪蹄。"

大婶又想起昨晚老公对自己的那番冷嘲热讽，余怒未消地道："喜欢吃也不卖给你！"

梁筱晞在门口笑得直不起腰，都快趴在地上了。

"这回你满意了？"陈永耷拉着脑袋走到店外，无精打采地说，"这是我有生以来做过的最蠢的一件事。"

"以后你再也不想吃猪蹄了吧？给你留下心理阴影了吧？"很多时候，女人作并不是真有什么事情值得她们去作，而是想通过作来检验男人对她们的重视程度。

陈永深吸一口气，惊魂未定的样子："难怪有过来人说，不要找比自己年纪小太多的女朋友。"

梁筱晞愣怔了一瞬，紧张地问道："为什么？"

"吃不消。"瞧她慌乱的神色，陈永忍不住笑了，望着马路对面的一排餐厅，"走吧，饿了，吃午饭去！"

筱晞挽起他的胳膊，仰头问："想去哪家？"

"随便，反正我得点一盘秋葵。"

"为什么？"

"秋葵养胃啊！"

梁筱晞真想踹他一脚。

〔6〕

凛冬已至，流感爆发。

急诊科的工作负荷陡然增加，医生护士们即便忙得焦头烂额不舍昼夜，还是处理不完从四面八方不断涌进来的各类病患。

"难怪有人说大医院的急诊就像打无尽版的植物大战僵尸，病人一拨又一拨，没完没了！"分诊台的护士抱怨道。

"刚才又送来一个割腕的，看见没？"

"嗯，我这一年在急诊见的自杀五花八门，都能写本书了。割腕、跳楼、喝药、烧炭……如果这些人都别那么想不开，急诊大夫的工作量得减轻多少！"

"是啊，听说陈主任两晚上没回家了。"

"看他的样子，得有三天没洗头没刮胡子了吧？"小护士笑道。

"人家就算剃成秃子也比一般人好看……"这时，观察室传来激烈的争吵声，门口巡逻的保安闻声跑过去。

"问你啥病，你说要做检查，问你严不严重，你说要看检查结果，问你能治好吗，你说检查完再说。到底是你们医生看病还是机器看病？"

吵闹的是一位患者家属，站在她对面的郝大夫推了推眼镜，不慌不忙地解释道："引起腹痛的病因有很多，我没有盲目下诊断也是对病人负责。"

"要想不做检查，光凭望闻问切就把病瞧出来，去看中医好了。"郝大夫身旁的实习生小声嘟囔道。

窗外飘起了鹅毛大雪，北风裹挟着雪片肆虐横行，急诊的双扇大门虽挂了冬天的厚门帘，但还是难以抵御寒风侵袭。

躺在离门最近地方的男人打了个哆嗦，换了一种姿势继续沉睡，他已经在这里蜷缩了两天。因为没有床位，他患病的孩子也只能在急诊走廊的加床上接受治疗，夫妻俩轮换着护理，一个守在孩子床边，剩下的一个就在这泡沫地垫上休息。

陈永从抢救室出来时，听见这边嘈杂的声音，进来一看便明白了，老人没有医保，女儿不愿意掏钱给她做检查。

"双肺呼吸音清，心音无异常，我让患者验个血之后拍片子。"郝大夫解释道。

程序没问题，家属不配合，老人的情况又不太妙，陈永吩咐旁边的实习生："找个轮椅过来。"

恰好一护士推着轮椅从门口经过，听见陈主任要轮椅，当即转换方向，推进观察室。

陈永帮忙把老人扶上轮椅，又对实习生说："领她们去做检查吧。"

"谁说我们要做检查？"老人的女儿马上反驳。

"这老太太到底是不是你亲妈？"

女人翻着白眼狡辩道："开一堆有用没用的检查，不就是想赚钱吗？"

"想赚钱？"陈永怒了，"你走出去看看外面的人山人海，快赶上十一长假的旅游景点了吧？南津医院哪个科室背后不排着一大长串苦等床位的病人？你再去大厅和走廊问问那些患者家属，为什么这么大冷的天宁可忍饥受冻躺在冰凉的地上，也不愿意离开医院？"

女人尴尬地把脸别到一旁，拒绝回答。

"这位给你母亲看病的郝大夫都连续工作二十多个小时了，自己的儿子还在感冒发烧。本来他早该下夜班了，就是因为急诊太忙，到现在还没回家休息。难不成他一天一夜没眼合放着生病的孩子不去管留在医院就是为了骗你几个检查费？就算街边要饭的乞丐，碰上这种情况也得给自己放天假吧？"

女人再也没吭声，灰溜溜地推着轮椅出去了。大家以为她一定是想通之后带老太太做检查去了，没想到半路却又出了幺蛾子。

她觉得像南津医院这样远近闻名的大三甲医院，各项检查的费用肯定比一般医院贵，所以去验血的途中，她支开了实习生，还顺走了急诊的轮椅，在风雪呼号的大马路上狂奔了半个小时，跑到最近的另一家小医院。

结果，确实省下十几块钱的检查费，女人却因那天跑得浑身是汗又被冷风一吹患上了感冒。她在家硬抗了一个礼拜，愣把自己拖成重症肺炎，最后到了医院直接被送进ICU。

这几天，ICU接收了好几位重症流感患者，全部是从急诊转过来的。

女人进了ICU之后，一下子成了ICU名人，很多医生护士，无论管不管她的病房，都会过来看一眼，像参观稀有动物似的。

"这就是偷急诊轮椅的那个女的？"姜柏洲站在床旁探着脖子，小声问道。

管床护士点点头："是啊。"

"怎么好意思又回来了？"

"惜命呗，还是相信咱南津医院的医疗水平。"

"所以做人不能心眼太坏，她要不是偷了轮椅至于大冷天在马路上狂奔吗？不在马路上狂奔至于出一身汗吗？净想着占便宜。"

"行了，病人都这么惨了，你还幸灾乐祸。"

"俗话说可怜之人必有可恨之处，再说同情和批判并不矛盾啊。"

"唉，她家也不像经济条件太差的那种，那天主任说患者肺渗出情况严重要上ECMO（体外膜肺氧合），家属二话没说就答应了，那套设备每天要花一万多块钱呢。"

这时，梅主任悄无声息地走进病房，站在两人身后："你们两个嘀咕什么呢？"

他们回头吓了一跳，管床护士张口结舌地解释："没、没什么。"

"是啊。"姜柏洲笑嘻嘻地道，"我就想看看患者醒没醒，好把咱医院的轮椅要回来。"

"操的心还不少！"梅琳俯身检查四床的监护仪数据，头也不抬地说，"柏洲，既然你这么闲，周三下午的科室学习由你来主讲吧，回去准备一下。"

"别啊，主任！"姜柏洲哭丧着脸，美好的心情急转直下，"人家本来想去上厕所，被您吓得尿都憋回去了。"

梅琳走到下一个病床："尿液重吸收是自然生理现象，这你可赖不着我。"

"您开开恩，就我这水平，上去讲两句都能迷走神经性晕厥。"上周科室学习，梅主任留给大家讨论的问题，他还一点头绪都没呢。

"我记得程处长让你两年发一篇SCI，现在眼看就到期限了，你的论文进展如何？"程处长是南津医科大学的教务处处长，也是姜柏洲的母亲。

"呵呵，论文嘛，还没动笔。"姜柏洲难为情地挠了挠头，"不过我已经想好写什么了，保证选题新颖独树一帜。"

"是吗？说来听听。"

"我想写掌纹变化与疾病的关系，根据我多年的观察经验，发现人的手相纹路是在不断变化的，比如中老年妇女的感情线颜色变深，又突然出现岛纹或断裂很可能是心脑血管病变。"

"立意不错，但靠谱吗？这种野路子要是能发SCI，也算剑走偏锋了。"梅主任终于转过身，看着他说，"况且掌纹和病变应该属于中医学的研究范畴吧？"

"只要能发SCI，甭说中医，兽医我都无所谓。"

"……"梅主任有些无语。

"而且我做这个题目，不需要什么科研经费，就是论证有些困难。"

"这个……还是跟你老娘解释去吧，反正我这里可没有经费给你研究掌纹，不过要是你能通过看相研究出来个女朋友，也算有所收获吧。"梅主任知道姜柏洲相亲无数，感情却至今没有着落。

四天后，偷轮椅的女人肺部功能基本恢复，主治医生为她撤掉那台烧钱的ECMO机器，又过了一周左右，她才彻底康复出院。

省了十几块，花了十几万。人的恶念最终惩罚的是自己。

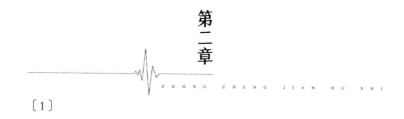

第二章

ZHONG ZHENG JIAN HU SHI

〔1〕

凌晨三点二十分，梁筱晞正在值班室睡得酣沉，迷迷糊糊之中，听见旁边有人轻唤自己。

"梁大夫，17床患者不行了，你快起来看看吧。"

耳边声音不大，但她还是在猛然惊醒之时心脏扑通乱跳。十几秒后，梁筱晞的脑子仍处于半睡半醒的混沌状态，人却已经奔走在去病房的路上。

每当这个时候，她总能想到一个词：魂不附体。

她几乎是闭着眼睛走进病房的，在看到病人翻着白眼浑身抽搐的一刹那，脑子瞬间清醒了，就像被一杯裹着冰碴的凉水泼到脸上。

很多疾病都会在夜间加重，很多病人都会在下半夜离世。最近，ICU的重患总是在凌晨三点到四点这段"不三不四"的时间里发生状况。

夜色浓重，整个城市都已进入深度休眠模式，医院的值班大夫却要忍受着寒冷和困倦穿梭在死气沉沉的病房。精神的高度紧张和情况的危重紧急常常会让他们暂且忘掉身心的疲惫。本以为已经累到极限的身体绝对经不起再一次折腾，可就在听见报警铃声响起的一刹那，透支的体力又奇迹般地恢复了几分，犹如挣扎在生死前线的勇士，不到最后一刻，永远不知道这副躯体里还有多少潜力能够爆发出来。

常人只看到了医生职业光鲜荣耀的表面，却不知道背后他们承受了多少压力，付出了多少辛苦。

此时此刻，医院的另一侧，住院部通往急诊的楼间长廊里，一阵急匆匆的脚步声由远及近。下半夜被叫到医院帮忙，朱亭亭的美梦刚做了一半，意识尚在另一次元，身体早已满血复活。

走廊尽头停着一张轮床，床上的孕妇满脸大汗，痛苦地呻吟着。

朱亭亭三步并作两步，飞奔过去问道："几个月了？"

"足月了，后天才是预产期，这怎么像要生了似的，"床旁的老妇人不知所措，拍着大腿继续唠叨着，"我推她去另一栋楼做检查，回来路上就疼得不行了，我寻思着……"

一般医生说话都是干脆利落，这是他们长期养成的职业习惯，能用一句话表达的绝对不用两句话，能用一个词说清的绝对不用两个词。此时产妇都要生了，家属还在旁边絮絮叨叨，朱亭亭哪里受得了这个，迅速打断她道："你是患者什么人？"

"这是我女儿，我是她妈。"

"我是产科医生，我先帮她看看吧。"朱亭亭身上没穿白大褂，但产妇的母亲这几天经常出入产科，对她有点儿印象。

"那太好了，大夫，幸亏遇见你了。"

朱亭亭掀开产妇身上的被单，发现她的宫口全开，羊水破了，浸湿了床单，这时产妇的嘶号声更加惊天动地，频发而强烈的宫缩使她的疼痛加剧。

朱亭亭怀疑这不是产妇第一次分娩，第二产程的进展速度比第一产程更快，于是问道："以前生过吗？"

老妇人点头如捣蒜："生过一个女孩，这是二胎。"

说话间，一个黑乎乎的脑袋已经露出宫口，这里离产科病房还有十多分钟路程，而经产妇不像初产妇，分娩过程可能会很快，已经来不及将她送回产房。

朱亭亭决定在楼间走廊为她接产："我现在要为你女儿徒手接产，所以必须先确认一下，她有传染病吗？"

老妇人明显犹豫了一下，吞吞吐吐地说："没、没有，你快帮她接生吧。"

朱亭亭来不及多想，低头指导产妇分娩："吸气……用力……"

生产的过程非常快，十几分钟后，孩子出来了，产妇像小山一样隆起的腹部瞬间瘪了下去。

朱亭亭举着沾满血水的双手，对产妇的母亲说："赶紧把他们送回病房吧，新生儿抵抗力差，容易受凉。"

老妇人抱着孩子，表情忧喜参半："大夫，问你个事儿，我女儿的乙肝会遗传给孩子吗？"

"你说什么？"朱亭亭瞪大了眼睛，"你女儿有乙肝？"

"是啊，乙肝不会遗传吧？"

"刚才不是问你她有没有传染病，你说没有，我可是徒手给她接产的！"朱亭亭气得脸色发青，如果知道产妇有乙肝，她肯定要先弄一副无菌手套。

老妇人自知理亏，低眉顺眼地解释："我太着急，把这茬儿给忘了。再说刚才的情况都那样了，你肯定不能见死不救啊。"

朱亭亭憋了一肚子气，委屈得眼泪都要掉下来了，接触到乙肝患者的血液和体液，很容易感染乙肝病毒。要避免感染，只能在24小时内注射高效价乙肝免疫球蛋白，之后还要分别接种三次乙肝疫苗。

她带着怨气回到产科病房，本想找个人诉苦，可还没来得及换衣服，就被科主任白虹喊住："朱亭亭，你怎么才来？赶紧联系ICU，产妇羊水栓塞，手术结束后就转过去。产房还有一个要顺产的，胎心异常羊水少，二线已经过去了，你打完电话快去帮忙。"

不等朱亭亭答应，白虹已疾步走进手术室，这时，麻醉科主任和血液科主任也急匆匆赶过来。发生羊水栓塞的产妇也是顺产，产后血压急遽下降，阴道大量出血，必须立即切除子宫，才能止血保命。羊水栓塞是产妇病死率最高的一种并发症，被称为"产科死神"，死亡率高达百分之七八十，而且事前无法预料。

朱亭亭才挂断电话，手术室外面的一个小伙子就冲到她面前，情绪十分激动："大夫，能不能想想其他办法，别切我老婆的子宫，她才25岁啊！"

"羊水栓塞病死率很高，能保住性命就是万幸了，不切除子宫血就会一直流，没有办法止住。"朱亭亭很同情他们，但实在找不到更合适的方式劝慰家属。

小伙子抱着脑袋蹲在地上，神色痛苦地揪起自己的头发。这时，一个披着大厚羊绒围巾的老妇人走过来，晃了晃他的肩膀问道："儿子，你刚才在电话里说小玉咋了？孩子生了吗？"

小伙子无力地点点头，声音沙哑地说："生了。"

"男孩还是女孩？"

恰巧为产妇接生的护士正从旁边经过，替他回答道："女孩。您是患者的什么人？"

老妇人一听生个女孩，面露不悦地道："我是她婆婆，那我儿媳妇啥时候能出院？"

"出院？您儿子没跟您说吗？"一听是产妇的婆婆，护士也松了一口气，"您儿媳产后发生羊水栓塞，正在手术室抢救呢。"

"他刚才在电话里也没说明白，小玉现在的情况怎么样，不要紧吧？"

护士见她的情绪并没太大波动，心想这毕竟不是亲妈，就实话实说道："她产后大出血，要手术切除子宫。"

"切除子宫？"老妇人的声调陡然提高了八度，"切除子宫？子宫没了她还怎么要二胎，给我生孙子？"

"羊水栓塞特别凶险，你儿媳妇流血太多，不切子宫必死无疑。现在这种情况，就是切掉子宫，都很难保……"护士的声音越来越小，最后那几个字，不知道她自己能不能听得见。

"不行！我家三代单传，如果在这儿断了香火，我怎么向他死去的爷爷交代？"

"妈，您就别添乱了，我都签字同意了。"蹲在一旁的小伙子绝望地喊道。

"什么？你同意了？你是不是脑子进水了？小玉没了子宫怎么再生孩子？"

朱亭亭终于忍无可忍，厉声斥道："您儿媳妇命都快没了，您还计较这个！如果现在躺在手术台上的是你儿子，问你保命还是保前列腺，我就不信你会选择后者！"

"你、你这个大夫怎么说话的？"产妇婆婆气得嘴唇发抖，声音变调，"我要投诉你！"

"去啊，我既然有胆说就不怕你投诉！"

"别嚣张，咱们等着瞧……"产妇婆婆梗着脖子嚷道。

"妈！别闹了，小玉现在还生死不明呢！"小伙子站起来拽住他母亲。

"她们要切掉你老婆的子宫啊，你也能接受？"

"小玉只要活着就好，我不管她有没有子宫……"小伙子颓然失声，流下眼泪。他跟产妇是大学同学，相恋三年，年初时两人奉子成婚，才结婚七个多月。

"行，我不管你们了！"产妇婆婆怒气冲冲地走了。

窗外的天空渐渐泛白，月落日升，橘红色的朝霞浸染东方。太阳挣扎着从地平线升起时，手术室的灯灭了，白主任一脸疲惫地走出来。

"大夫，我老婆怎么样？"

"命暂时是保住了，能不能度过危险期，还要进ICU继续观察。"产妇全身的血几乎都换了一遍，总输血量近5000毫升，三个科主任、五名医生奋战了大半个夜晚，才将她从死神手中抢救回来。

〔2〕

朱亭亭接手的那台情况也不见得好多少，那个胎心异常羊水少的患者难产，顺产不成，只能剖腹。手术由主治医师廖大夫主刀，朱亭亭做一助，先头都很顺利，可最后一步缝合皮肤的时候出了麻烦。

产妇的肚子上有一个巨龙文身，开刀的时候被切成了两半，此时此刻，无论是廖大夫还是朱亭亭，都想把文身尽量原封不动地缝合在一起。但她们毕竟不是整形科医生，完成这个操作的难度较大。手术这时只用了四十分钟，但是，这两个强迫症大夫又花了整整一个小时去对付那条巨龙，结果缝出来的样子还是不尽如人意。眼见雄伟的巨龙在自己手下变成了臃肿的胖虫，追求完美的廖大夫心里不爽，脱下无菌手套就出去了。

朱亭亭完成收尾工作，随后也出了产房，刚迈进走廊，就听见有人惊呼："谁动了我的桃罐头？怪不得这一晚上又是大出血又是难产的，原来有人偷吃了供给夜班之神的桃罐头！"

朱亭亭笑道："下次还是供苹果吧，咱科大夫都不爱吃苹果。"

"不是觉得苹果经常有人供，想让夜班之神尝尝新鲜嘛。"廖大夫想起那条被自己缝合失败的巨龙，忍不住火气上涌，"谁嘴那么馋啊，连夜班之神的供品也敢偷吃，诅咒她以后上夜班都睡不好觉。"

医院里，经常能看到值班医护人员拎着桃罐头或苹果上夜班，苹果代表平安无事，桃子代表逃过一劫，大家不见得真的相信，多数时候只是为了求个心理安慰。

"廖姐，别说那么恶毒嘛……"朱亭亭刚想小声劝两句，忽见于欣妍从病房探出大半个身子，柔声细语地开口道："罐头是我动的，麻醉科主任下手术的时候饿了，一大早订不着外卖，我就把桌上那瓶桃罐头拿给他吃了，也不知道是你放的，不好意思呀。"

"噢，原来是大美女拿去送人情了呀，没事没事，你也知道我这个人有点迷信。"廖大夫心里不满，但听完于欣妍的一番软言慰语又不好发作，犹如一拳打在棉花上。

"那下次咱俩再搭班值夜，我带瓶罐头吧。"于欣妍微微一笑，带着女人特有的娇媚。

朱亭亭心里感慨，怪不得自己找不到对象，长得虎背熊腰手脚粗壮不说，举手投足也没一点女人味，哪像人家于护士，浑身都散发着雌性魅力。一想到晚上的相亲，朱亭亭都有点退缩了。

不过，畏首畏尾瞻前顾后又不是她的性格，她之所以屡受打击还在相亲路上走了这么远，完全在于其体内有着一种与生俱来的不服输精神，明知不行也要试一试。

晚上七点，朱亭亭准时出现在事先约定的西餐厅，一个瘦麻秆模样的男人已经坐在那里了。

"你就是……朱亭亭？"瘦麻秆的脸上写着失望。

朱亭亭瞬间读懂了瘦麻秆的表情，长久以来积累的相亲经验告诉她：他俩没戏。被这样一个人嫌弃，她觉得既受辱又委屈，而且为了这次才开场就要散场的约会，她险些得了乙肝。今天白天太忙，心里又一直惦记着晚上的相亲，她差点忘了去打乙肝免疫球蛋白，亏得后来想起来了。

不过，这个结果也让她顿感轻松，从凌晨三点到刚刚下班连轴转十几个小时的疲累感阵阵袭来，朱亭亭打了个哈欠，又抻了抻懒腰，决定不再为不懂得欣赏自己的人刻意伪装。眼瞅着瘦麻秆脸上的失望变为惊讶，朱亭亭忽然觉得有点意思，打算逗一逗他，她冲他扬了扬下巴："关筌，是吧？"

瘦麻秆见胖妞一副趾高气扬的样子，脸上还挂着不屑一顾的笑容，好像在说"我是流氓我怕谁"，急忙慌张地点了点头。

关筌此刻的心情特别复杂，虽然自己是男生，但参加工作之后，大大小小的相亲也早就多得手脚加在一起都数不过来。那些坐在对面的女孩，无论是漂亮的、丑陋的、热情的、冷漠的，还是温柔的、彪悍的……他都能在日常生活中找到原型，并迅速在心里对她们的性格做一个大致准确的定位。

今晚的这位，尽管长得真不怎么样，可她的脸上却毫无自卑羞怯，反倒流露出一种满不在乎、浪荡不羁的痞里痞气。关筌从未见过这种类型，她对自己的碾压不光是体型上的，更多是气势上的。

"我这人呢，性格直，不喜欢浪费时间，今晚咱俩既然有缘坐在一块儿了，有什么想法就直接讲清楚，也别为了照顾谁的面子再回去托介绍人转达，费那个脱裤子放屁的二遍事了。"朱亭亭口不择言，她真的觉得累极了，相亲这么多次，没一次有下文的，所以此时此刻，她拿出了比原形毕露更糟糕的样子，简直就是自毁形象。

如此开门见山，关筌吓了一跳，脸上的表情更加惊惧，介绍人说对方是个产科医生，可是从行为到言语，怎么看都像个混社会的。

"我、我觉得……"关筌磕磕巴巴，谨慎地措辞道，"咱、咱俩不是一种类型……"

"什么叫不是一种类型啊？"朱亭亭翻了一个白眼，"你怎么不干脆说你不是哺乳动物？"

关筌莫名心塞，心里早把那位给自己介绍对象的同事凌迟了一万遍。他刚想找个借口脱逃，突然横空飞来一个钥匙链，呈抛物线状落在眼前的餐桌上。幸好他们还没点菜，桌上只有两杯咖啡。

朱亭亭看着拴在钥匙链上的毛绒玩具，是《海底总动员》里白条黄底的小丑鱼，还有心思开起了玩笑，煞有介事地喊道："服务员！这桌没点鱼啊！"

这时，一个女孩气冲冲走过来抓起钥匙链，她也没想到这只毛绒玩具的弹跳力这么强，居然能从男友的肩膀反弹到隔壁桌上。

"假期加班，周末加班，我过生日你还加班，觉得跟我在一起没意思是吧？那趁早跟你老板结婚算了！"女孩的声音很大，引得四面八方的客人都往这边瞅。

"你别激动，我也是身不由己……"男孩神色疲惫地解释道，他的脸色煞白，一看就是很长时间没有好好休息了。

"你不需要解释，我们分手吧，我不想把大好的青春浪费在等待上，你又不是戈多！"女孩甩开男孩的手，决绝地离开了。

朱亭亭打开钱包，从里面抽了一张百元钞票放在桌上，也准备走了。关荃对自己没兴趣，从她进门看见他的第一眼就知道了，既然这样，自己再待下去也没什么意义。

可没等朱亭亭站起来，旁边却倒下一个黑影。

"快来人啊，有人昏倒了……"这片餐区的女服务员手足无措地奔走惊呼。

"别喊了，打120！"朱亭亭说完，迅速脱掉外衣，一边扯下手腕上的皮筋扎起头发，一边走到男孩身旁蹲下来，整套动作不过短短五秒钟。

"醒一醒，能听见我说话吗？喂，你能听见我说话吗……"她拍着男孩的肩膀，几下之后，没有任何反应，一摸颈动脉没有搏动，呼吸停止了！

朱亭亭立即解开他的衣服，进行心外按压和人工通气，一分钟、两分钟……额前的碎发已被汗水浸湿，但她不敢停止，因为猝死病人最重要的抢救时机就是在这几分钟，如果得不到有效急救，他的死亡概率便会大大提高。

关荃站在一旁看着她实施抢救，沉稳干练，冷静专注，完全跟刚才吊儿郎当的样子判若两人，直到此时，关荃才终于相信她是个医生，而且应该还是个不错的医生。

餐厅的位置在市中心，所以救护车很快就来了，朱亭亭直接跟车一起去了医院，之后两人就再也没联系过。

几天之后，介绍人打来电话，兴冲冲地告诉她："亭亭，关荃想跟你继续处处，还要了你的微信号。"

朱亭亭正在睡觉，被电话吵醒的时候，大脑仍是一片糨糊："哪个关荃？"

"周一晚上跟你相亲的那个小伙子，长得又高又瘦，单眼皮小平头。"介绍人细致地描述，她非常理解记不住名字这种事情，对象看多了，哪还能分得清甲乙丙丁？

"哦，我想起来了。"朱亭亭彻底醒了，难以置信地问，"他跟你说什么？想跟我处处？"

"没错，我就觉得你俩合适，怎么样啊？"介绍人扬扬得意，自然并不晓得男方曾有过将他凌迟一万遍的冲动。

朱亭亭完全没想到会是这个结果。后来，当她反思当时自己怎样扭转乾坤让对方改变想法的，却翻来覆去也想不明白，只能把原因简单地归结为一切皆有可能，或许，是最后救人时的本色出演打动了关荃吧，让他见识到白衣天使头顶上闪耀的光环。

〔3〕

羊水栓塞的产妇小玉度过了危险期，转出重症病房时，无论病人还是家属，脸上都没有一丝喜悦，她还这么年轻，就失去了子宫，不知以后的漫漫人生该怎样度过。

不过她也算是不幸之中的幸运者，有多少患者不能活着转出重症监护室，ICU就是他们人生的最后一站。

梁筱晞每天下班路过急诊楼，都会习惯性地往里瞅两眼，尽管隔着反光的玻璃什么都看不清。今天也不例外，当她放缓脚步扭过头的时候，恰巧陈永正穿过大厅，无意中往外一瞥，刚好对上她的视线。

这时，一个黑影挡在两人之间。

"梁大夫，可算等到你了，这医院太大，我又不知道你在哪个科。"蔡忠良打听了好几个穿白大褂的，可没人知道谁是梁筱晞，"我真笨，上次就应该留个电话。"

"找我有事？"梁筱晞看见他就想起新闻上那张傻乎乎的配图，脸色自然好看不到哪里去。

"是这样的，上次我发的那则新闻引起了社里重视，领导让我追写一篇报道，重点表现一线医务工作者的紧张忙碌，在长期高强度工作压力下的身体情况和精神状态。"

"你……想采访我？"

"是啊，一会儿有时间吗？"蔡忠良挠挠头，"咱俩找个地方坐着聊。"

"没时间。"梁筱晞还没想好怎样拒绝，旁边突然有人说出了她的心声，她和蔡忠良一起转头，竟然是陈永。

"你怎么出来了？今晚不值班了？"梁筱晞喜出望外，以为自己记错了陈永值班的日子。

刚才，陈永看见外面有人把她拦住，担心患者家属找她麻烦，不放心才出来瞅一眼，结果走近就听见一个男人想跟她找个地方坐坐，一瞬间脸上的表情比死了患者还难看。

梁筱晞没注意到陈永神色的异常，还笑着介绍道："这位是阜江日报的记者蔡忠良，上次那篇断肢再植的报道就是他写的，蔡大哥想采访我，所以……"

陈永冷冷地瞟他一眼，淡漠地说："哦，报道内容我没看，不过照片拍得还不错。"

"过奖了，就是随手抓拍的。"蔡忠良谦虚地道。

陈永没有搭话，转向筱晞："今早上班走得太急，忘记喂宠物了，你得帮我个忙，不然等我明早回家说不定饿死了。"

"啊？宠物？"梁筱晞还不知道他什么时候养了宠物。

"我办公室有把备用钥匙，你跟我去拿一下。"陈永这样说完，蔡忠良也不好再纠缠梁筱晞，问她要了电话，两人互相告辞。

回急诊的路上，梁筱晞追在陈永身后，像个好奇的小孩："你养了什么宠物？不会是一只小狗吧？"

"不是。"陈永面色阴沉，八成因为她随便给人留了电话。他承认，自己不太了解女人，年少的那段感情经历给他留下了不快的回忆。那个法国女友，才两个星期没见，就像变了一个人。那段时间，陈永在准备考试，忙得焦头烂额，一直没有跟她联系。后来，他再给她打电话，她就坦言爱上了别人，还说他太无趣。剧情转折太快，陈永握着电话愣怔了老半天，才反应过来自己被分手了。

他不见得有多难受，不过就是从此对女人多了戒心，加上本身性格冷静克制，理智隐忍，久而久之，竟变成了有点冷血的工作狂。

眼看这么优秀的男人在单身路上越走越远，俞明泽急了，找机会就劝他，外国女人的脑回路跟中国女人不太一样，她们喜欢直来直去，心思善变，可并不是所有女人都那么随便。陈永充耳不闻，还是一心扑在事业上，直到遇见了她。

梁筱晞还不死心："是小猫吗？"

"别瞎猜了。"陈永心里七上八下，管那个东西叫"宠物"，似乎有点言过其实了。

"哈哈，还挺神秘。"梁筱晞更加来了兴致，刨根问底道，"那告诉我名字总可以吧，不然我怎么跟它交流？"

交流？陈永心里发慌，随口胡编了一个名字："呃，它叫……忐忑。"是啊，此刻他的心情很忐忑。

"忐忑？"梁筱晞乐不可支，"哟，还是只神兽呢。"

她不停地猜测着忐忑到底会是什么宠物，小乌龟？小仓鼠？小兔子……以陈永的性格，养一只小刺猬也说不定。闻名不如见面，她已经迫不及待地想看看这个昵称奇特的小家伙长什么样子了。

梁筱晞打开门锁的时候，还幻想着一只可爱的小动物摇着尾巴冲自己跑过来，可换鞋进屋之后，喊了半天"忐忑、忐忑"，也不见半个鬼影。

最后，梁筱晞把脑袋从沙发底下挪出来，她已经筋疲力尽，打算放弃寻找了，却在这时抬头一瞥，看见了那个立在电视柜上的玻璃瓶。

她直起腰，走过去拿起玻璃瓶，果然，里面有一只指甲大小的蜗牛，正在费力地往瓶口爬呢。

半分钟后，陈永的手机响了，进来两条微信：

"忐忑不会就是它吧？"

紧接着是一张蜗牛的图片。

"是。"陈永心虚地回了一个字。昨天他下班早，到旁边的农贸市场买了几样青菜，蜗牛是在小白菜上发现的，它缩在壳里，紧紧黏在白菜茎上。

陈永感慨蜗牛的生命力，一定是蔬菜大棚里的温度高农药少，它才得以幸存下来。

"这就是你养的宠物？"梁筱晞反复确认，不敢相信。

"没错。"

"它一天不吃东西会饿死吗？"她泄愤似的狠戳着触屏键盘，忐忑竟然是只蜗牛，害她白高兴一场。

"没养过，不知道。"陈永看着手机，不自觉地弯了嘴角。

梁筱晞放下玻璃瓶，一屁股坐在客厅的地板上，隔着玻璃平视里面那只蜗牛，它还在慢吞吞地往上爬，两只触角左右摆动着探路。

她对着蜗牛正发呆，手机铃声响起来，她立即按下接听键。

电话那端，是陈永若无其事的口气："干吗呢？"

梁筱晞赌气地说："欣赏宠物呢。"

陈永笑了，故意逗她："它长得好看不？"

"太小了，看不清脸。"

"明天给你买个放大镜，仔细瞧瞧。"

"放大镜哪够，得用显微镜。"梁筱晞抿嘴笑了。

"行，都依你。"陈永顿了一顿，又问，"喂了吗？"

"刚才去超市买了一堆面包、饼干，还有火腿肠……"她歪头瞥了一眼放在门口的购物袋，声音还带着怨气，"这些东西它能吃吗？"

"当然不能，冰箱里有青菜叶，如果不嫌麻烦，也可以煮个鸡蛋把壳碾碎了喂它。"

"蜗牛还吃鸡蛋壳？"梁筱晞开始觉得有趣了。

"嗯，补钙。"陈永看了看时间，该查房了，"今晚你别走了，从我家到医院更方便。"

"好，明早我把钥匙给你送去。"

"钥匙你留着吧，没事过去帮我喂喂蜗牛。"

"……"

〔4〕

周六，难得两人都没有值班。梁筱晞走进陈永家门的第一件事就是跑去电视柜前看蜗牛。

"忐忑，这两天吃得怎么样？上次喂了你那么多鸡蛋壳，让我看看你变大了没有。"她玩得兴致勃勃，嘴里还絮絮叨叨，丝毫不顾忌蜗牛主人的感受，"哎，好像一圈也没长啊。"

陈永抱着手臂，斜靠在门边，望着她的侧影，板着脸道："是个活物都比我有魅力？"

梁筱晞笑着直起身子，走到他面前停下："您怎么着也得比个爬行动物，比软体动物也太low了吧？"

陈永缓缓放下胳膊，眯着眼睛打量她，半天不说话，突然一个箭步冲上前，把她横抱起来，作势要往地上扔："让你尝尝爬行动物的厉害？"

吓得她大声求饶："不说了，我不说了！"

陈永忍不住笑了，轻轻将她放在地上，就像放下一个易碎的玻璃器皿，正经说道："不跟你闹了，我去做午饭。"

梁筱晞拽了拽被弄皱的衣服，跟着进了厨房："能帮你做点什么？"

"不用，你跟蜗牛玩去吧。"

"我又不是三岁小孩，逮着什么都能玩半天。"

"你也就看着像个成人吧。"

"谁说的，我从内到外都是妥妥的成人。"她做过心理测试，心理年龄不比实际年龄小。

陈永切菜，头也不抬："口说无凭，一会儿让我检查检查。"

话说得露骨，但对医生来讲，露骨算什么，露血管露心脏也不是没见过，梁筱晞却联想得远了，歪头问道："你不会也经常在手术台上给小护士们讲荤段子吧？"

一般外科手术进展得比较顺利的时候，有的主刀大夫就憋不住要讲一些涉及人体器官的荤段子，一来缓解长时间手术的疲劳困倦，二来调节手术室内沉闷压抑的气氛，当然，最重要的还是为了显示自己的风趣幽默。不过，能拿到手术台上讲的基本都是让人会心一笑的冷笑话，而不是叫人捧腹甚至笑抖掉手术器械的爆笑段子，那样会出人命的。

"没讲过，有些话只对特定的人才说得出口吧？"陈永摆弄着手中的厨具，背对着她，半开玩笑半认真道，"所以，如果没有你，某些语言恐怕就要在我的词汇库里永远消失了。"

"为什么？"

"没机会讲啊。"他笑着解释。

"比如呢？"

"比如……"陈永思忖片刻，转过身，轻轻说了一句，"比如……我爱你。"

这句话犹如一阵微风拂过心间，漾起丝丝涟漪，说不感动是假的，她却依然嘴硬："不会啊，没我还有别人呢。"

"嗯，似乎有道理。"陈永故意点头道。

"差点儿被你的甜言蜜语蒙蔽了，原来你是爱心泛滥啊。"

"蒙蔽？"陈永表情不悦，板着脸道，"成熟和幼稚的另一个区别就是能否分辨虚情假意还是真心实意。"

梁筱晞白他一眼，声音越来越小："不就想说我幼稚嘛……"

陈永想了想，勾起嘴角："你那天扒玩具店玻璃橱窗的样子确实称不上成熟。"

一天晚上，他们逛商场的时候路过一家玩具店，梁筱晞不经意瞥见玻璃窗内的毛绒玩具，一只限量版乞丐熊，戴着白绒球帽子，憨态可掬，特别可爱。她下意识地停住脚步，扒着玻璃往里看，漆黑明亮的眸子透着一股纯真无邪。陈永看着她，心跳漏了半拍，脱口而出道："我去给你买！"

"别，"梁筱晞一把搂住他，压低了声音，"我又不是小姑娘，这么大的人还抱着玩具熊走在街上，不跟老太太穿旗袍似的？"

"老太太怎么就不能穿旗袍？"陈永不以为然，说了一句连自己都觉得不可思议的话，"你怕丢人，我帮你拿着！"

"不行，不行，老头子就更不能穿旗袍了！"梁筱晞拉着他的胳膊不松手，难以想象一个穿着笔挺西服的中年男人抱着一只硕大的玩具熊走在街上给人的视觉冲击。

回忆起那天的事情，梁筱晞忍不住笑了。

"你笑什么？"陈永问。

"没听过那句话吗？女人对毛绒玩具都没有抵抗力，不管她多大。"梁筱晞掩饰道。

"我只是担心，你以后能不能不跟咱们的孩子抢玩具。"

"……"

他不用她帮忙，她只好倚在门边陪他聊天，直到饭菜做好，帮忙端上餐桌。

吃饭的时候，梁筱晞见陈永心情不错，犹豫着开口道："有件事，我本打算前段时间就告诉你，不过当时咱俩都有点忙……"

陈永抬头："什么事？"

"我明年想考博，已经报名了。"她耐心地解释，生怕他有想法，"你也知道，在我们这种医院，博士是早晚要读的。"

毕竟两人刚确立恋爱关系，万一她考到外地，他们至少三年不能经常见面，感情可能要面临很大的考验，多少情侣因为距离太远最后分道扬镳，她也不知道陈永能否接受异地恋。

"不错啊，想考哪个学校？在职还是脱产？"他的语气与平常无异，没有任何情绪起伏。

梁筱晞愣了一下，本以为他会埋怨自己不跟他商量就去报名，现在看来，明显是她自作多情了，他的反应平淡得让人心凉。

梁筱晞竭力掩饰住内心的失落："打算念脱产，报了两所学校，隋州的P大医学院，和南津医科大。"

"隋州？"陈永沉吟片刻，终于冒出一句让人略感欣慰的话，"有点远啊。"

他说有点远，是害怕见不到自己？梁筱晞带着些许的期待，声音也更有了底气："隋州的P大医学院实力很强，如果考上P大常教授的博士生，还有出国交流的机会。"

"国外的医学院不是那么容易念的，尤其是女孩子。"陈永想起那时自己拼了命地学习，最后几乎是扒掉一层皮才在最短时间内拿到Ph.D.学位。

梁筱晞垂下眼帘，泪水憋在眼眶里，她赶紧埋下头，猛扒了几口饭。食物噎在胸口不上不下的感觉很难受，却能帮助她迅速平复情绪，让一种感觉冲淡另一种感觉，是人类化解悲伤时常用的伎俩，一如女人失恋时的暴饮暴食逛街狂扫。

其实在告诉陈永这个消息之前，梁筱晞的心里早已有了主意，南津医科大学是她的第一选择，而另外那所学校——P大医学院，要比本校难考得多，如果能考上，南津医大应该更是十拿九稳，所以她虽报了两所学校，实际就是想测验自己的水平如何。

可陈永好像根本就不在乎她考到哪里去，他不想让她出国读书，并不是担心与她远隔重洋，也不是怕她一个人在国外受苦，而是觉得她的实力不行。

梁筱晞觉得胸口堵得难受，鼻子也有些发酸，为了不让眼泪不争气地掉下来，她拼命往嘴里塞东西，化悲痛为食欲。

陈永见她一个劲儿干吃白饭，微微皱眉："你怎么光吃饭不吃菜？今天的菜做得不好吃？"

"挺好，就是……"梁筱晞硬着头皮说，"饭更好吃。"

"跟平时没什么区别呀，"陈永尝了一口米饭，自个儿嘀咕，"我怎么吃着都一样，你这味觉也太灵敏了，都能当缉毒犬了。"

"我饱了。"她的动作飞快，几乎是狼吞虎咽地吃完了一顿饭。

"早上没吃饭，饿坏了吧？"陈永站起身来，"我再去给你盛一碗。"

"真饱了。"梁筱晞扯着嘴角，艰难地露出一个笑容。

"别不好意思啊，面子好看了肚子遭罪。"

梁筱晞特别无语地瞪他一眼，这家伙什么时候才能学会讲人话？

两人沉默地对坐一会儿，陈永也撂下筷子，抬头直视着她的眼睛，一字一句地说："等你考上博士，我们结婚吧。"

"结婚？"梁筱晞的声音微颤，心跳不由自主地加快了。

"脱产读博没有工资，我得养你啊。"陈永说得风轻云淡，却让她这次真的就湿了眼眶。

〔5〕

傍晚时分，窦军坐在手术室外面的长椅上，目光呆滞，一脸茫然。他们一家三口刚刚遭遇了一场重大车祸，妻子在车祸中丧生，十四岁的儿子正在里面抢救。而此刻，窦军的脸上却没有现出一丝等待亲人生死判决的惶恐不安，他的手里死死地攥着一张化验单，上面显示他的儿子是O型血，可他是AB型。无论他的妻子是什么血型，两人都绝对生不出AB血型的孩子。

在这场突如其来的灾难中，窦军的伤势最轻。但他还未从失去妻子的剧痛中缓过神来，另一个更加沉重的打击便接踵而至：自己含辛茹苦抚养了14年的儿子竟不是亲生骨肉！

这一刻，他的脑子突然变得清醒无比，一下子就想通了当年美貌的妻子为何主动对他投怀送抱，并迅速与他迈入婚姻殿堂。为了跟她结婚，他抛弃了交往六年的初恋情人。他一直感慨自己艳福不浅，甚至因此对自己其貌不扬的外表产生了几分莫名的信心。

现在看来，是他想入非非了。男人啊，总是对两种情况过度自信——女人对婚姻的忠诚和自己对异性的魅力。

14年的顶缸父亲，这就是老天对人不自量力的惩罚。这个世界，灾祸往往戴着诱惑的面具站在人们眼前，如果不能沉着应对，而是被膨胀的信心冲昏头脑，就会遭殃受罪。

手术室的门开了，神外主任哑着嗓子喊了几遍"窦焕鹏家属"，窦军才慢吞吞地从椅子上站起来，脚步拖沓地把身体挪了过去，魂神却不知在何处。

"手术完成了。"这是一台多科联合手术，患者除了颅脑挫裂伤，还合并腹腔脏器破裂和右下肢骨折，神外主任的表情并不轻松，语调也略带沉重，"你儿子的脑挫伤比较严重，目前虽然清除了颅内血肿和失活的脑组织，但我们也不确定他什么时候能醒过来。"

一般情况下，医生说"手术完成"或"手术成功"，只表示把该切的切掉了，该补的补上了，该缝的缝合了，并且术中没有致命的大出血、神经损伤或心脏骤停等突发危险状况。至于术后会不会出现感染并发症以及病灶复发，就不在这个讨论范围内了。有的时候，主刀大夫做完一台手术，后续还可能有一系列的麻烦事等着他。

所以，经不住打击、扛不住压力、承受能力差的人，当不了外科医生。医生的肩膀比普通人更强壮，才能负得起重任，医生的心脏比普通人更强悍，才能顶得住重压。

而像这样的一台手术，不会让医生获取任何成就感，因为他们也不知道患者能否苏醒过来，会不会变成植物人，即便恢复意识，会不会终身瘫痪，一切都是未知数。

神外主任做完术情告知，正等着窦军像其他患者家属一样继续追问，却只见他木然地点点头，又坐回到原来的椅子上。窦焕鹏从手术室出来，直接被推进重症监护室，在那里做进一步的监测和治疗。

这段时间，蔡忠良闲着没事就去南津医院转悠一圈，还自欺欺人地安慰自己：医院真是个好地方，隔三岔五多跑几趟，说不定能挖到新奇的社会新闻，也不知他到底是想挖新闻还是想挖人。

蔡忠良盯着通讯录里的那串电话号码，心中反复交替着两个声音：打？不打？

纠结了半天，最后，他终于心意一横，拨通梁筱晞的电话："梁大夫，那、那个……上次我跟你说的采访，能不能再考虑一下？"

"抱歉，真不行，电影院那次是为了救人迫不得已，我不想当英雄，也不想曝光自己。"梁筱晞已经发消息拒绝一次了，这一回她说得更加坚决。

"能理解，既然这样，请教你几个问题总可以吧？"蔡忠良厚着脸皮继续道，"我保证，绝不打探任何有关你的个人隐私。"

"那……好吧。"梁筱晞勉强答应了。

蔡忠良报了医院旁边一家环境不错的日本料理，约她下班后见面。

临下班前，ICU又收了两个病人，一个是急性胰腺炎合并多脏衰，一个是妊娠高血压，情况都非常严重，随时需要抢救。晚上，ICU破天荒地安排了五人值班，两个一线、两个二线，还有梅主任亲自坐镇三线，值班医生的阵容简直快赶上区县级医院整个ICU团队的规模了。

一个夜班，只要遇到一位生命垂危的重患，值班医生就要提心吊胆直到天亮，更何况是两名，再加上之前的车祸患者窦焕鹏还未度过危险期，各种术后并发症随时都有可能要了他的命，他身边也需要有人严防死守，这注定不会是一个平静的夜晚。

梁筱晞没被留下来值班，但她匆匆赶到日料店的时候，已经比约定时间晚了一个多小时。进店之后，她远远地就望见蔡忠良冲自己招手，快步走过去，在他对面坐下来，气息微喘："不好意思，让你久等了。"

蔡忠良倒了一杯茶，推到她面前，体谅地说："你们当医生的，约会迟到是常态。我有个亲戚，是省肿瘤医院的外科大夫，各种大小聚会从来没准时出现过。"

梁筱晞不客气地端起茶杯，仰头一饮而尽，然后擦擦嘴角："嗯，省肿瘤的外科估计也不清闲。去年，我们院一个外科大夫，连续十几个小时接了三台急诊手术，下台之后直接猝死了。"

"是啊，现在猝死的医生越来越多，而且呈年轻化趋势。"蔡忠良递上菜单，笑着说，"我不知你的口味，所以等你来点餐。"

梁筱晞接过菜单，却放在一边："我不饿，咱们先说正事吧。"

"东西上来也得等会儿，再说可以边吃边聊。"蔡忠良看看时间，已经七点了，伸手招来服务员。

"好吧，"梁筱晞点点头，脱口而出，"茶泡饭、土豆沙拉。"

蔡忠良见她不翻看菜单，要的东西也奇怪，便提议道："这家的生鱼寿司味道也不错。"

"我不吃生食，"梁筱晞摇头笑道，"其实这家店最有特色的就是茶泡饭和土豆沙拉，我过来经常这么点。"

蔡忠良一拍脑门："瞧我差点忘了，咱们就在医院旁边，你对这儿早就轻车熟路了吧？"

"轻车熟路谈不上，倒是来过几回，点菜估计比你有经验。"梁筱晞颇为自信。

"还有什么好吃的，帮我推荐一下。"

"嗯……你喜欢吃凉面吗？"

"可以啊，凉面去火。"蔡忠良点头，对面的人秀色可餐，他吃什么都一样。

"他家的冷稻庭乌冬面，原料用的是日本秋田县的稻庭面条，秋田产的小麦和大米都很有名的。"

"好，那就要冷稻庭乌冬面，再来一份天妇罗，还有……"蔡忠良翻了翻菜谱，"炙烤三文鱼。"

点完菜，梁筱晞又急着切入正题："你到底想问什么？只要不涉及病人隐私，不侵犯医院利益，专业性的问题，我尽量解答。"

其实蔡忠良根本没什么想要问，一切都是为了跟她见面的托词。但话已出口，总要应付过去。下午挂了电话，他临时恶补了一点医学常识，凭借新闻记者超强的知识吸收能力和信息整合能力，以及对各种社会现象的敏锐触觉，迅速整理了几个有关民生的医疗热点问题。

他清了清嗓子，刚要发问，梁筱晞的手机响了。

"在哪儿？"陈永的声音。

"医院对面那家日料店。"

"一个人？"

"还有一位朋友，有事吗？"梁筱晞直接问道，她知道这个时间陈永不会无缘无故打电话，两人平时的工作太忙，周末才有空见面，还得赶在都不值班的时候。

有人说，医生跟医生谈恋爱就是一起泡图书馆啃书，一起查资料写论文，一起准备各种考试，一点也不假。因为没时间谈情说爱，所以医护人员内部消化的情况特别多。

"嗯，找了几本重症医学的资料给你，复习考博应该用得上。"陈永言简意赅。

梁筱晞隔着电话弯起唇角，爽快地说："好，我明天找你去拿。"

临挂电话，陈永忍不住八卦了一句："跟谁吃饭？我认识吗？"

"就是上次在急诊楼外碰见的那个蔡记者。"梁筱晞说着，瞅了一眼餐桌对面的蔡忠良。

他的神色如常，不过电话那边，陈永的声音却陡然转冷："噢，正好我也还没吃晚饭，你不介意再加双筷子吧？"

梁筱晞听出他语气不悦，赶紧答应下来，一时竟忘记了征询同桌朋友的意见。

倒是蔡忠良见她挂断电话，主动问道："怎么了？男朋友查岗啊？"

本就一句玩笑话，却听得梁筱晞尴尬无比，慌忙解释道："他一会儿过来给我送复习资料。"当然不好意思说是来蹭饭的。

"你有男朋友了？"蔡忠良有些失落，却也在意料之中。

"那天忘了跟你介绍，你见过的，急诊科大夫。"

〔6〕

陈永进了日料店，远远看见两人坐在靠窗的位置。那个记者正神情专注心无旁骛地望着自己的女友，眼神绝对算不上纯净无害。隔了这么远，陈永似乎都能察觉到隐藏在那目光后的炙热和爱慕。直觉这种东西并不是女人专属的能力，男人的第六感有时也很准。

陈永黑着脸走过去，没等梁筱晞说话，冷冷地开口道："哟，梁大夫答记者问呢？注意啊，医生不能泄露病人隐私，别回头让那些'标题党'再给添油加醋发到网上去，你可就麻烦大了。"

"您多虑了，我们不是在做采访，只是闲聊而已。"蔡忠良站起来，大方地朝陈永伸出手，"你好，我们见过的，阜江日报，蔡忠良。"

"南津医院，陈永。"陈永的语气硬邦邦的，面无表情地握了手之后，顺手把梁筱晞推到里面的位置，自己在蔡忠良对面坐下来。

梁筱晞见他两手空空，什么也没拿，便问："书呢？"

陈永不答，反问道："梁大夫，复习考博的时间够用吗？还有空跟人在这儿闲聊？"

梁筱晞尴尬地动了动嘴唇，还没进出一个字来，只听身旁的人又说："最近网上流行一幅漫画，一个砍柴人和一个放羊人在一起聊天，日暮降临，放羊人的羊吃饱了，砍柴人的柴还没砍……"

蔡忠良听懂了他的意思，忍不住插嘴："兄弟，您这话可扯远了，当医生就算再忙也不能不吃饭啊。"

"饭自然要吃，但不是一吃两三个小时这样的吃法。"陈永就是看蔡忠良不顺眼，不管是因为两人八字犯冲，还是觉得对方惦记着自己的女友，他都不想掩饰这种情绪。

他站起身来，抓住筱晞的手腕，命令的语气："走，跟我回去看书。"

陈永今天一反常态，甚至有点无礼的表现，让梁筱晞感到非常恼火。她不明白他为什么无故找碴儿，蔡记者在这儿苦等了自己一个多小时，人家只是想咨询几个问题而已，就算是浪费了她的宝贵时间，但别人的时间难道就不需要珍惜了？她挣开他的手，话语几乎未经大脑就脱口而出道："不要你管，你怎么跟我妈似的，更年期提前啊？"

话一出口，两个男人都愣住了，"妈"这个称呼，抛除骂人的那层意思，也不一定在任何话语情境下都具有积极的感情色彩。

蔡忠良低下头，手指摩挲着茶杯，以掩饰脸上微妙的情绪波动，那是一种发自内心的缺乏善意的愉悦。陈永则脊背挺得笔直，神情严肃地盯着她看了几秒钟，直把她看得心里发毛，最后，一言不发头也不回地走了。

梁筱晞没心思再心平气和地好好吃饭，坐立不安地又待了一会儿，找个理由也告辞了。

离开饭店，她才后知后觉地想到，陈永会不会是吃醋了？刚才他把她推到里面座位时的举动，活像一只支着毛守护领地的非洲狮，就差没在她脸上戳个章，印上自己的名字。

她忽又想起那天在急诊楼外面的情景，难不成上次指使她去喂宠物也是借口？说到底是不想让她跟别的男人单独出去？

梁筱晞掏出手机给陈永打电话，响了两声，被挂断了。

又打过去，还是挂断……

一刻钟后，梁筱晞走进急诊大楼，陈永办公室的灯还亮着，他果然没走。透过虚掩的门，她看见他负手站在窗前，窗外夜色华丽，他的背影却萧索而疲惫。

梁筱晞推门而入，装作什么事情也没发生似的上前搭讪道："你还没走呢？"

听见她的声音，陈永的身形一顿，没有理她。

梁筱晞知道这次蒙混不过去了，提心吊胆地挪到他身旁，小声道："对不起，我刚才说错话了。"

陈永侧头淡淡地瞥她一眼，嘴角带着一抹讥讽："吃完了？"

"你别生气啊。"梁筱晞揪着他的衣服，力道很轻地扯了扯，"以后我跟人吃饭都提前向你请示。"

陈永见她变乖的样子，表情有所松动："女的不用。"

"好。"

"男的不许。"

"你怎么这么小心眼啊？"

"难道你没看出来吗？那小子对你有意思。"

"怎么可能，我们才见过两次，不对……三次，三次而已，反正不可能！"乖不过三秒，她又翻脸了，"在你眼里是不是叫个男的都对我有意思？"

陈永还是更信自己的直觉，这世上随便哪个正常男人，肯定都是宁可当醋坛子也不愿戴绿帽子，不过有的时候，男人为了维护尊严很难说出自降身份的话来，正如此时此刻的陈永，尽管心中妒火焚烧，脸上却带着不屑一顾，轻描淡写地说："没听过一见钟情？既然一次就能擦出火花，三次，足够干柴点燃烈火了吧？"

"那您大可放心，我不相信一见钟情，如果一个男人对一个女人的爱慕完全因色而生，难保他以后不会再爱上更年轻更漂亮的女人。"梁筱晞没有撒谎，这么多年，对她一见钟情的男人不算少，但没一个让她动过心。

陈永露出微笑，觉得这说法倒挺新鲜："亏得咱俩不是一见钟情。"

"咱俩是一见种仇。"

"有那么夸张？"

"是啊，我到现在还忘不了当初跟你大查房的那段恐怖经历。"

"留下心理阴影了？"

梁筱晞点点头："每周大查房的前一天晚上我都紧张兮兮，总是睡不踏实，生怕查房的时候你又抽风，让我回答什么变态问题。"

"说得我还挺有成就感，要知道优秀的住院医都是经历种种磨难，在前辈们的鞭挞和摧残下破茧成蝶的。"

"前辈？"梁筱晞歪着头问，"终于承认自己老了？"

陈永笑了："你不都说我更年期提前了吗？"

"随口乱说的，你不会还记仇吧？男人四十一枝花，你才三十几岁，正是含苞待放的好时候。"

陈永伸手把她揽在怀里，故意语气失落地说："是啊，花还没开，就被你摘走了。"

"怎样，还不愿意让我摘啊？"

陈永收紧了胳膊，嘴角的笑容愈深："你以后学机灵点儿啊，别总让我为你担心。"

"嗯，"梁筱晞轻轻点头，"以后我约人吃饭都提前跟你汇报。"

"你是鱼的记忆力吗？刚说了女的不用，男的不准，还汇报什么？"

"当真啊？"梁筱晞委屈地撇撇嘴，又不敢反抗，顿了顿说，"那……姜大妈算男的吗？"

"跟你开玩笑呢。"陈永摸了摸她的头，温和地说，"你还真以为我心理扭曲，时时刻刻监视自己女朋友是不是在跟陌生人说话？"

梁筱晞仰起头，眸子漆黑，望着他傻笑："这花真好看。"

"不许叫我——花！"

第三章

ZHONG ZHENG JIAN HU SHI

〔1〕

车祸多发伤患者窦焕鹏恢复得还不错，监护仪上的各项数据都显示着好转的迹象，脑功能的评估结果也愈加乐观，近期清醒过来的概率很大。可他的父亲窦军却不见了人影，连ICU的住院费都没付清。

窦军跑了，其实并不难猜到，躺在这里的毕竟不是他的亲生骨肉。也许此时，他对亡妻的怨恨都转嫁到了这个可怜的孩子身上。

家属失踪了，孩子的命还救不救？病还治不治？科里对这件事的分歧很大。最后，梅主任决定先给孩子治病，欠下的费用记在科里的账上。

有的大夫颇有怨言，虽然国家政策明文规定医务人员的收入不得与科室效益挂钩，但科室的效益却直接影响着他们收入中所占比重较大的科室奖金和医院奖金。医生也要赚钱吃饭，赚钱养家。如果今天这个病人欠一笔，明天那个病人欠一笔，科室奖金从何而来？医院奖金从何而来？

窦焕鹏是从急诊收进来的，陈永也参与了抢救他的联合手术。一天吃饭时，他无意中问了一句："那个颅脑损伤的车祸患者醒了吗？"

"孩子他爸跑了，欠了一大笔医药费。"梁筱晞回答。

"哦。"陈永的脸上没有什么多余的表情，仿佛一切都在他的意料之中。

梁筱晞却放下筷子，有点激动地说："我就不明白了，血脉关系真的比那么多年朝夕相处的陪伴更重要？不是亲生的又怎样？亲情、爱情、友情……不都可以成为人类最美好最温暖的感情吗？如果人与人之间的关系要靠这样的标准分出亲疏远近，那我真理解不了，我也理解不了那些从小被亲生父母遗弃的孩子长大之后千方百计地去寻亲，难道多年的养育之恩不应该比血缘亲情更珍贵吗？你觉得呢？"

"什么？"陈永根本没听她的长篇大论，他正在心里迅速评估窦焕鹏恢复的可能性，评估在家属欠逃的情况下这个患者还有没有必要继续救治？当然，他的想法没那么复杂，标准也非常简单：只要病人还有一线生机值得去救，那就救。

梁筱晞急了，提高声调问道："你到底有没有在听我说话？"

陈永被她盯得心里发慌，语无伦次地说："你、你问我什么？什么亲情……"

梁筱晞无奈地叹了口气，低头想了一想，把自己的意思化繁为简换了种说法："行，你就说亲情是不是一定比别的感情更重要吧？"

"比如？"

"比如爱情。"

"噢，说白了，你是想问你和我妈同时掉进河里，我先救哪个？"陈永看着她的眼睛，沉下脸说。他当然清楚她不可能问自己这么庸俗的问题，不过现在要把这件事糊弄过去，只能装傻充愣移花接木了，"亏得我妈走得早，想来她也不愿意看见儿子陷入这么为难的境地吧。"

梁筱晞怒视着他，脸颊发烫，高声为自己辩解道："你瞎说什么呢？我不是这个意思！"她也搞不懂究竟发生了什么，自己好像突然就变成了一个街头市井撒泼取闹的低俗女人。

陈永见她较了真，强忍住笑，同时又有几分心软，不打自招道："好吧，我承认，我刚才走神了，没听见你说什么。"

"以前怎么没看出来，你这人还一肚子坏水呢，自己犯错反而倒打一耙。"

"是啊，我的缺点可能比你想象中更多，"陈永摊开手，不动声色地说，"所以，你是不是后悔自己当初看走了眼？"

梁筱晞偏头故作沉思状，半晌才道："不过……你的优点过于炫目，以至于那些可以忽略不计的小毛病，就像太阳底下的黑子一样，全被光芒掩盖住了。"

"原来我有这么好？连我自己都不知道。"陈永意味深长地说。

梁筱晞笑了："我知道就好，不需要你知道。"

"快吃吧，夜班要迟到了。"

今天是平安夜，两人恰巧都有值班，约在医院外面匆匆吃了一口饭，又要赶回去工作。

这个不同寻常的晚上，城市点缀着灯火阑珊，到处弥漫着节日的喜气，《铃儿响叮当》飘荡在大街小巷，南津医院13楼的重症病房，却依然重复着一成不变的紧张、沉重和压抑。

梁筱晞一直忙到后半夜，因熬夜而变得呆滞迟钝的大脑犹如动力不足的发电机，转速明显慢了下来。

凌晨两点的时候，病房终于安静了，只剩下各种监护仪器此起彼伏的响声，杂乱无章地交错在一起，像一首节奏单调的催眠曲。

梁筱晞走出病房，撑着疲惫的身体，睁着干涩的眼睛，步履艰沉地朝值班室慢吞吞走去。推开虚掩的房门，一个白色的人影把她吓了一跳，登时恢复了精神。

"你怎么来了？"

"今天急诊没什么事，我又不是一线二线，用不着守在那儿。"

"真羡慕你，我什么时候才能变成三线值班啊。"梁筱晞浑身无力地瘫倒在沙发上，没一点儿端庄娴静的淑女样。

"都是从住院医熬过来的。"陈永坐到她身边，握住她的手，等了一会儿又说，"我刚刚上来的时候，看见窦军了。"

"啊？"梁筱晞坐直了身子，提高声调道，"那你怎么不拦住他？"

"我又不是专业要账的。"陈永面无表情地回答。

"看来他白天不敢出现，只好大半夜偷偷跑来看孩子一眼。"梁筱晞顿时泄了气，没骨头似的靠在陈永身上，拿他的肩膀当枕头，"还不错，说明他对窦焕鹏还有感情。"

陈永刻薄地道："养条狗十几年了也会有感情吧？"

"那可不一定，结婚十几年的夫妻也有反目成仇，恨不得对方早点一命呜呼的呢。"

"你脑袋里成天尽想些什么呢？这么多悲观阴暗的思想，看来你的心理问题挺严重啊，我得给你治治。"

梁筱晞抬头，笑着问："咦？陈大夫什么时候变成心理医生了？"

陈永微微勾起嘴角："我就是你的全科医生，什么病都能治。"

梁筱晞往他怀里拱了拱，换了个更舒服的姿势，半闭着眼睛说："能当您的患者，生病也值了。"

"怎么讲？"

"因为你长得好看啊，工作还认真，做事严谨，医术高超，医德高尚……"

"打住！"陈永越听越觉得不对劲，"你吃错药了啊，夸人夸上瘾了？马屁拍得越来越溜。"

梁筱晞红着脸，像被人识破小伎俩那样恼羞成怒："哎呀，懂不懂幽默，你这人真无趣！"

陈永一愣，这话听着耳熟，只不过上一个将这话说出口的女人用的是英文，那个女人说他无趣，然后跟别的男人好了，从此之后，这个词在他这儿就成了禁忌，就算是其他毫不相干的人被冠以"无趣"，他都会觉得十分刺耳。此时此刻，它从梁筱晞的嘴里冒出来，更是让陈永内心产生一股莫名的忧虑和恼火。

他推开她的身子，盯住她的眼睛说："梁筱晞，你给我听好了！不管我有趣也好，无趣也罢，你这辈子，都只能跟我在一起！"

他的表情异常严肃，声音中透着一丝狠厉。梁筱晞有点儿发蒙，不明白他为什么突然间情绪激动，就像一只被惹恼的狮子，那张英俊的脸庞因带着怒气而显得更加生动。她试图解释："那、那个，你没听过那句话吗？男人得夸，越夸表现得越好……"

"那都是歪理邪说，是对没自信的男人说的，我可不吃这套！"其实他不知道，在感情这件事情上，他从来都没给过自己所谓的信心。

梁筱晞小声反驳："什么理论在你那儿都是歪理邪说。"说罢，扭了扭被他捏疼的肩膀。

陈永松开手，恢复了几分理智，却依旧冷着脸："你平时没事能不能多看点专业书，别把时间浪费在那些乱七八糟的心灵鸡汤上，真正的成功人士不见得还有工夫去编故事写鸡汤。"

"……"梁筱晞一时语塞，她心里不服，却没心思再争辩。

陈永见她欲言又止的样子，语气温和下来："好了，趁着病房没事，你快睡会儿。"

梁筱晞打了个哈欠，重新依偎在他身边，一阵困意袭来，她闭着眼睛嘟囔道："真怕窦焕鹏醒不过来，哪天被人从医院撵出去。"

陈永拍了拍她的后背，就像哄小孩睡觉一样，轻声说道："放心吧，窦军会回来的。"

〔2〕

陈永说得没错，元旦过后没几天，窦军就带着一副倦容出现在ICU门口。他还是割舍不下，躺在病床上的，毕竟是他从小带大的孩子，他亲眼看着窦焕鹏从襁褓里的小婴儿长成个头一米七的阳光少年，十几年的舐犊之情不是一纸单薄的血型鉴定书能够轻易抹杀的。

他还记得，窦焕鹏上幼儿园的时候，一次放学回家，从口袋里偷摸掏出一样东西，拿到窦军面前，奶声奶气地喊道："爸爸，给你吃！"他的表情庄重，仿佛捧在手心里的并不是一块普普通通的巧克力，而是一件价值连城的宝贝。

巧克力是幼儿园小朋友送给窦焕鹏的，他一直揣在兜里带回了家。窦军看着被他手心的温度焐化成奇形怪状的巧克力，感动得眼眶发红。直到今天，这段往事仍然清晰地刻在他的记忆里，宛若发生在昨日。

这么多年，父子俩的感情一直很好，现在他的亲生母亲没了，如果他再不管这个孩子，他就彻底成了孤儿。

当然，做出这个决定，窦军的内心挣扎了很长时间。他恨得抓狂，觉得这辈子都被死去的妻子给毁了，却忘了14年前，他对着初恋女友将"分手"二字说出口时，那个女人脸上痛不欲生的表情。

娶了个不爱自己的妻子，养了个没有血缘的儿子，窦军一度认为自己是这世上最失败的男人。他心中的怨气无处发泄，只好狠下心来不管窦焕鹏，任他一个人躺在医院里自生自灭。但随着时间一天天过去，窦军对养子的思念犹如涨潮的海水汹涌澎湃，轻而易举地摧毁了他在自己心上筑起的沙雕堡垒。

他耷拉着脑袋走进ICU道歉，非但没人指责他，反倒因他的出现而感到鼓舞和欣慰。

"……那是人类情感中最高尚最纯粹的部分，虽然没有男欢女爱，没有血脉亲缘，没有利益关系，一个人对另一个人也可以做到无私奉献。"梁筱晞对朱亭亭说这话的时候，眼睛一直盯着她餐盘里的几样蔬菜，有的清淡少油翠色欲滴，有的过度烹饪黑成一坨，让人看着就没有胃口。梁筱晞一直怀疑朱亭亭减肥的决心，现在看来，她的决心还真不可小觑。

"后来呢？"朱亭亭往嘴里塞了一片生菜叶，问道，"那孩子醒了吗？"

"醒了，而且年轻人恢复得也快，醒来后没多久就撤机拔管转出ICU了。"

"谢天谢地，脑挫伤可是非常凶险的致死性疾病，他能恢复过来真是奇迹！"朱亭亭长舒一口气，笑着感叹道，"老天保佑，总算有个圆满的结局。"

"是啊，也不枉梅主任昼夜不分地守了他那么久。"

"听说梅琳和谢冬芳离婚了，这事都在妇产科传开了。"

梁筱晞睁大眼睛："什么时候的事？我都不知道。"

"好像两个多月了。"

"完全看不出来，她没表现出一丝一毫的难过呀。"

"这才是女强人呢，不会为了儿女私情那点破事成天叽叽歪歪，让自己陷在毫无意义的三角恋中相爱相杀，浪费生命。"

"能得到你的赞誉可不容易啊，你就是个毒舌精！"

"彼此彼此。"

"能吃进去吗？你可是名副其实的肉食动物。"梁筱晞指着亭亭面前的餐盘问。

"刚开始我也怀疑自己坚持不了多久，时间长了才发现一切都是习惯而已，习惯了素食，就会发现不碰荤腥也能活得好好的，而且还不用担心血液黏稠，积食不消化……"

"是啊，肉食动物不吃肉也饿不死，我外婆家养的狼狗就是吃地瓜和玉米长大的。"梁筱晞笑着说，又问，"你知道吗？黄学长回咱们医院了。"

听见这句，亭亭手上的筷子难以察觉地抖了一下："黄涛？"

梁筱晞点头："是啊，进了心内科。"

"还不错。"朱亭亭淡淡地说，若无其事地低头继续吃饭。

黄涛是她大学时暗恋的一位学长，硕士毕业后没找工作，直接去了外地读博，如今博士毕业又被聘到南津医院。

女人，无论高矮胖瘦黑白美丑，都希望找个白马王子共度一生，正如男人无论是瓷瓶、淤泥还是牛粪，都希望插着娇艳欲滴的鲜花。

不过朱亭亭有自知之明，她一直把内心的欲望隐藏得很好，若不是那次跟彭博喝醉酒说错了话，谁也不会知道像她这种强悍泼辣的女汉子，也会对男人这种生物蠢蠢欲动。

很多人弄不明白，她这样一个身材相貌都跟美女不搭边的姑娘，为何还像只刺猬一样张牙舞爪又不懂温柔，难道就真不怕嫁不出去吗？他们当然无法理解，有些女人表面的彪悍强势只是为了掩饰内心的脆弱自卑，只有内里非常柔软的动物才需要外面那层坚硬的保护壳。

她知道，她从小就知道，一个女孩可以不漂亮，但一定要自尊自爱，不能哗众取宠。那一年，朱亭亭才上小学五年级，脸上没有青春痘，身材也没比同龄人矮多少，虽然长得胖，但因成绩很好，又是学习委员，实在是众星捧月的人物。

那还是一个学习大于一切的人生阶段，只要成绩好，就能得到老师们的宠爱、家长们的夸赞，和同龄人的羡慕。可班上偏偏有这样一位女生，她每次的排名都逃不出倒数前三，长相更是比成绩还寒碜。人们形容女孩的模样俊俏，经常说"巴掌大的小脸"。她呢？可谓完美诠释了"一个头两个大"的字面意思，那张硕大的脸盘子上，五官就像被拍了一记平底锅，结实而扁平，嘴巴上面永远挂着两条亮晶晶的大鼻涕。似乎"丑"这个词都不足以描述她的容貌，只能用"怪异"来形容。更可悲的是，女生的气质也有着与年龄严重不符的老成持重，像极了街边卖糖葫芦的中年大妈，智商却故意拧巴着与她硕大的头颅成反比。

老师对她的印象不好，同学也不爱跟她玩。一次普通的调换座位，班主任只随便说了一嘴，有谁想换同桌可以提出来。这个女生，竟在众目睽睽之下，吸着鼻涕站起来说，她想跟班级成绩最好、长相也不赖的一个男生坐同桌。

话音刚落，教室里响起哄堂大笑，笑声中带着对女生的鄙夷嘲讽和对男生的幸灾乐祸。

女生也傻乎乎地跟着大家一起笑了，涨红的脸上挂着一种无可奈何的妥协和一丝难以言状的悲伤。那种感觉，直到后来朱亭亭被人抹黑时才终于理解了，就像被迫扒光衣服站在台上供人欣赏一样，可耻又可怜。幸好她情商不低，彭博的事情发生之后，她主动回避着临床七年制的所有男生，用冷酷严峻的外表给自己塑造了一个坚硬的盔甲。

而在当时，年幼的亭亭却莫名其妙地看着那个女生，仿佛在看一个满脸涂着彩色颜料的小丑。这个不懂矜持和掩饰的傻姑娘，因为说了一句心里话，一下子沦为全班同学的笑柄。原来，把内心的欲望无限放大又缺乏外在的掩饰就变成了哗众取宠。

如今，许多的童年记忆早已面目全非，那个女生的名字和相貌却一直深深刻在朱亭亭的脑海里，永远挥之不去。

〔3〕

明年，产科有一个出国学习的名额。派青年骨干出国进修是很多三甲医院的传统，南津医院也不例外。

产科主任白虹决定把这个机会给朱亭亭，一来因为她工作还算踏实努力，二来产科这几年人才断层严重，三十岁以上的主治医基本都已经出国进修过了，只有一位跟朱亭亭年龄相仿的住院医，但刚刚结婚怀了孕，来年就要休产假。

"主任让我考虑一下，过段时间给她答复。"朱亭亭有点儿举棋不定，毕竟去美国的进修机会很少，一般去的都是日本和加拿大。

"要是决定去，什么时候走？"

"春节以后，大概来年3月份吧。"朱亭亭纠结地抓了抓头发，突然一拍手道，"筱晞，干脆你去P大医学院算了，你报考那个教授的博士生不是经常被派出国交流吗？"

"你当P大是我家后院啊，我抬腿就能去。再说世界上的国家那么多，又不是只有美国。"

"概率很大哦，美国是世界上医学最发达的国家嘛。"

梁筱晞果断地摇摇头："我还是老老实实地读本校博士好了。"

朱亭亭瞥她一眼，没好气地说："我看归根结底，还是放不下你家那位吧？哼，重色轻友！"

梁筱晞笑着承认："是啊，我就是放不下老陈。"

朱亭亭也笑，语气酸溜溜的："哟，都叫老陈了。"

"他大我八岁，叫小陈不合适吧？"

"现在不都流行小鲜肉吗？你倒好，找个大八岁的。"

"还好吧，不过八岁也是我能接受的极限了，不然以后送孩子上幼儿园，小朋友们还不得管孩儿他爸叫姥爷啊。"

朱亭亭认同地点头："你俩打算啥时候结婚，可别等到你博士毕业，那样的话你在古代也能当姥姥了。喂，你发什么呆呢？"

"我在想……古代的女人是不是很多都死于妇科病。"

"怎么说？"

"性行为过早啊，那时候既没有乳腺切除术，也没有宫颈癌疫苗。"

"影响癌症的因素多了，古代的女人还不抽烟呢。瞧你这心操的，一下子回到几百年前了，还是赶紧帮我想想到底去不去美国吧。"

"好吧，朱亭亭同学，那就说说你还犹豫什么吧？"梁筱晞抱着手臂，一本正经地问。

"我也不知道。"朱亭亭垂下眼睛，顿了顿说，"两年的时间说长不长，说短也不短，我怕回来之后，一切都变了。"

梁筱晞揣摩着她的后半句，忽然醒悟道："噢，是因为上次跟你相亲的那个男的吧？"

朱亭亭一时语塞，不知道怎样回答，过了好一会儿，才慢吞吞地说道："他对我没那么大的吸引力，确切地说，是没什么吸引力。我俩最后若能走到一块儿，可能只有一个原因：我想结婚了。"

梁筱晞看着亭亭，发现她真瘦了一点，人也变得精神了，瞅着更顺眼了。健身减肥失败之后，她又尝试了吃素减肥，不但戒了荤腥，还严格控制植物油的摄取量，从根源上截断了脂肪的来源。但吃素减肥显然比健身减肥、药物减肥需要更强大的耐力和毅力，毕竟，能抵制住肉食诱惑的人少之又少。

上次相亲之后，朱亭亭跟关筌又见了几面，不知是因为她瘦了还是别的什么关系，关筌对她的好感与日俱增，而朱亭亭却对他完全无感。

很多人认为爱情才是她减肥成功的动力，如果偏要把这种结果归结为爱情的力量，这股力量也绝非来自于关筌。

她接受关筌，像极了某些年老色衰的可怜女人为了证明自己魅力犹存，委曲求全地接受哪怕秃顶油腻猥琐得像坨屎一样的抠脚大汉。

其实她和这些女人，本质上都是一样的，都需要男人的倾慕来证明自己的价值。相亲路上的屡战屡败，让她心灰意冷，是关筌让她重拾作为女人的自信。现在，她还想为这些与实质生活无关的虚荣心，搭上自己的前途。

这些天，朱亭亭一直在为这件事心烦，除了工作吃饭睡觉，她几乎无时无刻不在思考自己的爱情与人生。

半夜十二点，漆黑静谧的产科走廊里，她低头沉思着走过几个空荡荡的病房。好像过了元旦，产妇一下子少了许多，这可能跟来年的生肖有关，很多人尽管不迷信，但也抱着宁可信其有不可信其无的态度，都想要个属相吉利的孩子。

二线已经在值班室躺下了，朱亭亭是一线值班，她打算再坚持一下，如果没有什么情况，也准备休息了。忽然，她听见走廊尽头的空病房有些响动，于是放慢脚步轻声走过去。

透过病房的玻璃窗，朱亭亭看见心内科主任把于欣妍堵在墙角，他的声音近乎恳求："我跟她真没感情了，婚姻只是形式而已，我还以为你是个聪明姑娘，不会在乎那一纸证书。"

"夏一鸣，我都三十多岁了，你还拿我当三岁小孩子哄吗？行，我可以不要婚姻，关键是除了婚姻你还能给我什么？"

朱亭亭想起来，有一次于欣妍对自己说，她根本不喜欢夏一鸣，以往追过她的众多异性中，不乏比他好看又有钱的，尤其听说了他那些乌七八糟的风流韵事，她更是对他产生了一种发自心底的厌恶，但她忘不了他那勾人魂魄的邪魅眼神，还有浑身散发着雄性荷尔蒙的危险气息。

于欣妍与其说被他吸引了，不如说被他处心积虑地俘获了，这个男人太了解女人喜欢什么，所以他把自己的每一个眼神每一个动作都伪饰得不露痕迹，用道貌岸然的外表掩盖住内心的猥琐和懦弱。

那时，朱亭亭终于明白了一个道理，桃花与长相无关。

夏一鸣盯着于欣妍的眼睛，动情地说："我可以给你我的灵魂、我的心、我全部的爱。"

　　"呵，夏一鸣，你还真把我看成十几岁的怀春少女了，拿这些虚无缥缈的东西当承诺啊？"

　　"当然，经济上我也可以尽量满足你。"

　　"我才不稀罕！"于欣妍轻笑一声，她忍不住伸出胳膊，搂住了夏一鸣的脖子，精致的脸庞在晦暗不明的灯光下显得更加楚楚动人，软绵温热的气息就在他耳旁，"一鸣，跟我结婚好不好？"

　　夏一鸣的喉咙发干，胸腔炙热得像被什么东西熨烫过，他知道，那套护士服下面的身体对他有致命的诱惑力，理智和情欲在他内心不停地拉扯、挣扎。终于，维持理智的最后一根弦啪地崩断了，他的呼吸急促起来："好，我答应你。"

　　说完，夏一鸣泄愤似的吻上她的唇，仿佛那就是该属于他的应有补偿，他也不清楚自己会为这该死的一时冲动付出怎样的代价，他管不了了，好像只要现在让他做完这件事，哪怕事后叫他去死他都毫不在乎。

　　深夜，果然是人意志力最薄弱的时刻。

　　朱亭亭吃惊地看着病房里纠缠在一起的两个人，在这阒静无声的夜晚，夏一鸣沉重的喘息声和于欣妍压抑的呻吟声，一下又一下地冲击着她的耳膜，一瞬间，她的脑海中竟浮现出两只苍蝇上下交叠的画面，它们高频率地抖动着翅膀，发出抑制不住的嗡嗡声响。

　　于欣妍的做法让朱亭亭感到困惑，既然不喜欢，就更谈不上爱，为什么还要接受他？还跟他做这种事情？这项活动除了能给人带来稍纵即逝的短暂愉悦，还有什么意义？跟一个不爱的人做爱，一时的兴奋过后难道不是长久的空虚、悔恨和迷茫？

　　或许真像于欣妍说的，她的年龄大了，只想找一个不那么厌恶的人走进婚姻。可退一步说，夏一鸣也未必真的爱她。

在妇产科见多了男人只图自己一时快乐让女人怀孕流产或染上各种难以启齿的妇科疾病让女人张开双腿将自己最隐蔽的欲望暴露在大庭广众之下的同时还要忍受着痛苦和耻辱，朱亭亭更加笃定，一个男人如果真爱一个女人，可以为她忍住人类最本能的欲望，而不是像饿狼扑食一样，不分时间场合地想方设法占有她，那不是爱情，只是激情。

她一直觉得婚姻应该是爱情的归宿，更无法想象没有爱情的婚姻如何维续，如果只是为了传宗接代繁衍生息，如果只是为了寻找合法的渠道满足生理需求？那跟动物和昆虫有什么区别？

当然，她并不想要小孩，地球上的人够多了，用不着她来完成物种繁衍的重任。想到这儿，她突然不知所措起来，不明白自己为什么要跟关荃谈恋爱？为什么要结婚？为什么要一辈子面对一个不爱的男人？

最后，朱亭亭深吸一口气，掏出手机，打开微信，给关荃发了一句话：对不起，我要去美国了。

〔4〕

医院，永远是一个汇集奇闻的地方。

年轻恋人模仿电影镜头楼梯激吻，男子过度吮吸导致女友颈动脉撕裂，不治身亡。

大妈误以为自己罹患癌症，倾家荡产购买防癌险，经检查一切正常之后，蹲在医院门口号啕大哭。

十九岁小姑娘独自到医院生二胎，留院观察期间，每天都有不同男孩到病房探望，跟她眉来眼去，打情骂俏。

……

这天晚上，急诊的救护车送进来一位自杀未遂的外伤患者，肚子被刺破，不停在流血，染红了衣服前襟一大片。

"怎么弄的？"接诊的李大夫问。

患者家属一脸麻木地答道："水果刀扎的，他毒瘾发作受不了……我把刀抢下来的时候已经来不及了。"

经腹部探查发现锐器并未伤及内脏，清创缝合之后，患者被推进留观室继续观察。

第二天，陈永带着几个医生查房，那位吸毒患者恢复了神智，而且没犯毒瘾，脑子是清醒的。他瘦得皮包骨头，血管硬化的胳膊已经被针头戳得千疮百孔。

这是陈永在国内碰见的第一例吸毒患者，在国外，他抢救过因吸毒过量而休克的病人，而此时这位病床上的很可能是注射海洛因成瘾。

男人靠在床头半闭着眼睛，昨天跟他一起来的家属不见了，他看起来非常沮丧，干裂的嘴唇紧抿着。一个胖子实习生见他模样可怜，多嘴问道："你怎么不去戒毒所呢？"

男人睁开眼睛，表情说不出是绝望还是怨愤："老子三进宫了，还是戒不掉！"

实习生的脸上露出鄙夷之色，男人一下子看明白了他的心思，哆嗦着嘴唇，情绪失控地咆哮道："你以为老子是孬种是吧？你以为老子不想戒是吧？"他颤抖地伸出枯槁一样的手，指着床旁一个面容姣好、身材丰满的小护士，发疯似的喊道："就算这娘儿们现在脱光了躺在老子身下，老子也能忍得住！可就是戒不掉毒瘾！就是戒不掉！"

"流氓！你说什么呢？"护士冉雨葭气得涨红了脸，转身出去了，她没法跟一个瘾君子计较。

"老子能戒掉一切瘾，就是戒不掉毒瘾！"男人来回重复着这句话，而他说这些，绝非为了那点可怜的自尊，尊严这个东西早在他第一次为了毒品给人下跪的时候就已消失殆尽了。

现在他只想活下去，哪怕像乞丐一样肮脏龌龊地活下去他也愿意。曾经，他以为凭毅力能戒掉一切成瘾的东西，后来才发现自己高估了人类的意志力，多少人妄图挑战意志的极限，却被黑暗彻底吞噬。毒品就像充满魔力的妖魅，领着他一步步迈向堑渊。现在，他根本不在乎别人嘲笑他、鄙视他、唾弃他，他愤怒、咆哮、绝望，只是对毒瘾的控诉。

实习生有点被吓傻了："我、我说什么了？"

男人带着哭腔反问："你活了这么大，戒掉过什么？"

实习生惭愧地低下头，由于体格过胖，他年纪轻轻就查出了脂肪肝，却一直戒不掉大鱼大肉，任自己的身材横向发展。

陈永赶紧劝了几句，等患者情绪平稳下来，带着实习生走出留观室。

胖子跟在陈永身后，愧疚地说道："陈老师，对不起，我不是有意刺激他，我就是看他那样子太痛苦了，以为戒毒所能帮他戒掉毒瘾。"

"下次注意吧，吸毒的人本来就情绪暴躁、偏执敏感。"陈永没有太责怪他。

胖子低头陷入沉思，的确，毒品离他的生活太远了，在他二十几年按部就班的人生中，只对美食、网游上瘾过，他不清楚毒瘾的威力到底有多大，能把人逼得自残，他小声问道："陈老师，毒品真的那么难戒吗？"

"吸毒成瘾跟沉迷于色情和痴迷于游戏的本质是一样的，都是多巴胺的作用。看色情片、玩游戏和吸毒都会导致多巴胺大量分泌，不同的是，吸毒时大脑释放的多巴胺远远大于后两种活动。你试想一下，如果把看色情片、打游戏的瘾放大一百倍一千倍，能有几人戒得掉？"

胖子摇头，老实说道："不放大都挺难。"

"是啊，就算暂时戒掉了，再看见别人吸，回味起那种感觉，极可能又重蹈覆辙。时间久了，人体的耐受性提高，会对一般的刺激感到麻木，需要更大剂量的毒品才能获得满足。所以啊，做人要坚守底线，有的时候，你以为自己跨过的只是一道线，其实那是你整个人生。"

"我明白了。"胖子若有所思地点点头。

陈永继续说："而且，多巴胺长期过量释放会造成脑功能受损，人会变傻变笨。"

"那经常看色情片也会让人变傻变笨吧？"胖子想起存在自己电脑里那个被命名为"blue"的文件夹，心中忐忑不安。

"嗯，这世上一切能够让人成瘾的东西，无论是酒精、赌博、游戏，还是色情……理论上来讲，都跟毒品一样，可以变成足以毁掉人生的沟壑深渊。"陈永说完，拍拍实习生的肩膀，"所以，做个聪明人，宁要痛苦的清醒，不要快乐的沉沦。"

一念天堂，一念地狱，而在这之间，只有意念稍微松动时的短短一小步，踏错一步，如履沼泽，万劫不复。

正在说话间，留观室传来一声尖叫，陈永反应迅速，毫不迟疑地拔腿跑去。冲进门一看，那个吸毒患者靠在墙上，死死勒住护士冉雨葭，一把张开的手术剪抵在小冉的颈动脉上。

陈永看一眼他的表情，立即明白这家伙毒瘾犯了，他走上前两步，轻声劝道："你别激动，咱们有话好说。"

"别过来！"男人压低手下的剪刀，怒吼道，"再近一步老子让你们见血！"

"好好，我不动。"陈永骤然止步，语气放缓，"你冷静点儿，先把剪刀放下，咱们好好谈谈行吗？"

"没什么好谈，快！给老子十支吗啡，不，要二十支！"男人非常激动，发出的声音几近癫狂，"等等，全给我拿来！有多少拿多少，不然老子宰了她！"

陈永一口答应："没问题，全都给你，你冷静点儿！"

然后他回头命令道："吗啡注射液，有多少拿多少。"

不一会儿，护士长拿过来一小筐吗啡针剂，陈永没把塑料筐直接递过去，而是两手各抓了一把，他知道毒瘾发作的人狂躁易怒，思维混乱，怕他冲动伤人，现在只有让他放下手中的剪刀，才能保证被挟持人质的安全。

男人果然没想太多，因对吗啡的渴求过于迫切，他的思维出现漏洞，竟然同时伸出两手去接针剂，陈永迎着剪刀想扣住他的手腕，却被男人怀中想趁机挣脱的小冉撞了一下胳膊，偏离了轨迹，男人合上剪刀的一瞬间，从他右手的虎口处剪了下去，陈永只觉得虎口一冷，一时间竟没感觉到疼痛。

他不顾伤势，一把抓住他的手，使劲一捏，剪刀哐当掉地。后面的大夫和保安一拥而上，把人制住。当陈永擎着受伤的手走出留观室的时候，门口早已被人围得水泄不通。

陈永动了动右手的拇指，没伤到肌腱，但是虎口处血流不止，他自己走进缝合室，准备拿药给伤口消毒止血。

马主任匆匆走进来，拍着他的肩膀说："你小子能耐啊，想自己给自己缝合？赶紧给我拍片去！"

"不用麻烦，我自己是大夫还不清楚嘛，没到伤筋动骨的地步。"

"行，那我给你处理一下伤口。"

"杀鸡焉用宰牛刀，怎么能让你一个堂堂主任医师干缝合包扎的活，还是让实习生来吧，正好拿我练练手。"陈永擎着手，站在原地不动。

"少废话，把手放下来。"马主任端起陈永的右手，仔细看了看，"真悬啊，再深一点就伤到肌腱了。"

陈永笑道："那我还得谢谢他手下留情。"

"这次你可立功了，咱们的手术剪多锋利！那个疯子要是手一哆嗦，割断小冉的颈动脉，恐怕一百个急诊大夫也救不活她。"

陈永盯着马主任手里的缝合针一下下穿过自己的皮肤，面不改色地说："跟我没关系，还是她命不该绝。"

"唉，这种病入膏肓的瘾君子一辈子算是毁了，那玩意根本戒不掉，绝对戒不掉！"马主任叹息一声，语气沉重地说，"我有个发小，年轻时候当过兵，复员之后下海经商，被人算计染上毒品，一开始吸食，后来瘾大了，改成静脉注射。毒品弄得他倾家荡产妻离子散，当时他痛下决心一定要戒毒。我们都以为他能戒掉，他的意志力大到常人无法想象，在三九的冬天端着冷水在雪地里洗澡。可我们都错了，最后他死于注射过量。"

"毒品就是先摧毁人的意志，再摧残人的身体。"陈永无奈地说，"意志力再强恐怕也难抵这样的攻势。"

〔5〕

快下班时，梁筱晞才得知陈永受伤了。

她心急火燎地跑到急诊，却看见陈永气定神闲地坐在办公室里，没事人似的，一颗心终于落下来："身残志坚啊，陈大夫，伤成这样了还坚守岗位呢？"

"轻伤不下火线，急诊本来就忙，我虽然进不了手术室，做不了心肺复苏，看个片子下个诊断还是可以的。"

梁筱晞走过去，捧起他包成粽子似的右手，端详了一会儿，抬头问道："这样子也没法开车了吧？"

"开车问题倒不大，车是自动挡，就是端不动洗脚水了，要不你过去帮帮我？"陈永一本正经地说，仿佛洗脚是一件比吃饭和睡觉还要紧的事情。

梁筱晞挑起眉毛，笑着说："干脆我给您在ICU找个床位吧？ICU有管床护士，别说洗脚洗脸，就连大小便都不用下床去。"

陈永瞪她一眼，抽回自己受伤的手，拉下脸道："梁筱晞，你有没有同情心？我都这样了你还调侃我。"

"好吧。"梁筱晞妥协道，"这周六我过去帮你做做家务，这几天你能活着喘气就行，什么也不用干。"

"这周六除夕串休，你忘了？"见她点点头，陈永又说，"回家的车票不会也没买吧？"

"车票早订完了，初二值班，初三回去。"梁筱晞想了想，没心没肺地问道，"你春节就准备在姨妈家过了？"

"不然呢，去你家？"

梁筱晞见他一脸严肃的样子，应该是认真的，连连摆手："那可不行，我父母还不知道你的存在呢。"

陈永皱眉，加重语气道："你到底什么意思？咱俩都快结婚了，你还不告诉家人有了男朋友？"

"这不是最近工作太忙，一直没来得及告诉嘛。再说你什么时候跟我求婚了？咱们才处几个月，我可不想闪婚。"梁筱晞撇着嘴，晃了晃他的胳膊，"好啦，要不然除夕你值夜班，我过来陪你？"

"大过年的，就不折腾你了。"陈永瞟了她一眼，淡淡地说，"初一你去给我做饭。"

"行，就这么定了。"梁筱晞爽快地答应了。

如果知道后来发生的事情，打死她也不会同意去陈永家当保姆，那绝对是自讨苦吃。

她做菜时，他抱着胳膊站在旁边："好好做啊，大过年的别让我吃猪食。"

梁筱晞真想拿炒勺拍他："不喜欢你可以不吃嘛，不过正月初一饭店一般不营业。"

她刷碗时，他目不转睛地盯着水槽："至少得洗三遍啊，洗洁精冲不干净对身体有害。"

梁筱晞关上水龙头，叉着腰回头："原来你不止在工作上吹毛求疵，人家刷个碗也要指手画脚。"

她拖地时，他坐在沙发上无师自通地当起了监工："左边，桌子下面没拖到……对！酒柜旁边……再往前点！"

梁筱晞气得翻白眼瞪他："陈永，你是周扒皮轮回转世的吧？"

她终于干完活，可以停下来歇口气时，他又忍不住使唤她："梁筱晞，倒杯热水过来。"

过了一会儿："梁筱晞，给我削个苹果。"

又过一会儿："梁筱晞，帮我烧洗澡水，顺便找一下换洗衣服。"

梁筱晞终于忍不住发飙："换洗衣服也让我帮你找，用不用我帮你洗啊？"

"如果你愿意，当然荣幸之至。"陈永穿着睡衣坐在沙发上，摆弄着手里的遥控器，心安理得地说，"有人伺候的感觉真不错。"

梁筱晞咬牙道："你别得意太早，等你的手好了，我要加倍剥削回来！"

这是她从小到大过得最悲催的一个年，从早忙到晚，还得应付陈永的各种不满和挑刺。所以晚餐后，当她刷完最后一个碗，一把扯下身上的围裙时，竟然有了一种翻身农奴得解放的如释重负。

梁筱晞临走时嘱咐道："我把米都淘干净放电饭锅里了，明早你起床按一下煮粥键就行。"

"干脆你今晚住这儿吧，别折腾了。"陈永说完，瞥见她的脸上泛红，急忙解释，"你别多想啊，我都伤成这样了，不会对你怎么样的。"

"谁说我多想了！"梁筱晞气急败坏，说话都结巴了，"不、不然你还想对我怎样？"

"呃……"陈永低头咳了咳，缓缓抬起眼，"那就无法预料了。"

梁筱晞避开他的眼神，浑身不自在地说："你别想得美啊，我跟爸妈约好了今晚视频，让他们看见我待在一个陌生男人家里，还不得立马冲过来！"

陈永站起身，表情有些失落："行，那我送你回去吧。"

梁筱晞瞥了一眼他的手，断然拒绝："为了我的人身安全，我还是自己开车回去吧，时间早着呢，到家我给你电话。"说着，人已经走到门口换好鞋。

陈永无奈地点头，上去单手抱住她，依依不舍地跟她告别，梁筱晞突然觉得他特别像那只脖子上挂大饼的小猫，离开自己就要活不下去，差一点儿红了眼眶。

"明天你就去姨妈家了吧？"她哑声问道。

陈永见她担心自己，感到些许欣慰："你放心吧，我饿不死的。"

"那我走了，照顾好自己。"医生当久了，梁筱晞早对节日的感受有些淡化，而且明天还要去医院值班，不然真不忍心撇下他一个人。

"等一下。"陈永忽然想起了什么，转身进屋拎出来一个纸袋，塞在她手里，"回头放在行李箱里，别忘了。"

"什么东西？不会是你突然良心发现给我的劳动补偿吧？"梁筱晞打开看了一眼，原来是条羊绒围巾，虽然颜色老气了一点儿，不过这个牌子的围巾可不便宜，快顶上她一个月的工资了。

她美滋滋地抬头问："送我的？"

"不是。"陈永摇头，笑着说，"送我未来丈母娘的，我得让她知道我的存在。"

"没看出来啊，你心机还挺深的，不过你讨好错了对象，回去我就告诉她这围巾是我买的。"

陈永难以置信地看着她："梁筱晞，你不敢这么无耻吧？"

梁筱晞想了想，扬起下巴："看你表现了。"

陈永笑道："行，初三我到医院接你，亲自送你去车站。"

"好啊，我等你。"说罢，她冲他挥挥手，走进电梯。

目送着电梯一层层下去，陈永才缓慢地关上门。

〔6〕

春节过后，梁筱晞全力以赴地投入到博士考试的准备之中。她明白，当初选择学医，就是给自己选择了一条需要终身学习的职业道路，这其中的艰苦和辛酸只有医生知道，但治病救人的成就和快乐也只有医生知道。

晚上九点，梁筱晞还在医大的图书馆复习，几乎忘记了时间。上学时，她就经常在学校的通宵自习室看书到深夜，尤其是考试前夕，一天只睡三四个小时。

听到远处广场上的钟声沉闷地响了九下，梁筱晞终于抬起头，站起来抻了抻胳膊，走到自习室拐角的热饮机前，打了一杯咖啡。室内静悄悄的，落针可闻，座位却没有空余，坐满了埋头苦读的医大学生，这里单调枯燥的翻书声，与城市夜晚的热闹喧嚣形成鲜明对比，让她突然想起一句自己听过无数遍的歌词：Let your arms enfold us, through the dark of night, will your angels hold us, till we see the light（伸出你的双臂拥抱我们，度过这漫漫黑夜，请你的天使呵护我们，直到光明重现）。

闭馆之后，梁筱晞开车回家，车载CD播放着考博英语听力。到了家又继续看书，快十二点时，她终于累得一头倒在床上，迷迷糊糊地睡着了。

再睁眼，东方的天空已经泛起鱼肚白。手机上有条未读信息，打开一看，陈永半夜十二点发来的，内容只有几个字："早点睡别熬夜"

吝啬得连标点符号都没有，梁筱晞揉揉眼睛，从床上坐起来，下意识地捞起枕边的书，看着窗外轮廓模糊的太阳一点点从高楼林立的地平线蹦出来。

匆匆洗漱之后，梁筱晞来到医院。刚出电梯间，就看见妇科主任谢冬芳和一个女人焦急地徘徊在ICU的大门外。走廊里，她无意中听到两个刚交完班的护士窃窃私语，原来那女人就是谢冬芳的情人，妇科大夫江婵。

吕宁对梅琳离婚的事情还一无所知，离老远就跟谢冬芳打招呼："谢主任，在等梅主任吧？怎么不进去？"

"没事，我在这儿等就行。"谢冬芳连忙说。

"梅主任昨晚不值班啊，又是半夜被喊过来了？您不会昨晚就陪她过来一直等到现在吧？"吕宁羡慕地道，"您真是我们ICU的模范丈夫！"

谢冬芳十分尴尬地低下头，没有吭声。

吕宁见他神色异常，心里还嘀咕，谢主任怎么越来越扭捏了，难道是扎在女人堆里的时间太长，性情大变了？

吕宁换了衣服走进第一病房，梅主任指着5床的女孩对她说：

"这个患者是昨晚送进来的，支气管哮喘急性发作引起呼吸衰竭，机械通气之后，呼吸困难有所缓解，你来盯一下数据，我去找家属谈话。"

梅琳刚迈出ICU大门，还没来得及说话，就被谢冬芳拽到一旁："小琳，我跟你解释一下，你可别误会了，昨晚我本来一个人在家，半夜接到江大夫电话，她老公出差了，她女儿又犯了哮喘，才叫我过去看……"

"你没必要跟我解释这个，咱俩已经离婚了。"梅琳不耐烦地打断他。

"小琳，不管怎么样，我们大人之间的恩怨与孩子无关，孩子是无辜的……"

"谢冬芳，你什么意思？夫妻这些年，我在你眼里就是这样的人？为了私人恩怨违背原则故意使坏？"直到这时，梅琳才如梦初醒，谢冬芳低三下四地说了这么多，并不是在乎自己的感受，而是怕她公报私仇，迁怒于情人的女儿，她怒极反笑，"谢冬芳，你太小看我了，也太高估你自己了，你在我心里没那么重要！"

梅琳本来是想告诉他们，孩子已经脱离生命危险，再观察一段时间，如果症状好转，就可以转出ICU，她根本没理会那个女人是不是带着孩子住在谢冬芳家里了，既然已经离婚，这种事情就跟她一点关系都没有，真正让她感到气愤的是他说的这番话！

梅琳没法再心平气和地跟他们交代病情，她转身回到病房，冷着脸对吕宁说："你去跟家属谈吧。"

"好。"吕宁见主任气急败坏地进来，也没敢多问，出病房时，却被人一下子拉住了。

护士长凑到她耳边悄悄说："小吕，你先等会儿，我刚才进来的时候看见梅主任跟她前夫吵起来了，这时候你还赶着去撞枪口啊？"

"什么前夫？"吕宁莫名其妙地看着她，笑道，"护士长，你是不是没睡醒啊，胡说八道什么呢？"

"小点声，全科都知道了，你还不知道？"护士长压低了声音，"梅主任离婚了，丈夫出轨，小三就是外面那个江大夫，5床患者是她的亲闺女。"

"离婚了？！"吕宁猛然想起刚才还夸赞谢主任是模范丈夫，她觉得自己真是天底下第一号大傻瓜，脚步更如同灌铅一样，再也迈不动了。

梁筱晞走进病房的时候，梅琳正背对着她，目不转睛地盯着5床的监护仪，脸上的表情阴晴难辨。

梁筱晞默默地站在主任旁边，不敢去打扰她。她能想象到梅琳此刻的糟糕心情，哪个女人撞见自己离婚不久的前夫和情人大半夜一起跑到医院，心里恐怕都会受不了。她想开口劝梅主任几句，又不知该说什么好。

"氧合状况好多了。"梅琳突然冒出这么一句。

"啊？"梁筱晞愣住，一时竟没反应过来。

"如果情况乐观，也许明天就能撤机。"梅琳胸有成竹地说，原来她一动不动地站在5床床前，是在预估她的撤机时间。

梁筱晞无言以对，想起自己刚才还差点过去安慰她，羞愧地低下头。后来，当她给朱亭亭讲起这件事的时候，不禁感叹道："这才是真正的医生，无论面对怎样复杂的情况，都有沉稳与坚韧的内心，无论面对怎样难以接受的病人，都能一视同仁。"

"所以啊，千万别以为女人能当领导全凭业务水平高，她们能走到今天，都是拿坚忍和血泪拼来的。这个社会，女人要想取得成就，付出的代价可能远远比男人更多。"

"没错，只有懒惰又自负的人才愿意把失败归结于命运不济。"

朱亭亭点点头，咽下最后一口东西，把筷子扔在餐盘里："对了，你今晚有空吗？"

"没空，夜班。"梁筱晞干脆地答道，接着又问，"怎么了？"

"张俪要请我吃饭，本来合计带你也去沾沾光，你没空就算了吧。"

"沾光？吃什么？满汉全席？"

"港华商业街那家五星级酒店的自助餐。"

"啊，张俪中彩票了？"

"市医院急诊科派她来我们医院进修了。"

"她去市医院急诊科了？"梁筱晞有点惊讶，"这姑娘那么娇气，干得了急诊吗？"

"没办法，张俪想留在阜江，以她的学历和成绩，市医院的好科室又进不去。"

"是啊，市医院虽然在阜江排不进前三，但起码也是个三甲，阜江市的三甲医院至少要有硕士学历吧？"

"没错，她本来是想留校的，不过咱们医院的最低要求也得是本硕七年制，专升硕的都没戏，更别说她一个本科毕业生。所以张俪只能'曲线救国'，先进阜江市人民医院，再来南津医院进修。"

"能去市医院也不错啊，咱们毕业那年，邻班有个女生不就想进市医院嘛，她学习成绩也不差，最后却没进去，只好回家了。"

"所以你不会以为张俪是凭自己实力进去的吧？"朱亭亭顿了顿，脑袋凑过来，神秘兮兮地说，"你还不知道吧？她男朋友康平是康晶的亲侄子。"

"康晶是谁？"

"章琦的夫人啊。"

"章琦是谁？"

"这种问题也就你这个书呆子才能问得出来。"朱亭亭像看白痴一样看着她，"章琦是省卫生厅副厅长。"

"绕这么大一个圈子！"梁筱晞说完，又忍不住感慨，"你连这些都知道！"

"你以为女人多的地方一点用处也没有啊？"朱亭亭一脸得意，"产科女人多，获取信息的渠道自然也不少。"

"当初是谁成天跟我抱怨误入女儿国的？"梁筱晞笑着说。

朱亭亭看了眼时间，催促道："吃完快点走啦，下午我们科里还要开病例讨论会呢。"

两人离开食堂，又回到各自岗位上继续战斗。

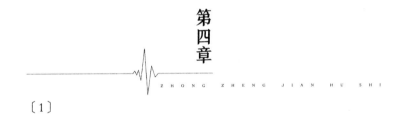

第四章

ZHONG ZHENG JIAN HU SHI

〔1〕

陈永一直觉得，误诊一个病人与制造冤假错案没什么本质区别，作为一名医生，粗心大意甚至比愚昧无知更可怕。

上午，他带着一群主治医、住院医和实习生查房，在一位年轻患者的病床前，陈永问其中一个实习生："病人主诉用餐之后上腹疼痛，呈刀割状，程度剧烈，很快扩散为全腹痛，持续数小时没有好转，查体未见腹壁静脉曲张，未见双下肢水肿……初步诊断考虑什么病？"

"可能是急性胃穿孔或十二指肠穿孔。"实习生回答。

"如何进一步确诊？"

"应该做立位腹部X线平片、腹部彩超或CT检查……"

陈永点点头，领着查房队伍走到下一位病人的床前，又问："抢救急性左心衰患者选择哪种利尿剂？"

"呃……呋塞米。"实习生很快答道。

"如果静脉注射西地兰，用量应该是多少？"陈永环视一周，目光落在张俪身上，指名道姓地说，"张俪，你来回答。"

"西地兰……"张俪觉得这个名称好熟悉，就是死活想不起来在哪本教材上看见过，她偷瞄一眼身旁的实习生，后者朝她悄悄伸出四根指头，比了一个手势。

张俪轻轻颔首，微不可见地弯了弯嘴角："用量应该是4毫克。"

"4毫克西地兰稀释后静注？"陈永皱眉反问。

"对……对啊。"张俪的声音越来越小，紧张中透着对答案的不自信，旁边的实习生一拍大腿，两手并用地比画着4毫克前面的小数点，但明显已经晚了。

"四毫克！你以为是抢救绿巨人呢？！"陈永话音刚落，一名住院医的肩膀轻微地抖起来，他使劲忍了忍，终于憋不住笑出了声，最后一激动，还碰翻了病人床头的杯子。

其实，陈永压根没指望张俪能答对什么问题，他以为这样时不时地把她拎出来问一问，她就会产生紧迫感，从而花更多心思钻研业务，不过这只是他的一厢情愿罢了。

在南津医院的急诊科待了大半个月，张俪似乎没有丝毫长进，不仅业务水平提高有限，对待病人也是一如既往地稀里糊涂不负责任。好几回，陈永都差点告诉她，你真不适合当医生，他甚至想劝她转行干行政，可话到嘴边，又强忍着咽了回去。

被陈永拎得次数多了，张俪就去找马主任换组，马主任也没犹豫，当即答应下来，横竖就是个进修医生，还是田院长亲自打过招呼的，厅长夫人康晶的准侄媳妇，总不能一点情面也不讲。

事后，马主任亲自找陈永解释了情况，也顺便劝他别对张俪太苛刻，好歹人家也是院长托付的人。

陈永苦笑，摇了摇头："天底下比医生轻松的职业多如牛毛，比急诊舒服的科室也数不胜数，真不明白，她这样娇生惯养的公主怎么就阴差阳错地进了急诊队伍？"

马主任叹了口气，无奈地道："还是安排个主治医带带她吧，你觉得郝雪松怎么样？"

"郝大夫个性太随和，恐怕管不了她。"陈永直率地说。

马主任笑了："我倒是觉得你最合适了，可人家忌惮你呀。"

陈永立即摆摆手："还别说，我真没信心把她带好，那就郝大夫吧。"

一天，陈永在地下停车场碰见了张俪，她跟他打招呼："陈主任，您也下班啦？"

陈永不答，盯着她看了一会儿，才缓缓开口道："最近胖了点儿啊？看来换组之后心情不错呀。"

"没有吧？"张俪难以置信地摸摸自己的脸，突然醒悟道，"陈、陈主任，您可别误会啊，换组是马主任安排的，他不是让郝大夫带带我吗？我当然跟着师父去另一个组了。"

"不用跟我解释。"陈永顿了一顿，表情严肃，"不过张俪，有句话我还是想跟你说，不要把现在做的事情仅仅看作是一份工作、一种谋生方式，医生这双手，能让人重获新生，也能杀人于无形。对病人的生命负责，也是对你自己的良心负责。"

张俪笑着听完，竟然还使劲点了点头，陈永的告诫让她产生了错觉，以为这是他表达关心的一种方式。

陈永见她频频点头，心里略感欣慰，至少态度是积极的，他伸手拍了一下她的肩膀鼓励道："好好干！"

这只是一个简单的动作，却让张俪觉得意义非凡。

第二天，当她看见康平握着一个小护士的手，用它摸上自己的喉咙说："这就是声带肌的位置，感觉到振动了吗？"她没敢冲上去甩他一巴掌，像他的前女友徐华英那样。虽然她知道即便一气之下打了他，他也不会还手，但他会跟自己分手，像跟他的前女友徐华英那样。

张俪想了想，硬是憋下这口气，憋得眼泪都出来了。此时此刻，她觉得自己再也没法正常工作，她需要休假调节，需要找人倾诉，而她第一个想到的倾诉对象居然是陈永。

张俪脚步踉跄地闯进陈永的办公室，连门都没有敲。她确实很伤心，尽管还没到悲痛欲绝的地步，但她却哭得比很多死了亲爹亲娘的患者家属厉害多了。

"陈主任……"张俪抽噎着，几乎扑倒在陈永怀里。

"怎么了？出什么事了？"陈永见她这样，也有点儿慌了，但还是与她保持着距离，他扶住张俪的身子，找了个借口道，"对不住，我有肩周炎，肩膀不能借你靠，那边有椅子，你要是站不住，就坐下来说吧。"

张俪含着眼泪摇摇头："陈主任，我想请假。"

"别着急，你慢慢说。"

"我失恋了……"张俪瘪着嘴，带着哭腔道。

"就为这事请假？"陈永沉下脸，一时间，朽木不可雕，烂泥扶不上墙……一堆乱七八糟的恶毒比喻浮现在他脑子里，他无奈地摇摇头，拿起桌上一张还没看完的CT片，懒得再理她，"这事我决定不了，你去跟马主任说吧。"

"可我……"张俪还不死心。

陈永打断她："要是还有什么想不开的，咱医院有心理科，你去找心理医生谈谈吧，我是急诊大夫，身体有病归我治，心理有病我不管。"

张俪幽怨地看了他一眼，转身走了。

其实，除了陈永，谁也疏导不了张俪的悲伤情绪。康平是南津医院出了名的花花公子，追求漂亮女性就像本能一样驱使着他的行为。由于长相帅气，人又幽默风趣，他招蜂引蝶的能力一直很强。

这让跟他恋爱之后一直安分守己的张俪心里极不平衡。所以，她来找陈永，也是出于一种报复心态，因为在她内心深处，毕竟喜欢过这个男人，而且如果有可能的话，她愿意将这种过去式变为现在时，甚至将来式。

〔2〕

这几天，是急诊李大夫有生以来最焦躁的一段日子。丈夫出国考察，婆婆恰在这时突发心肌炎，住进了医院的心内科病房，公公得留在病房陪护。五岁的女儿患了感冒，上不了幼儿园，却又无人照料。

李大夫不能请长假，她要去急诊上班，婆婆还在同一家医院住院，最后没办法，她干脆把女儿带到了医院，一家人都在一个地方，也方便"管理"。

所以，大家总是看见一个老头子领着一个四五岁的小女孩，在急诊的走廊上乱跑乱窜，女孩要到急诊找她妈妈，不过李大夫经常忙得团团转，根本连看她一眼的时间都没有。

急诊的同事知道她家的特殊情况，抽空就帮她带带孩子。正如此刻，女孩把陈永办公室的门推开一条小缝，探头进去怯生生地问道："叔叔，你在做什么？"

"过来，陪叔叔一起看心电图。"陈永招招手，把她唤进来。

女孩跑到他身边，仰起小脸问道："什么是心电图？"

"心电图就是一些弯弯曲曲的线，记录着人的心跳活动，像乐谱一样。"陈永将小女孩搂在怀里，尽量用浅显易懂的话为她解释。

"妈妈说，人的心跳没了就死了。"女孩摸着自己心脏的部位，一脸认真地说，"我的心跳很快，我不会死。"

"呃，心跳太快也不是好事……"陈永发现跟小孩说话其实挺累的，幸亏这时，他的手机响了，打开一看，张俪发来的消息："陈主任，今晚宝莱大剧院有一场R.S.Abel的演奏会，下班之后有空吗？一起去看吧？"

陈永刚想回复，办公室的门被一名住院医撞开，他急切地喊道："主任，来了一个车祸碾压伤，股动脉大出血！"

陈永放下怀中的小女孩，以最快的速度飞奔出去。时间太短，他留下的手机还没有自动锁屏，小女孩拿起办公桌上的手机，点开了微信里的表情包，光标在聊天页面的回复栏里闪动着。她刚学会玩微信表情，擎着小手点开一个表情包，胡乱按了三个表情，第一个是小兔子大笑，第二个是小兔子揉脸，外加旁白"陪我玩嘛"，第三个是小兔子飞吻，飘出一串红心。

张俪发愣地盯着手机，被"陈永"发来的三个表情惊呆了，简直难以置信，他绝对不像是能发这种东西的人，但事实摆在眼前。这几只贱萌的兔子撩得她面红耳热，手心也有些微微出汗，脑子不禁胡思乱想起来：说不定陈主任就是那种表面一本正经、内心闷骚放荡的男人呢，不然怎么解释这些暧昧的表情？

其实陈永平时根本不玩微信，微信对他来说，就跟固定电话一样，只是联络工具。这些乱七八糟的表情都是梁筱晞给他下的。有一次，梁筱晞问他："你给我回微信，怎么总发一个字——嗯、行、好……"

"一个字能表达的意思，干吗要浪费时间反复啰嗦？"

"可这样显得你特别冷漠，不近人情。"

"那我怎么办？"

"我给你下点微信表情吧，以后能用表情你就别发文字，打字的时候它会自动弹出来，这样还能显得你可爱一点。"

"随便你。"陈永对自己能否变得可爱完全不屑一顾，但还是把手机扔给她，之后就再也没理了。

快到下班的时候，陈永抢救完患者，在走廊迎面碰见张俪，张俪刚想开口跟他提音乐会，陈永却目不斜视地跟她擦肩而过，连瞅都没瞅她一眼。见他这副样子，张俪反而笑了，更加确定了自己之前的猜测。

其实，陈永早就把音乐会的事情忘到了脑后，直到他接梁筱晞电话的时候，才再次拿起手机。

"下班有空吗？一起吃晚饭？"梁筱晞问。

"收了个股动脉断裂大出血，患者情况危险，命悬一线，联系骨科会诊了，我得在这儿盯一会儿，你先走吧。"陈永语速飞快地说。

撂下电话，他又去抢救室观察情况，患者右腿上的敷料已被鲜血浸透，血压一直升不上来。骨科主任亲自下来会诊，手术是活命的唯一希望，但希望却十分渺茫。

晚上七点，直到患者被推进手术室，陈永才走出急诊大楼。

"您总算下班了！"张俪不知从哪里跳出来，突然出现在他面前，"七点半开演，现在赶过去还来得及。"

"去哪儿？"陈永一头雾水，怔了半天才反应过来，"哦，你是说音乐会吧？不好意思，下午抢救一个患者，忘给你回复了，我不去。"

"陈主任，您这是忙晕了吧？您给我回了啊。"张俪打开微信，把手机伸到陈永眼前，暗自腹诽，你还想装到什么时候？怪不得她一个经常逛酒吧的闺密总说：表面越正经的男人，内心越猥琐。

"这是……我回的？"陈永瞬间失忆了，他怎么也想不起来究竟发生了什么事。

"不然呢？"张俪有点急了，"您不会想说自己的微信被盗号了吧？"

"嗯，有可能。"陈永立刻打开手机仔细看了看，微信还是登录状态，根本没有被盗号的痕迹。

"陈主任，再不走就来不及了。"

陈永揉了揉太阳穴，哑声道："那个……张俪，你听我说，这事儿怨我，我当时太忙，忘了给你回信。我今天实在累了，不能陪你去音乐会。"

"票我已经买完了，两张内场前排的座位，都这时候了，您不去，我找谁去啊？"张俪不依不饶地说。

"票价多钱？这钱我出。"陈永有点儿内疚，直到这时，他还没合计明白那几个表情到底是怎么回事。

"不是钱的事儿，您就跟我去吧。前段时间我在您的组里，给您添了不少麻烦，一直想找个机会感谢您。"

"把票给我。"

"不给，我都在这儿等半天了，"张俪反复恳求道，"您就跟我去吧……"

"行吧。"陈永终于答应了。

梁筱晞下班后，又在13楼休息室看了一会儿书，才准备回家。她刚走进地下停车场，就远远地看见张俪和陈永上了同一辆车。她也没有多想，两人都在急诊，下班顺路送送同事也挺正常。

第二天，朱亭亭约她一起吃饭，顺嘴说道："亚伯乐团来我们这里开音乐会了，可惜没看成，昨晚是最后一场。"

梁筱晞笑了："你什么时候爱好古典音乐了？"

"附庸风雅呗，其实我也听不懂，不过师妹昨晚去了，据说体验不错！"

"哪个师妹？"梁筱晞突然有种不祥的预感。

"张俪啊，她还写了一段观后感，发了朋友圈呢。"朱亭亭翻开手机，给她看张俪晒的门票，3排9座，下面还有一行字：喜欢R.S.Abel，终于见着活的了，今晚好开心……

梁筱晞脸上的笑容有点僵，她推开朱亭亭的手，没心情继续往下看。她也有张俪的微信，却没看见张俪发的这条朋友圈，原因只有一个，张俪把她屏蔽了。

"亚伯乐团在哪儿演出？"梁筱晞还抱着一丝希望，惴惴不安地问。

"还能在哪儿，宝莱大剧院呀。"朱亭亭奇怪地看着她。

不顺路！宝莱大剧院跟陈永家不顺路。梁筱晞仍然不愿意相信，她站起身来，声音微微发抖："我有点事先走了，改天我请你。"

"没事，你忙去吧。"朱亭亭以为又是她科里来了紧急任务，突然觉得有点欣慰，产科虽然也挺累，但总比ICU轻松一些。

梁筱晞失魂落魄地走出饭店，在马路上漫无目的地徘徊，她的脑子很乱，春寒料峭，凉风吹在脸上，让她清醒了几分，她决定找陈永问个明白，也许是自己想多了，他只是送张俪过去而已。

二十分钟后，梁筱晞走进陈永的办公室，他正坐在办公桌前看电子病历。

"你怎么来了？"陈永从电脑后面探出头。

"我……"梁筱晞动了动嘴唇，蓦地瞥见办公桌的一本书下面露出的半截门票，跟张俪朋友圈里的一模一样，星光背景的淡蓝色。她的心跳突然加速，颤抖着伸出手，抽出那张炙手的门票，3

排10座，再看看日期，昨天。

梁筱晞盯着门票，自嘲地笑了笑，之前她还找了那么多牵强附会的理由替他辩解。他没空陪自己吃饭，没空陪自己看电影，却有空陪张俪去听音乐会，她不敢再仔细琢磨这件事，把门票塞回去，淡淡地说："R.S.Abel演奏会，不错啊！"

"哦，我忘记告诉你了，昨晚同事请我去的，不过我当时太累，听一会儿就睡着了，白白浪费一张票。"陈永笑道，脸上的表情再自然不过，但他含糊其辞的解释，在梁筱晞看来，就是避重就轻，心里有鬼。

"累了，怎么不早点回去休息，还去看演奏会？"梁筱晞也笑，笑得天衣无缝，笑得让人感觉不到一丝不妥，可她的心却在一点点往下沉。

"……"陈永无言以对，这件事情太复杂，他自己都还没搞清楚。

"你忙吧，我先回去了。"梁筱晞心凉了半截，她觉得自己必须出去透透气，才能缓解胸口的憋闷。

陈永拉住她，笑着挽留："刚来了就走？再陪我待一会儿，咱们一起走。"

"待一会儿？"梁筱晞不动声色地看着他，认真地问道，"你有事跟我说？"

陈永被她盯得心里发毛，说话都不利索了："没、没事。"

"没事……那好，拜拜。"梁筱晞说完，头也不回地走了。

〔3〕

住院楼外面，朱亭亭气喘吁吁地追上一个大肚子的女人，冲她身边的男人大声吼道："胎盘已经破水了，还是臀位，臀位破水！过期妊娠！你知不知道这种情况有多危险？还敢带她离开医院！"

"大夫，是她自己坚持要走的，我可管不了她。"那个蓬头垢面的男人非但没有悔意，还强词夺理。

"什么叫你管不了？你这么膀大腰圆的一坨，还能连个行动不便的孕妇也拦不住吗，哪有你这样做丈夫的？"朱亭亭毫不留情地训斥道。

"您可别误会啊，我不是她丈夫，我俩没领证呢，再说，"男人停了一下，不顾形象地挖了挖鼻子，转着眼珠子继续说，"她肚里的孩子是谁的还不一定呢！"

这名产妇自入院以来，一直处于精神恍惚的状态，好像脑子有些问题，她现在怀孕都已42周，属于过期妊娠，而且是异常胎位，如果顺产，极有可能出现生命危险。

上午，白虹已经将情况解释得非常清楚，并建议她剖宫产，更确切地说，是要求她剖宫产，但这对男女却迟迟不肯签手术同意书，拖到下午，白虹让朱亭亭去看看情况，朱亭亭来到病房，才发现她身底下的床单湿了一大片，羊水破了！她立即去向白主任汇报情况，可就在此时，产妇却挺着大肚子跟她男人从病房跑了。

这时，白虹也追了上来，严肃地命令道："你们必须跟我回去，她现在的情况非常危险！"

男人斜眼瞅了瞅产妇："你想回去？"他的语气很不屑，对待产妇的态度就像对待一个站街妓女。

产妇摇摇头，她的样子很痛苦，却没有反抗，一句话都没有说。她的年龄不小了，怀的又是头胎，但谁都看得出来，这个肚子里的小生命还没出世，就已经遭到父母的嫌弃。

朱亭亭很气愤："你在威胁她！"

"大夫，我们没钱，交不起手术费，还是让她顺产吧。"男人固执地坚持道。

"不都跟你解释过了吗？臀位顺产很危险，容易难产，产妇可能大出血，孩子也可能窒息而死，更何况她的妊娠期已经超过42周，又是大龄产妇，我们不可能让她冒这个险！"白虹说得口干舌燥，同样的话，她在上午已经讲了很多遍了。也不知道是不是她的错觉，当提到胎儿可能窒息而死的时候，男人的眼睛居然亮了一下。

"我懂，大夫，你说的这些我都懂，但我们实在掏不起手术费。"

白虹叹了一口气："如果只是手术费的问题，我可以在我的能力范围内给你最大程度的减免，剩下的大家帮你想想办法，赶紧带她回去吧！"

在产妇胎盘破水的情况下，僵持了半个小时之后，男人终于同意让产妇接受剖宫产手术。

搀着产妇回去的路上，朱亭亭看见梁筱晞在产科门口等她。

"一会儿能准点下班吗？我请你吃饭。"梁筱晞问道。

"这个过期妊娠的产妇得剖，跟完这台手术就能下班，要不你先去值班室等我？"朱亭亭说着，把手伸进口袋去摸钥匙。

"不啦，我在走廊等你一会儿，你忙去吧。"梁筱晞冲她摆摆手，在产科走廊找了排椅子坐下来。

产妇的男人见梁筱晞跟朱大夫说话，走到她身边搭茬道："你也是医院的大夫吧？"

见梁筱晞点点头，男人继续问："剖腹产的婴儿死亡率不高吧？"

"不用担心，一般都不会有事的。"

"唉！"男人重重地叹了一口气。

梁筱晞有点蒙，她抬眼打量这位家属，脸膛黝黑，头发蓬乱，穿着寒酸，不禁心里嘀咕，该不是养不起孩子愁的吧？

这时，一位大着肚子的孕妇从旁边的病房走出来，左右各有一人搀扶着，每走一步，她就停下来哼哼唧唧地叫唤两声，那声音绝对称不上悦耳，甚至让人感到烦躁。

梁筱晞估计她应该是想顺产，所以在产前忍着疼痛坚持锻炼。筱晞不禁感慨，做女人真不容易。在古代，生孩子相当于走一趟鬼门关，可还是有那么多女人，不惜胸部下垂、骨盆变大，尽管自己不想生，却为了给男人传宗接代延续香火，没完没了地生了一个又一个。

正如此时，那个臀位破水的女人躺在手术台上，眼泪哗哗地顺着鬓角流下来。住院几天，她一直没怎么说过话，可现在不知是否因为过于害怕，她裸露的双腿筛糠似的颤抖着，嘴里不停地嘟囔："这个孩子是他的，是他的！他知道孩子是他的，他不愿意承认，就是不想让我生。"

"为什么呀？"朱亭亭诧异地问道。

"刚发现怀了孩子的时候，他叫我打掉，我没忍心，偷偷躲了起来，后来孩子月份大了，医院不能做引产了，我才敢跑出来。"产妇一脸绝望地盯着天花板，抚着肚子哽咽道，"他希望这个孩子死在这里。"

"啊？虎毒还不食子呢，这男人的心怎么这么狠？"

"不怪他，他没错！怪我自己，怪我太想给他生个孩子了，太想跟他过正常人的生活了……"

"男人要是不爱你，你就算生一百个孩子也拴不住。"白虹一边戴上无菌手套，一边忍不住劝道。

"不！他爱我！"产妇有点激动，她涨红了脸，憋了半天，终于宣泄似的号啕大哭起来，"我……我是他的表姐！"

所有人都吃了一惊，大家面面相觑，最后还是白虹开口道：

"别哭，马上要给你打麻药了，你不能激动。"

"是啊，都这时候了，你不要想太多，配合我们把孩子生出来。"朱亭亭也在旁边劝道。

待产妇的情绪稳定下来，手术开始进行……40分钟后，剖出来一个男婴，六斤七两，很健康，没有肉眼可见的身体畸形。

朱亭亭走出产房，那个男人立即迎了上来，颤声问道："生出来了？"

"嗯，男孩，跟你长得一模一样，你说这孩子是谁的？"朱亭亭故意揶揄他。

"孩子，没问题吧？"男人的心提到了嗓子眼。

"暂时没发现跟正常新生儿有什么区别。"朱亭亭回答，但她也不敢保这个孩子以后会不会有智力缺陷。

男人颓丧地坐回到椅子上，根本没心情去瞧一眼自己刚出世的孩子。

梁筱晞还不知道发生了什么，以为手术成功就是万事大吉了，拉着朱亭亭的胳膊说："走，请你吃饭。"

"难得啊，你今天怎么没去图书馆，有空过来找我吃饭？"

"考前压力大，找你放松放松。"

"得了吧，你这种人怎么可能有考前焦虑？"朱亭亭狐疑地看着她，不过想到即将有人请吃大餐，很快又说，"等我去换个衣服。"

〔4〕

"亭亭，你说一个男人会同时爱上两个女人吗？"意式餐厅里灯光晦暗，梁筱晞在说出这句话的时候，朱亭亭看不清她的表情，当然，她也根本没想去看清，她的眼睛只顾盯着盘子里的蜜汁肋排。

"那还用问，男人不都想要三妻四妾嘛。"朱亭亭不假思索地回答。

"也有从一而终的呀，比如罗密欧、梁山伯，比如……董永。"

"罗密欧和梁山伯年纪轻轻就死了，你怎么知道他们要是活到老，就能从一而终，就能看着年老色衰的另一半不生厌倦？哦，还有董永，董永就更别提了，人家遇见的是七仙女，凡人能比得了吗？再说，你举这些例子都是爱情故事，什么叫故事？虚构的！"

梁筱晞没吭声，只是若有所思地点点头。

朱亭亭啃着肋排继续说："所以有人恶意揣测，当白雪公主和灰姑娘同时出现在王子面前，猜他会选谁？"

"选谁？"

"笨蛋，他当然是两个都想要了！"朱亭亭放下手中的骨头，陷入花痴般的回忆中，"其实女人应该也一样吧，如果让你遇到两个又高又帅又温柔的男人，你会不会也犯了选择困难症？就像我还是无知少女看《灌篮高手》的时候，总在樱木花道和流川枫之间摇摆不定。"

梁筱晞无声地垂下头，当她从理论上想通了陈永那晚的行为之后，心里就更加难受了。

"你快点吃呀，桌上的东西都被我一个人吃了。"朱亭亭终于把眼睛从面前的盘子上移开，看向梁筱晞，"你今天怎么不对劲呀，是不是受什么刺激了？"

梁筱晞摇摇头，岔开话题道："出国手续办完了吗？什么时候走？"

"早就办完了，下个月13号的机票，我正想告诉你呢，正好赶上P大医学院笔试那两天了，你不能去机场送我了。"

"哎呀，这么巧！"梁筱晞失望地叫道。

"那还不好嘛，离别的泪水都省了。"

"想得美，谁会为你流眼泪。"

"也对啊，你现在成天见死别都没有感觉了，更何况是生离？"

"别把我说得没心没肺似的！"梁筱晞抗议道，紧接着叹了口气，"不过细算起来，咱俩在一起也快十年了吧，你这么突然不在我身边了，我还真担心自己会不习惯。"

朱亭亭对这句话很满意，笑着说："要是舍不得我，干脆努把力，考上P大医学院去美国陪我吧！"

这次梁筱晞竟然没有马上拒绝，她歪头沉思片刻，声音轻得像在自言自语："如果考上了，我真要考虑考虑。"

第二天中午，梁筱晞刚在食堂找到空位，陈永就端着餐盘跟了过来，在她对面坐下。

梁筱晞看到他，惊讶地道："今天怎么有空来食堂？"

"为了跟你'偶遇'啊！"陈永回头指了指食堂门口的位置，"我在那儿坐了二十分钟，都快变成人脸识别闸机了。"

"找我有事吗？"梁筱晞明知故问。

"给你打电话为什么不接？"

"最近有点忙……"她心虚地说，"你也知道我下个月就要考试了，忙着复习呢。"

"考不上算了！"陈永有些不高兴，她都快一星期没跟他联系了。

梁筱晞瞅也不瞅他，埋头扒着饭说："今年考不上，明年还得考，还得再遭一遍罪。"

"明年也别考了！"

"啊？"她总算抬起头，吃惊地望着他，不太相信这种话能从陈永嘴里说出来。

"等我变成博导，你直接考我吧。"

"你还要不要脸了？"梁筱晞憋不住笑了。

陈永也弯了嘴角，轻声道："这周六来我家吧，忐忑都想你了。"

梁筱晞挑起眉毛，没好气地问："它知道什么叫'想'吗？"

"当然，它聪明着呢。"

"行啊，那你怎么看出来它想我了？"

"好吧，是我想你了。"

梁筱晞心里别扭着，既不忍心马上拒绝，又不想轻易妥协，好在这时姜柏洲凑过来，笑嘻嘻地问："陈主任，里面有人吗？"

陈永皱眉道："别地儿坐去，大白天的不需要灯泡。"

梁筱晞往里挪了一个位置，冲姜柏洲笑道："坐吧，他跟你闹着玩呢。"

姜柏洲坐下之后，嘴巴再也没闲住，不是吃东西就是说话："陈主任，听说你年前勇斗歹徒受了点外伤，现在没事了吧？"

"早就没事了。"

姜柏洲发现陈永跟自己对话的热情并不高，又转向身边的人："梁筱晞，前天你请朱大夫吃饭怎么不带上我啊，我最爱吃意大利菜了。"

"带你这头猪去，还不把我吃破产了啊？"梁筱晞怪姜柏洲太多嘴，在桌子底下狠狠地踩了他一脚。

"嗷！你踩我脚了！"姜柏洲叫道。

前天晚上，梁筱晞跟朱亭亭吃饭的时候，陈永给她打了两个电话，但她都没有接。陈永淡淡地瞥了她一眼，脸上的表情不可捉摸。

"我饱了，你们慢慢吃啊。"梁筱晞说着，站起来就往外走，却被陈永一把拉住："等会儿，我跟你一起。"

"……"

"你们怎么都走了？"姜柏洲鼓着腮帮子抗议。

梁筱晞拍了拍他的肩膀，笑着说道："怪你吃相太难看，害得我们突然没食欲了。"

"走吧，走吧，诅咒你晚上九点也下不了班，饿得前胸贴后背，走路都扶墙。"姜柏洲话音刚落，脑袋立即被人敲了一记闷响。

"没想到你长得一副人畜无害的样子，心眼还挺毒啊，知不知道这种话不能乱说！"梁筱晞生气地道。

"哎哟，我错了，你放心，要是不幸被我言中，你这周的晚饭我全包了。"姜柏洲讪笑。

"你说的啊，到时候可别赖账！"

"决不食言。"姜柏洲笑着说完，看了一眼时间，加快了咀嚼速度。

两人一前一后走出食堂，陈永并没有拐进急诊大楼，他停下脚步，回头看着梁筱晞，眼神不太友善："我记得你常去的那家意大利餐厅离医院挺远的吧？开车来回至少也得四十分钟，还在跟你家相反的方向。有这个时间，你算算，能接我多少个电话？"

梁筱晞咬着嘴唇不说话，她知道，陈永最擅长揭人伤疤，她又理屈词穷，跟他争辩肯定没什么好结果。她本来是有理在先的，这时却变成了哑巴吃黄连。

当然，她也绝口不提音乐会的事情，因为她从不强求感情，如果陈永真喜欢上了别人，她肯定会二话不说，立即退出，一个人的心都不在你的身上了，还留着那具没有灵魂的躯壳有什么意思？

可现在，梁筱晞还没对这段感情彻底失去信心，更何况，她那么喜欢他。她低头盯着鞋尖，过了半晌，才缓缓开口道："好吧，我承认，前几天我心情不太好，不想跟你说话。"

陈永一怔："跟我有关？"

"都过去了，不想再提了。"梁筱晞轻声说。

陈永看着她有些憔悴的脸，叹着气说："筱晞，我知道你工作很忙，现在又面临考博，压力非常大，不过你以后就会慢慢适应，这些都是医生的常态，如果不能及时疏导压力，缓解情绪，早晚会被压垮。"

梁筱晞矢口否认："我没什么压力啊。"

"看你一脸的心事重重，还说没压力。"陈永哪里知道，这些愁云惨淡都是他造成的。

梁筱晞苦笑一下，决定不再纠缠，毕竟一场音乐会也证明不了什么，可这件事情，终究成了她的一块心病。

"那……这周六你陪我去看电影吧？"她抬头道。

"行，没问题。"陈永毫不犹豫地答应了。

"看什么让我挑？"

"那还用问，你如果真那么喜欢看电影，我陪你从早看到晚。"

梁筱晞开玩笑："你干脆给我买一座电影院吧？"

"电影院我可买不起，不过等咱俩结婚了，我可以给你在客厅建个家庭影院。"

"一个家庭影院就想收买我啊？别做梦了。"

〔5〕

梁筱晞在忙碌的备考中忽略了四季交替，转眼间，两个学校的考博笔试结束，再回到南津医院，她才发现不知什么时候，路边冒出了一片片嫩绿，柳条已经抽芽，春天到了。

17床的单间病房里，住进了一位晚期胰腺癌患者。他还不到六十岁，退休前是外地一所理工大学的教授，在专业领域内大名鼎鼎。半年前，这位老教授被确诊为胰腺癌，肿瘤已经侵犯到胰管和胆总管，并发生淋巴结转移。

胰腺癌被称为"癌中之王"，是所有恶性肿瘤中治疗效果最差、致死率最高的癌症，五年生存率不足5%，很多病人会在发现后几个月之内迅速死亡。

老教授在年轻时有过一次短暂的婚姻，没有子女。这些年来他一心拼搏事业，从未意识到应该爱护自己的身体，由于工作压力太大，他养成了常年喝咖啡和吸烟的习惯。退休之后，还经常熬夜撰写书稿。

半年前，体重急遽下降和经常性的上腹隐痛，让他预感到身体可能出现了问题。他来到医院做了无创性影像检查，CT片子上显示胰体出现一个占位性病变，内镜超声引导下细针穿刺活检确诊为胰腺癌晚期，已无手术必要。

当教授得知自己罹患了世界上最凶险的癌症，生命只剩下短则几个月、长则一年的时候，脑子里首先想到的竟是他那本尚未完成的著作。再给他一年时间，那本已经耗费两年心血、点灯熬油完成了大半的著作就可以付梓。

但他很清楚，自己可能等不到那一天了，他只能将剩下的内容进行大幅压缩，原计划的十几万字被压缩到七万字。他强忍病痛在半年内完成了书稿，靠着无比坚韧的意志力支撑到了生命的最后一刻。

他被送进ICU时，已经出现大量的腹腔积液，并发生肺部感染，严重发烧，呼吸困难，心率加快。原则上，ICU是不收治癌症晚期患者的，因为已无救治必要。但也有一些特殊情况，比如癌症患者术后需要护理的、发生器官衰竭的、感染性休克或呼吸困难的……

老教授进了ICU之后就再也没能出去，一直留在这里也是他本人的意愿，ICU有最好的医护团队，而且24小时有人看护，万一出现危险情况可以第一时间得到救治，单间病房的环境也不差，只是他太孤单了，父母早已过世，身边又无妻子儿女，只有一个远嫁国外的妹妹，还没有赶回来。

这些天，他的情况时好时坏，梁筱晞是他的管床大夫，每当他精神状态好、身体不疼痛的时候，就总是拉着梁筱晞和管床护士聊天，但话题经常围绕着生死。

"什么是死亡？死亡就是这个世界从此与你无关……再也没有日升月落，再也看不见蓝天白云……再也呼吸不到新鲜空气，再也感受不到微风拂面……再也闻不到花香，再也见不到亲人……某种意义上，当一个人闭上眼睛，世界就跟着他一起消失了。"教授断断续续地讲着，声音微弱，每说几句话都要喘息半天。他很难接受自己将要不久于人世的事实，情绪极度悲观。

虽然每个人都害怕死亡，但梁筱晞发现，自我意识越强烈的人，对死亡的恐惧就越严重。而内心越恐惧，对病情的发展越不利。很多癌症病人，不是病死的，而是吓死的。很多时候，医生既救不了人命，也治不了人心。

被确诊为胰腺癌之后，老教授查阅过大量有关这个病的资料，所以非常清楚自己的情况，无论医护人员如何劝导都无济于事。他的求生欲很强，每当万籁俱寂的夜晚，想到这个世界上，很快就会再也没有自己这个人的存在，甚至害怕得浑身发抖。

他时常对梁筱晞说："我真傻，临死前……还放不下名利。自古以来……名誉、财富和地位……这些东西，得到容易，放下很难。现在，我最大的愿望……不是看见那本呕心沥血的著作出版，而是希望老天……再多给我半年时间，让我再……好好看看这个世界。"

一个人如果没有真正经历过生死，就永远无法体会那种面临死亡的绝望感受。也许直到那一刻，他们才会明白，人生在世的最大财富不是名誉、金钱和美貌，而是健康。

老教授的情况越来越糟，有一天，他突然要求拔掉身上的腹腔引流管。他说，想在临死前，再看一眼外面的蓝天白云。梁筱晞明白，他已经到了最后的弥留之际。作为医生，既然不能挽救他的生命，至少也应该满足老人的最后一个愿望。

ICU的几名医护人员费了很大力气才把老教授弄上轮椅，梁筱晞和管床护士推着他来到医院楼下的一个小广场。那天下午，天高云淡，没有雾霾和风沙，阳光普照大地，天空呈现出罕见的湛蓝。

广场中间有一个喷水池，两只小麻雀蹦蹦跳跳地在水池旁喝水，不时抖一抖身上沾湿的羽毛。在这个春暖花开的午后，它们无忧无虑地追逐嬉戏，享受着暖风的吹拂，享受着水池的清凉，享受着生命的美好。

教授的眼睛一眨不眨地望着水池那边，眼神中充满了对生存的渴望和对死亡的恐惧。后来，他的眼角流下一滴泪。

"真羡慕它们。"这是教授说的最后一句话。回到病房不久，他就怀着对这个世界的深深眷恋离开了。

送走教授之后，梁筱晞给陈永打了个电话，当她讲到教授望着小麻雀的眼神时，忍不住哽咽了："你肯定想象不到，一个曾经声誉显赫叱咤风云的大学教授，在那一刻，竟然羡慕起两只卑微渺小的麻雀。"

"在死亡面前，一切生命都难免恐惧和战栗。"陈永在电话那头说道。

"作为医生，我却什么都做不了，只能眼睁睁地看着他带着巨大的恐惧等待死神来临。"梁筱晞声音低沉地说道。

"别这么想，你已经做得很好了。"陈永安慰她，"不管一个人的生命还剩下多长时间，死亡都是最终的归宿，害怕和焦虑是没用的，只能徒增临终前的痛苦。"

梁筱晞想起老教授临终前提到自己为什么拼着命也要把那部著作写完时说的话："人在这世上活一回，总要留下点儿我来过一趟的痕迹。"

她突然感到困惑，生命的意义到底是什么？是简简单单地活着，还是努力留下点什么东西？她忍不住问陈永："既然人终要一死，活着的意义又是什么？"

"没错，人终要一死，终要失去所有的一切，即便你留下了什么，也抵不过海枯石烂宇宙变迁，就连恒星都无法奢望永恒，更别说渺小的人类。"陈永停顿片刻，又继续说，"因此我觉得没必要纠缠什么虚无缥缈的意义，'春有百花秋有月，夏有凉风冬有雪'，活着就是要在有限的人生里自娱自乐，学会看淡名利，因为早晚有一天你会失去；学会接受死亡，因为早晚有一天你要面对。"

〔6〕

每天傍晚，城管下班之后，南津医院的正门口总会出现两三个蹲点的乞丐，时间掐得比上夜班的大夫还要准。

这天，梁筱晞在医院旁边的快餐店吃完饭，回科路过医院正大门，突然发现乞丐队伍里多了一张陌生面孔。

再仔细一瞧，原来不是乞丐，那人身前放着一个竹筐，用粗布盖着，看不见里面装的是什么。

"咸鸭蛋，咸鸭蛋……"老妇人声音颤抖地叫卖，她的衣着寒酸，打扮得并不比旁边的乞丐体面多少，如果把她身前的竹筐换成搪瓷缸，准保有人往里面扔硬币。

同样是生活困顿之人，老妇人的自食其力跟一旁的乞丐形成鲜明对比，梁筱晞忍不住多看了她两眼，也许是感受到了路人的目光，老妇人抬起头，语气卑微："姑娘，买点吧？农村的土鸭蛋。"她拉开粗布的一角，露出里面淡绿色的鸭蛋。

梁筱晞刚想摆手，却不经意间瞥见老妇人祈求和渴望的目光，连忙收回手，神差鬼使地蹲下来，询价道："怎么卖啊？"

"两元钱一个。"老妇人说完，又怕自己卖贵了客人不买，赶紧补充道，"散养在田里的鸭子，下的蛋个头大。"

"您不是本地人吧？"梁筱晞听她的普通话带着口音，一时半会儿又想不起是哪儿的方言。

"我是乡下来的，领孩子过来看病。"老妇人从筐里挑了俩大个的摊在满是厚茧的手心里，"你看，正宗土鸭蛋，都是从家里背过来的，老头开始还不让带，来了才知道医药费有多贵，这筐鸭蛋啊，连一次CT的检查费都卖不出来。"

梁筱晞随便拣了几个，从包里一边掏钱一边问道："孩子什么病？"

老妇人伸手接过钱，叹了一口气："主动脉瓣反流，大夫说是什么重度……啊……"

"重度AR？"梁筱晞站起身，看着她颤巍巍地把钱收起来，装进一个褪色的布包中。

"啊……对，好像是这个名。"老妇人皱起眉头，牵出脸上一道道褶皱。

梁筱晞无奈地摇摇头，主动脉瓣反流（AR）严重到一定程度，药物治疗基本不起什么作用，患者需要做主动脉瓣置换手术，这笔费用不小，根本不是卖几个咸鸭蛋就能解决得了的。

到了ICU，她在走廊撞见姜柏洲，今晚又轮到他们两个一起值班。姜柏洲见她手里拎着鸭蛋，惊讶地道："不会吧，这种时候你怎么还买鸭蛋吃呢？"

梁筱晞有点蒙："吃鸭蛋怎么了？"

"这阵子你不是在等考博成绩吗？"姜柏洲说着，就上去抢她手里的塑料袋，"来来来，都给我吧，我牺牲一下，帮你解决掉。"

"哦，原来你是怕我考不好呀，谢谢啊，不过我可不信这些。"梁筱晞背过手去，"不劳您费神了，这几个鸭蛋我自己吃得完。"

"给哥一个尝尝。"姜柏洲厚颜无耻地摊开手。

梁筱晞打开塑料袋，抓了两个鸭蛋塞到他手里，还不忘挖苦几句："想吃你就直接说呗，还假仁假义地说替我解决，要不要脸哪！"

"你哥这张脸早就被人戳得千疮百孔了，你再戳两下我就得去植皮了！"姜柏洲无奈地道。

"怎么了？感情又受挫了？"

"差不多。"姜柏洲露出一副还是你了解我的神态，情绪低落地说，"实话告诉你吧，哥看上一个护士，不过她对我一直不冷不热，我也迟迟没敢表白，主要是怕人家觉得我太直接太主动，不像好人。"

"噢，原来是单相思闹的呀？"梁筱晞会心一笑，接着又问，"咱们医院的？"

"嗯，急诊科的。"

"那还不好办，既然都是自己地盘，找人牵个线还不容易嘛。"

"可我急诊没有熟人啊。"

"她叫什么名字？"

"冉雨葭。"

"这事交给我吧，等我要来那女孩的联系方式，你俩加个微信，时机成熟的时候约个饭，见面了解一下。"梁筱晞驾轻就熟地说。

"哟，没看出来呀，梁筱晞，敢情你还有当媒婆的潜质呢。"姜柏洲笑道。

"别废话，没吃过猪肉谁还没见过猪跑啊，少拿这种没门槛的行业侮辱我的能力。"

"行，这事成了我请你吃饭啊。"

可是，梁筱晞把事情想得太容易了，她没想到陈永会不同意："你让我一个大男人去保媒拉纤？丢不丢人？"

"男人怎么了？月老不也是男的嘛，比你还老呢。"梁筱晞干笑两声，见陈永瞪她，马上补充道，"我不是说你年纪大啊……"

"不行。"陈永态度坚决，没有商量的余地。

梁筱晞终于有点后悔当初草率地把事情大包大揽下来，现在骑虎难下的滋味很难受，她摇了摇陈永的胳膊，想像别的女人那样撒撒娇，却发现自己的动作十分笨拙，很快就识趣地收了手，果断放弃了这个自己不太擅长的方式，索性耍无赖道："反正我不管，这事你得帮我解决！"

"梁大夫，你应该很清楚，撒泼耍赖在我这儿行不通。"陈永似笑非笑地看着她。

听到这句话，梁筱晞顿时泄了气，她太了解陈永，这个人软硬不吃，没有什么能够真正威胁他。

"算了，你不帮忙我找别人。"梁筱晞转身要走。

"等一下！"陈永喊住她，"帮你也行，得答应我一件事。"

"什么事？"梁筱晞的心中又重新燃起希望。

"我还没想好，可以先给你记账上。"

"哟，账上？"梁筱晞挑眉道，"看来我欠您的还不少呢？都够装订成册的了，用不用我卖身去还啊？"

陈永盯着她，上下打量一番，笑着说："你卖身也赚不了几个钱，卖肾还行。"

"随你怎么说。"梁筱晞的目标达成，懒得跟他计较。

陈永有生以来，不靠谱的事情做得不多，这次他明知道穿线成功的概率很小，还是答应了梁筱晞。这个世界，也只有这个女人，能让他一次次地不靠谱。

中午午休，他路过护士站，瞥见小冉还没去吃饭，停步喊道："冉雨葭，到我办公室来一下。"

小冉放下手中没整理完的医疗器械，诚惶诚恐地跟着陈永走到办公室，以为自己犯了什么错误。陈主任平时一向不苟言笑，很少跟她们说闲话，不过上次他的救命之恩，她还一直记在心上。

"那、那个……"陈永突然觉得有点难开口，他不自然地咳了两声，望着人来人往的走廊，对小冉说，"你先把门关上。"

"好。"小冉转身去关门，心里琢磨着陈主任今天好奇怪，他到底想说什么？

"冉雨葭，你……你有男朋友吗？"陈永吞吞吐吐地问道。

"没有啊。"小冉害羞地低下头，她误会了，以为陈永要跟自己表白。

陈永深吸一口气，不想再扭扭捏捏浪费时间，决定一鼓作气把话说完。于是，他全然不顾自己的主任形象，瞬间变身专业红娘："既然你没有对象，那我就直说了啊……ICU有个男大夫，比你大几岁，人挺好的，家境也不错，我想给你俩介绍介绍。"

"啊？"冉雨葭张大嘴巴，惊讶得说不出话来。

陈永见小冉不说话，还以为是女孩子矜持，不好意思直接答应，于是自顾自地说："你不表态我就当你同意了，回头我把你的号码给他，让他加你微信。"

"这……"小冉红着眼睛，觉得自己刚才的样子傻透了。

"行，没什么事你就去吃饭吧。"陈永说完，走到门口替她把门拉开。

冉雨葭一声不吭地走出陈永的办公室，胸中一股邪火无处发泄，都转嫁到那个尚未谋面的ICU男大夫身上。

其实小冉和姜柏洲见过面，有几次，她跟急诊医生送患者进重症监护室，都是姜柏洲接手的。不过她对姜柏洲没什么特别的印象，更谈不上好感。此时，小冉还不知道相亲的对象是姜柏洲，就对他产生了莫名的抵触。

过了几天，梁筱晞见姜柏洲没精打采地来上班，忍不住八卦道："看样子，这次大概又没戏了吧？"

姜柏洲不置可否地叹了口气，好奇地问道："你们女人都希望找什么样的啊？"

"说不好，萝卜白菜各有所爱吧。"

"我算看明白了，人都一个样，不管男人还是女人，都喜欢年轻漂亮的。"姜柏洲丧气地说，"都怪我年轻时候太贪玩，没把心思放在找对象上，错过了颜值最高峰。"

梁筱晞有点想笑，一边脑补着姜大妈颜值最高峰时的样子，一边安慰他："别这么说，上了年纪的男人有成熟的魅力。"

"我都忘了，你就喜欢岁数大的，可陈主任那么英俊潇洒玉树临风，又不是大腹便便、一望无'际'的中年油腻大叔。"

梁筱晞毫不掩饰地笑了笑："虽然你的外表不能永葆青春，但还可以有一颗年轻的心。"

"在这里看脸的时代，真有女人会耐着性子发觉我的内在美吗？"姜柏洲的情绪依然低落，"有机会欣赏鲜花，谁还愿意瞅干花啊。"

"别把所有人都说得跟你一样俗，再说把男人比作花，本身就不恰当。"

"那应该比作什么？果实？越成熟越受欢迎？"

"唉，总之你别伤心了，要不，我给你介绍产科的乔护士吧？你见过的，长得挺可爱，咱医大护理专业毕业的，还是校友呢。"梁筱晞说。

"乔护士？就是胸部特别大的那个？"姜柏洲圈起胳膊，在自己胸前比画了一下。

"对啊，你们男人不都喜欢胸大的吗？"

"没错。"姜柏洲没有否认，却摇了摇头说，"但她那个也太大了，目测比屁股还大，八成是得巨胸症了吧？"

"不愿意拉倒。"梁筱晞气得甩手走人了，心里骂姜大妈嘴太损，怪不得找不着对象。

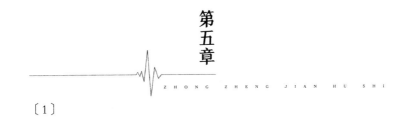

第五章

ZHONG ZHENG JIAN HU SHI

〔1〕

梁筱晞同时被报考的两所学校录取了，按她之前的打算，选择去哪所学校并无悬念。当她把这个消息发E-mail告诉朱亭亭后，朱亭亭特意大清早打来越洋电话，劝她选P大医学院常教授的博士，理由非常简单，学校加分，导师加分，读博期间还有机会到美国进修，经历加分！读这样的博士含金量更高。

可尽管她说得天花乱坠吐沫横飞，筱晞却丝毫不为所动，最后朱亭亭哀叹一声："梁筱晞，你完了！你已经彻底被爱情冲昏头脑，加入为了男人放弃事业的蠢女人行列了。"

梁筱晞低头想想，忍不住问道："我的选择，是不是真有那么蠢？"

"呃……"朱亭亭见她较真起来，反倒不太好意思讲出实话，支支吾吾地说，"也、也不是啦，总之你现在这个决定，是以前的你绝对做不出来的。"

"我明白了。"梁筱晞撂了电话，反复琢磨着朱亭亭那句话，她说得没错，换作从前，自己一定会义无反顾地选择P大医学院，而现在，究竟是不一样了。

她拿起手机，想给陈永打个电话，却想到他今晚值夜班，只好发了一条短信，寥寥几个字："考上了，周末请你吃饭。"等了半天也不见那边回复，她抱着手机进了卧室，一头倒在床上，很快睡着了。

夜晚的急诊大楼灯火通明，一个旅游团集体食物中毒被送进急诊。初步推测，中毒原因是吃了残留农药的韭菜，全团18人，只有一人因没吃韭菜而躲过一劫，还有三人吃得很少病情较轻，其余14人普遍出现呕吐、腹泻或腹痛的症状，后来，两名中毒较深昏迷不醒的患者还被直接推进了重症监护室。

值班的医护人员已经焦头烂额，后援救兵还没到。这时候，一个五六十岁的男人被搀扶着走进急诊大厅，他旁边的老妇人眼见郝雪松迎面匆匆走来，忙上去拦住他，语气十分焦急："大夫，我老头胸口疼，你快给他看看吧。"

"那边有人需要抢救，你先等一会儿。"

"他这也是忍不住了才来医院，你不能丢下我们不管啊。"老妇人紧紧抓住郝雪松，死活不让他离开。

郝雪松要赶去抢救一名中毒休克的患者，哪还有精力顾得上这个能走能动的。老妇人拽着他不松手，他只能回头对身后的张俪说："你先给他看看，要是情况严重，再过去叫我。"

其实他心里很明白，这个时候，急诊值班的大夫都忙得晕头转向，恨不得生出三头六臂，根本没有多余人手处理这边的事情。

张俪瞥了一眼旁边捂着胸口的男人，他穿着掉色的迷彩服，裤脚沾满了泥巴，像是工地上卖苦力的。

"你俩跟我来吧。"张俪语气淡淡的，她对郝大夫有些不满，那边食物中毒的患者更需要紧急处理，急救人员本来就不够，郝雪松把自己留下来，明显是觉得她水平不行，无法独立完成抢救任务。

进了接诊室，张俪开始问诊："叫什么名字？"

"吴宝柱。"何翠芬替她男人答道。

"多大岁数？"

"四十九岁。"

张俪有些吃惊，这对夫妻看起来都有五六十岁了，但她很快恢复了正常神色，那些长期受生活压迫的患者，大多比实际年龄显老一些，对于医生来讲，早就见怪不怪了，她继续问道："哪儿疼？怎么疼的？"

"他一开始就是胸闷，上楼梯的时候感觉胸口疼，也说不清哪儿疼，大概就在这儿，"何翠芬比画着自己心脏的位置，"疼了几分钟，停下来歇了歇，好了一点，上楼之后吃完饭，又疼上了。"

"以前检查过吗？"

"前年去医院检查过，大夫说他有冠心病。"

"现在疼得还厉害吗？"张俪见吴宝柱痛苦地点点头，果断打印了一张单子递给他，"我给你开点硝酸甘油，舌下含服。"

很明显，患者是冠心病造成心肌缺血，表现为心绞痛的症状，这次张俪无比确信自己的判断，虽然她能诊断出病情的情况并不多。

张俪开完医嘱，疾步走出接诊室，她急着回到那边的抢救队伍中，不是因为多挂念那些中毒患者，而是不喜欢这种被集体排斥的边缘感觉。她是进修医生，业务水平又不行，来南津医院急诊科的这段时间，她发现大家对自己都不太热情。说句难听点的，就连在急诊工作几年的护士都比她处理问题的能力强。

急诊的抢救室里人声嘈杂，医护人员乱成一团，室内的床位不够，急救轮床塞满了走廊。

"陈主任，这边有位患者发生抽搐。"

陈永赶紧走过去，查看了患者的情况，命令道："5毫克阿托品，准备静脉注射。"

话音刚落，一个女人冲到他面前，高声喊着："大夫，大夫，我儿子怎么啦？一直头晕冒汗还恶心。"

陈永回头瞥了一眼孩子的状况，又看了他的ChE（胆碱酯酶）检验结果，ChE活性没比正常值下降多少，很快说道："他的症状不严重，先等一下。"

这女人是全团唯一一个没有中毒的患者，因为要照顾儿子吃饭，她自己还没来得及吃什么，很多菜就已经没有了，好在孩子吃的韭菜也不多，仅仅是轻度中毒。

陈永庆幸这些患者的家属都在外地，否则按照正常情况，一个病人至少有两三个家属陪同，如果全聚到这里，现在急诊非得炸锅不可。过了一会儿，救援队伍陆陆续续地赶来了，为了应付这次中毒事件，急诊科几乎是全员出动。

吴宝柱服用了硝酸甘油之后，心绞痛的症状并没有缓解，反而有了加重的趋势。

天快亮了。陈永抢救完中毒患者，经过走廊的时候，坐在长椅上的一个男人没有任何预兆，砰的一声倒在他脚前。

"老吴，你怎么啦？你怎么啦？"旁边的老妇人惊慌失措地叫起来。

陈永立即蹲下来将他的身体平卧，解开他衣领的同时高声喊道："快来人，推个轮床！"

几名医护人员合力将吴宝柱抬上轮床，往抢救室奔去，吴宝柱的老婆何翠芬吓得手脚冰凉，连说话的声音都走了调："大夫，他这是怎么了？"

陈永迅速扭头问道："病人之前什么情况？有什么反应？"

这时，他看见家属手里攥着一张单子，一把夺过来扫了两眼，上面是几个醒目的黑字：硝酸甘油……

再往下看，开医嘱的大夫是——张俪。

吴宝柱被推进抢救室，大家七手八脚地给他套上氧气面罩，连上心电监测仪，显示屏上蹦出一组数据，陈永瞥了一眼……血压65/42mmHg，这两个触目惊心的数字让他心里一沉，血压太低了！

这时，张俪也赶了过来，她看见吴宝柱躺在抢救床上，神色有些慌乱，毕竟患者刚才还好好地坐在诊室。

她转身想溜，却被陈永一把扯住袖口："张俪，你给他开药之前量过血压吗？"

"没、没有啊。"张俪一时没反应过来为什么要量血压。

陈永放开她，这种紧要关头，他没工夫为她传授医学知识，也没工夫责怪她疏忽大意。

硝酸甘油有降压的作用，低血压是硝酸甘油的禁忌症，临床使用硝酸甘油可能导致体循环血压降低，使心肌缺血的情况进一步加重。张俪在没有为患者测量血压的情况下，就开了硝酸酯类药物，如果造成严重后果，她恐怕难辞其咎。

吴宝柱被送进重症监护室之后，又发生了大面积的心梗合并心源性休克。他老婆何翠芬蹲在ICU的大门外，两眼直勾勾地盯着身前的地面，她想不通到底怎么了，孩子治病的钱还没着没落，丈夫现在又生死未卜。有时候，人在遭受打击的时候，神情麻木比哭天抹泪更可怕。

她背来的两筐鸭蛋昨晚卖光了，卖了七百多元钱。来时的绿皮火车上很拥挤，她就像护着女儿的命一样护着这两筐鸭蛋。没错，对穷人来说，钱就是命。他们中的很多人，患的往往不是绝症，但因为没钱医治，直拖到病情恶化，最后演变到无药可救。

何翠芬本来挺高兴的，至少知道了这个地方也可以赚到钱，不用坐吃山空。可没高兴太久，晚上吴宝柱出去给一家三口买盒饭，为了省几块钱，他没在医院楼下买，走了老远找到一个破烂的小餐馆，餐馆的牌子都掉色了，进去一问，饭菜果然很便宜。

回医院的路上，吴宝柱怕饭菜凉得太快，拎着盒饭走得很急，进了住院楼，发现等电梯的人又太多，他爬了五层楼，结果就犯了毛病。

两个至亲，一个在心内科病房，一个在重症监护室。这个女人满脸愁苦地蹲在那里，她的脑袋一片空白，甚至都没有掉眼泪。生活已经把她压榨得不成人样了。

她才四十五岁，坐公交的时候，居然有年轻人给她让座。昨天下午，一个中年男人领着十几岁的女儿路过医院，她看见男人跟孩子说了句什么，那个女孩就一蹦一跳地跑过来，脆生生地喊道："奶奶，咸鸭蛋多少钱？"

何翠芬的脸上僵了一瞬，这么大的姑娘，竟然喊她奶奶！不过她很快就释然了，甚至在心里责怪自己：在乎这些做什么呀，只要人家肯花钱买东西，别说叫奶奶，叫爷爷都成。

〔2〕

一大清早，看见卖鸭蛋的女人蹲在ICU门口，梁筱晞的心陡然一沉，以为是她孩子出事了。

"您怎么在这儿呀？"梁筱晞走上前，主动跟她说话。

何翠芬看见梁筱晞，嘴瘪了瘪，终于痛哭失声，虽然有点后知后觉，却犹如开渠引流的洪水，似有泛滥成灾之势。这个姑娘，是这座城市唯一一个愿意主动跟她搭话的人，唯一一个在她孤立无援的时候关心她的人。她把从昨晚到现在，心中的担忧、恐惧和委屈一股脑地倾泻出来，哭得满脸涕泪，浑身发抖。

"您、您别哭啊……"梁筱晞见她还什么都没说泪水就止不住地涌出眼眶，顿感手足无措，只能轻轻拍着她的背安抚着，等她情绪稍微平稳下来，才小心翼翼地问道，"是……孩子出事了？"

"是孩子他爸，"何翠芬刚说个开头，又抹起眼泪，一边抽噎一边讲述事情的经过，"……后来他吃了医生开的几粒药，就倒地不起了……"

"什么药？"

看见何翠芬从兜里掏出一盒硝酸甘油，梁筱晞明白了："您丈夫有高血压心脏病？"

"啊，以前医生检查说他是冠心病，不过血压不高，医生说他……说他是低血压。"

"低血压？"梁筱晞惊诧地道，"您确定？"

"嗯，他一直有低血压。"何翠芬抽噎着说。

"急诊大夫给他开药之前量过血压吗？"

"没有。"何翠芬迷惑地摇摇头。

硝酸甘油有扩张动脉血管的作用，它会进一步降低血压，因此，给已有低血压的患者使用硝酸酯类药物是很危险的。所以医生在下每一份医嘱之前，都需要确认患者有没有禁忌症。

梁筱晞情绪低沉地走进ICU，刚换完衣服，就看见几名昨晚的值班大夫都急匆匆跑进一间病房。

半个小时之后，人没抢救过来，吴宝柱死了。

梁筱晞永远也忘不了，当胡大夫告诉何翠芬这个消息的时候，她的样子，就像被人抽走了灵魂，那种眼神不是痛苦，不是绝望，而是空洞和呆滞，犹如突然间精神失常的人。

在一阵死一般的沉寂之后，何翠芬悲痛欲绝的恸哭声骤然响起，久久回荡在ICU空旷的走廊里。

几天后，梁筱晞开车来到陈永家。她本想当天中午就去找他，走到急诊门口才想起来，他下夜班串休。

对，那晚他值班，他必然清楚这是怎么一回事，虽然不能草率地判断吴宝柱的死一定跟服用硝酸甘油有关，可如果急诊大夫及时发现他的病情严重，他很可能就不会死，他的家庭也就不会失去顶梁柱。

梁筱晞敲开陈永家的门，劈头盖脸地说："急诊送进ICU的那个患者吴宝柱，他有低血压，你们的接诊大夫没测血压就给他开了硝酸甘油……"

陈永听了之后，并没有她预想中的愤怒和惊讶，只是默默地点了点头，显然他已经知道了。见他的反应这么平淡，梁筱晞的情绪更激动了："吴宝柱死了，你知道吗？"

"哦。"陈永不知道，但一般医生都会对患者的病情做出预判，他把吴宝柱送进ICU的时候，就猜到了这个结果。

"你一定知道是谁造成了这次失误吧？"梁筱晞明白，自己没有立场去调查这件事，她一不是患者家属，二不是医务处领导。但她一想起吴宝柱老婆那副可怜的样子，就忍不住刨根问底。

陈永缄口不语，梁筱晞的心凉了半截，一个可怕的直觉在她脑

119

海里一闪而过，使她的心莫名地悬起来，连声音都有些发抖："是张俪，对不对？"

陈永没有否认，只是皱着眉头说："这件事你不要管！"

是她，她早该想到是她。陈永的脸上写着不耐烦，如果没看错的话，还带着一点点压抑的恼火，难道是因为事情被自己拆穿？梁筱晞突然冷静下来，盯着陈永，一字一句地问："这件事，你打算怎样处理？"

"梁筱晞，你应该很清楚，我讨厌别人对我的工作指手画脚，女朋友也不行！"他目光冰凉，脸色也异常严肃。

"所以你的意思是，这件事就这么让它过去了？"看着陈永坚决的表情，她瞬间明白了，他是在保护张俪，好像自己无理取闹，好像吴宝柱死有余辜。

她的脸色苍白，嘴唇也在微微颤抖。他竟然为了张俪放弃原则，帮她掩盖真相。梁筱晞的心中有一种东西在迅速崩塌瓦解，胸口也隐隐作痛。她不甘心，抱着最后一丝希望，她有些失态地问道："如果我偏要管呢，张俪应该对这件事负责……"

"你凭什么管？你管得了吗？"陈永烦躁地打断她。

"好，我和她，你选择一个。"梁筱晞咬着嘴唇，艰难地说出这几个字。

"梁筱晞，你别太自以为是了！"

自以为是？自以为是……她在心里反复默念着陈永的话，两腿几乎站立不稳，她伸手扶住门框，胸闷得喘不过气来，哽咽地说道："你以前不是这样的！"

"我一直是这样，看来你还不太了解我。"陈永淡淡地说。

梁筱晞的心彻底凉了，她冷笑一声："是吗？"并没有期许得到答复，她很快又说，"既然这样的话，那就分手吧。"

说完，她断然转身，抛下门口那个呆愣的身影。

她没有等电梯，直接从楼梯间跑了下去。当她回到自己的车里，泪水再也控制不住，肆意涌出眼眶，为了吴宝柱可怜的家人，也为了自己不堪一击的爱情。

　　现在，一切都可以解释通了，他为什么瞒着自己去跟张俪听音乐会，为什么不惜违背信仰也要维护她的声誉，是不是因为他对她已经有了感情？

　　梁筱晞删掉了陈永的微信，还把他的手机号加入了黑名单。其实她大可不必这样做，因为从那天晚上之后，陈永便从她的生活中彻底消失了。

　　开始，梁筱晞的心里还带着怨气，不打算原谅陈永。后来当她渐渐消了气，还幻想着他也许有什么难言之隐，却一直没等来他的解释，他就这样销声匿迹了。

　　梁筱晞觉得，如果陈永真的在乎自己，即便手机打不通，他也有无数种方法能联系上自己，可以来ICU病房找她，可以去她家楼下等她，可以在地下停车场堵她……

　　不过一切都是她的自作多情罢了，陈永根本没有来找过她，他消失得无影无踪，就好像从来没有出现过一样。

　　她从满怀忐忑地期待，变成了彻底的绝望。他们，真的分手了。最后，梁筱晞总算接受了这个事实。

　　"你真以为这世上会有从一而终的爱情？别傻了，只有你这种蠢女人才会把爱当成信仰，还差点儿为了爱情放弃大好前途。不过这也难怪，女人都跟你一样傻，所以这个世界才一直都被男人主宰着。"电话那头，朱亭亭继续滔滔不绝，"爱情这东西，能曾经拥有就已经不错了，你还期待什么天长地久……就像一只蝴蝶飞进一片花海，眼前的花再大再漂亮，它也要继续往前飞。男人就跟蝴蝶一样，路边的花再美，他也不甘心为它放弃前方的无限风景。"

"这些我都明白，我还以为他不一样……"梁筱晞毫无底气地说。

"不一样？你是狗血言情看多了脑子生锈了吧？一个人既然能爱上你，就说明他不是爱无能，就有可能爱上别人。男人和女人擦出爱情火花，无非是大脑多分泌了几滴多巴胺和催产素，离开任何一个女人，男人的这部分脑功能都不会萎缩更不会消失。所以啊，别总天真地以为自己的男人就是独一无二的，就是永不变心的，没听过那句话吗？这世上唯一不变的就是变化。"

梁筱晞眼眶泛红，有气无力地问："亭亭，你真这么想把我也变成跟你一样的爱情悲观主义者？"

"现实虽然血腥又丑陋，但我们总要学着面对。当爱情被贴上'过期变质'的标签，谁还会把它当成理想和寄托？"朱亭亭毫不留情地说，想了想又问，"筱晞，你还记得我刚入科时那个患癌的孕妇吗？"

"怎么会不记得，你这个铁石心肠的女汉子还为她流过几滴眼泪呢。"梁筱晞吸了吸鼻子说。

"当时她为了保住孩子，坚持不手术不化疗，错过了癌症最佳的治疗时机，孩子出生之后不到半年就撒手人寰了。她去世的时候，丈夫伤心欲绝，哭得死去活来，当时，他甚至给我一种错觉，如果没有孩子，他恨不得能陪妻子一起死。"说到这儿，朱亭亭叹息一声，"结果怎么样？我出国之前在白主任的门诊又遇见他了，他陪现在的妻子做产检，你没见他脸上幸福的样子，简直连毛孔里溢出来的都是蜜。所以古人说，男人一生有三大喜事：升官发财死老婆，不是没有道理的。"

"说白了，你就是想劝我去P大医学院读博士吧？"梁筱晞明白好友的用心良苦，但一想到要离开这里，她还是有点舍不得。

"我是想告诉你，别相信什么千里姻缘一线牵、缘分天注定，那都是神话和童话，编出来骗傻子和小孩的。没有人面，桃花依旧能开得妖娆灿烂，离开你梁筱晞，陈永照样能找到张俪、马俪、刘俪……这个世界啥资源都缺，就是不缺漂亮女人，你去时代广场的步行街走一圈，看看是不是美女多如狗、女神满街走。"

〔3〕

"我知道从一而终很难，我不要求你对我忠心，我只希望你对我诚实，所以，如果你爱上了别人，一定要告诉我，好不好？"梁筱晞的声音近乎恳求。

"对不起。"陈永艰难地说完这三个字，惭愧地低下头，"我也不知道是什么时候对她有了不一样的感觉，她的笑容让我觉得温暖，她的声音让我感到快乐，她的一颦一笑都牵动着我的心。"

"那你爱过我吗？"

"或许，我跟你之间的并不是爱情……"

"你这个渣男！"梁筱晞大喊一声，从噩梦中惊醒过来。醒来许久，梦中那种心痛的感觉没有消失，那种心碎的撕裂感，让她连呼吸都困难起来。这个世上，所有一厢情愿的爱情只不过是个笑话，海枯石烂的誓言永远抵不过新鲜刺激的面孔。

跟陈永分手之后的几个月里，梁筱晞记不清自己做过多少次类似的噩梦，每次醒来都是冷汗淋漓，呼吸不畅，梦里那种撕心裂肺的痛楚一直延续到梦醒之后。

都说梦是人潜意识的反应，在现实中，她根本没勇气去找他，更别提质问他。她知道，自己终究是失去他了。所以在脑海深处，她反复演绎着这场痛苦的分手。

其实，从某种意义上来说，分手是另一种形式的死亡，因为那个曾经占据着你全部感情生活的人，彻底从你的世界里消失了，你本打算跟他携手共度一生，他却牵起了别人的手。

这个夏季，闷热而躁动。

梁筱晞坐在一家没有空调的面馆里，旁边那桌一对学生模样的情侣，一边吃着面，一边小声吵架："你是不是喜欢上她了？"

"你胡扯什么，我跟她只是朋友而已。"男孩矢口否认，对于这种事，不管有的没的，一般当事人都会赌咒发誓，打死也不承认，除非想一拍两散。

像梦里陈永那般坦诚的，实在太少了，梁筱晞苦笑一下，只听女孩又说："我最恨你眼睛看着我，心里却想着别人。"

"你怎么知道我在想别人，别瞎猜了行吗？"男孩不耐烦地说。

"那你刚才为什么发呆？"

"我、我发呆怎么了？发呆就一定得想她吗？"

女孩猛地站起来，一把抢过男孩的手机，提高声调道："刚才的微信是她发来的吧？"

男孩一愣，还没来得及说话，就被女孩抢白道："你回完微信就一直在发呆，两眼直勾勾地盯着桌脚，面条都凉了还没吃几根，别以为我不知道你心里在想什么！"

"我已经解释得很清楚了，我和她之间什么都没有，你不信我也没办法。"男孩耸了耸肩，一副任由宰割的样子。

对面的女孩终于爆发了，歇斯底里地喊道："什么都没有你给她发'别熬夜，晚睡对身体不好'？什么都没有她生病的时候你帮她打饭买药？什么都没有你盯着那张有她的合影一遍又一遍地看？"

很荒诞，是不是？她还爱着他，他却爱上了别人，就像看着一个身患绝症的病人在自己面前慢慢死去，明知挽回不了，还要拼命抢救。

餐馆所有人都扭头向这边看来，男孩顿觉无地自容，羞愤地站起来，恶狠狠地撺下一句话："好，我承认，是我暗恋她行了吧？"说完转身走了，女孩伏在桌子上失声痛哭。

爱上一个人，会让温柔的女孩情绪失控，会让漂亮的女孩面目狰狞，会让骄傲的女孩自轻自贱……爱是毒药，人们却总是不由自主地喝了它，从此以后，锥心蚀骨，万劫不复。

梁筱晞也想像她一样放声大哭，哭出来会好受一些。可不知从什么时候起，她已经不习惯用泪水宣泄情绪，大悲无声，就算心再痛，她也流不下一滴眼泪。

落日余晖染红了白色的急诊大楼，梁筱晞已经在楼门口徘徊了半个多小时，内心一直挣扎着要不要进去。明天，她就要离开阜江，离开这座生活了近十年的城市。

她记得一年前，陈永还没有离开ICU，那天傍晚，也像此刻一样，天空洒满红霞，落日悬在西天，她在外面吃完饭，赶去医院值夜班。暮色降临的时候，7床老奶奶去世了。

老奶奶咽气之前，她的老伴一直紧握着她的手，生命的最后一刻，他们放弃了有创抢救，直到心电监护仪上的那条直线拉长了很久，他才松开她的手，长舒一口气，喃喃说道："终于把她送走了。"

在场的医护人员皆是一愣，老爷爷抹了一下混浊的眼睛，过了半晌，才缓缓开口道："人老了，身体一天不如一天，唯一的儿子又移民到了国外，这几年，她经常问我，咱俩谁先死在前头，剩下一个人孤零零的，可怎么办？"

老爷爷说到这儿，费力地咽了咽口水，他的心里一定很难过，可他太老了，老得泪腺都已经干涸，再也流不出眼泪来，他的嘴唇哆嗦着，嗓音嘶哑："我就跟她说，你放心啊，我肯定把你先送走，不会让你一个人孤孤单单地留在这个世界上。"

梁筱晞咬牙憋了半天，终于还是没忍住，泪水顺着脸颊淌下来。管床护士贾薇也在抹眼泪，只有陈永，一言不发地皱着眉头，转身走出病房。

后来，梁筱晞跟陈永在一起的时候，又提起这件事，她问他："如果是你，你会怎么选择？"

"跟他一样。"陈永不假思索地答道，看来他们都认为活着的人更可怜。梁筱晞曾以为能将她和陈永分开的方式只有一种：死亡。当然，这也是很多恋爱中女孩的"曾以为"。

现在她才明白，原来死亡并不是把两个人分开的唯一方式，甚至都不算是最不能接受的方式，最不能接受的方式应该是，人还在，心却不在了。

他曾对你呵护备至，为你发山盟海誓，要陪你一生一世，可现在，对象却换成了别人。这比死更让人难受，因为死只有失去的痛苦，而这样分开，除了失去的痛苦，还有情感的背弃。

最后，她还是没有走进急诊。抹掉一段刻骨铭心的爱情，就像壮士断腕，刮骨疗毒，纵然鲜血淋漓，痛彻心扉，过程极其残忍，却是拯救自己的唯一途径。

湾北机场，随着广播声响起，15号登机口外面排起了长队。

"由阜江飞往隋州的旅客朋友们请注意：您乘坐的CA7093次航班马上就要起飞了，请您携带好随身物品，出示登机牌，在15号登机口准备登机……"

〔4〕

蔡忠良记得，最后一次见到梁筱晞，大概是在三年前，住院楼斜对面，南津医科大学的小树林里，她坐在凉亭的石凳上，身上没有穿白大衣，长发也没有像平时那样扎起来。

8月的天气潮湿闷热，她一动不动地坐在那里，犹如一尊僵硬的石雕。那天，蔡忠良被报社派去南津医院采访援疆医疗队，到了院办才知道，医疗队的返程日期延后了几天。走出医院，已经是下午四点多了，他不打算再回报社，就在医院附近闲逛起来。

南津医科大学和附属医院只有一墙之隔，墙里是朝气蓬勃的医大学生，墙外却是愁容满面的患者和家属。

校园里的茉莉花开得正茂盛，学生们大都放假回家了，与墙那边人潮涌动的医院截然相反，这里静谧得好像世外桃源。

蔡忠良走进凉亭，跟里面的人打招呼："嗨，好久不见。"

梁筱晞慌乱地抬头，看见他的同时眼中又闪过一丝失望："是你？"

"怎么？看见我不高兴啊？"蔡忠良笑道。

"不是，我以为……"梁筱晞摇了摇头，迟钝地解释道，"没想到会在这儿遇见你。"

"本来有个采访任务，不过取消了，我才忙里偷闲四处逛逛。"蔡忠良坐在她对面的石凳上，又问，"你呢？今天怎么没上班？"

"我已经离职了。"

"为什么？"蔡忠良惊诧地道。

"要去读博。"

"哪个学校？以后还能经常见到你吗？"

"恐怕有点儿难，我考的是隋州，P大医学院。"

"隋州不算太远，坐飞机也才两个小时。"

"前两年要跟导师待在美国，做实验写论文。"

"哦，"听她这么一说，蔡忠良的心情有点低落，迟疑地问道，"能给我个机会为你饯行吗？"

"饯行还是免了吧，我明天就走了，今晚要回去收拾……"梁筱晞的话没说完，不知是不是一种错觉，她从蔡忠良的脸上看到了不舍。她垂下眼帘，离别的伤感毫无预兆地涌了上来，虽然无关眼前这个人，但还是觉得阵阵心痛。

"你等我一会儿。"梁筱晞跑出凉亭，回来的时候手里拎了一袋易拉罐啤酒，她掏出一罐扔给蔡忠良，笑着说，"陪我喝一个吧，就当饯行了。"

蔡忠良拉开瓶盖，跟她碰了一下："真没看出来，你还有这么豪放的一面。"

梁筱晞笑了笑没说话，一口气喝下三罐啤酒之后，她觉得有点头晕，身体也开始摇摇晃晃，不能再喝了，她冲蔡忠良摆摆手："饯行结束，你该回去了。"

"一起走吧，你开车了吗？"蔡忠良站起来扶住她。

"车卖了。"

"那正好，我送你回去。"蔡忠良拉起她的胳膊，往凉亭外面走。

"你松开！"梁筱晞挣开他的手，眼眶泛红地说，"我不走，我还要再看看这个地方……十年，你知道吗？我在这儿待了十年，人生中有几个这样的十年？"

她醉了，只有醉了，才能说出如此煽情的话，只有醉了，才能肆无忌惮地流眼泪，可惜又没有醉得彻底。没过多久，她就调整好情绪，对蔡忠良说："你走吧，我没事，我就想一个人待会儿。"

"那你多保重，照顾好自己。"蔡忠良犹豫片刻，深深地望了她一眼，才转头离开。

阜江下了一场暴雨，飞机盘旋在离地几千米的高空，迟迟不能降落，机上的乘客全都提心吊胆，只有她不希望飞机降落太快。三年前，她仓皇离开，三年后，她竟然害怕回到这里。

航班晚点了半个多小时，朱亭亭在机场接到梁筱晞，两人一起上了出租，她就开始八卦起医院的事情："小乔女儿长得老可爱了，一点也不像姜大夫。"她比梁筱晞早一年多回到医院，从美国进修归国之后，又读了南津医大的在职博士。

"真没想到姜柏洲会跟乔护士结婚，那时候想给他介绍小乔，他还死活不干呢。"梁筱晞笑道。

"所以说，男人对待感情可不像女人那么执着，他们的词典里没有钟情专一，更不会在一棵树上吊死。"朱亭亭话里有话，她犹豫着怎么将事情说出口。

那天中午，朱亭亭一个人在食堂吃饭，斜对面坐着两个女大夫，她们好像在讨论什么婚礼，隐隐约约之间，她似乎听见其中一个说："陈永结婚你去吗？"

"什么时候？"

"据说是十一，过几天群里会发通知……"

陈永要结婚了？朱亭亭的心悬了起来，忍不住扭头问道："咱们医院的陈永？"

"对啊。"其中一个女大夫回答。

"陈永？"她又不甘心地问了一遍。

"没错。"

"跟谁结婚？"

"消化内科的护士叶姗，叶主任的千金。"许是察觉到了对方的情绪低落，怕她半路抢婚还是怎么的，说话的女大夫又特意强调一句，"长得可漂亮了。"

再跟梁筱晞见面的时候，朱亭亭踌躇半天，终于支支吾吾地开口了："那个……筱晞啊，我听说……陈永要结婚了。"

"哦。"梁筱晞半天才反应过来，这个名字，她已经太长时间没听人提起过。有些人、有些事，就像长在心上的一根刺，不触碰的时候毫无知觉，一不小心碰着了，就会痛得撕心裂肺。

"我也是刚刚才听说，一年前我回国的时候，他还是单身呢。"朱亭亭越说越没底气，"那时，我还琢磨着你俩能再续前缘，唉，没想到……"

"我和他，早就是过去式了。"梁筱晞淡淡地说。

"是啊，这样才对嘛，缘分这个东西，谁也说不清，两人若是看对眼儿了，一天都能定下终身，《罗马假日》看过吧？别说你们分开了三年，就算是三天，也甭指望他能像古代贞节烈妇一样为你守身如玉。"朱亭亭言辞犀利，她知道筱晞一直放不下，所以宁可把话说得难听一些，也要帮她快刀斩情丝。

梁筱晞本以为自己早就释然了，可当她再次听见那个名字，她才发现一切都没有变，三年还是太短了，短得不足以让她忘记。她克制住情绪，岔开话题道："我联系了一家租房中介，明天想去看看房子，上班之前把住处定下来。"

朱亭亭问："下周一就上班了吧？"

梁筱晞点头："是啊，还有三天。"

"后天不行吗？后天我不值班，可以陪你去。"

"不用了，我自己可以搞定。"

"好吧，晚上想吃什么，去怡江阁给你接风吧？"

"怡江阁……"梁筱晞想起在心内科实习的时候，夏主任带她去过一次。那天，夏主任吃了一整盘臭烘烘的松花蛋，还喝了不少酒，面色微醺的时候，他绕过餐桌，坐到梁筱晞身旁，拿着酒瓶往她杯子里倒酒，嘴里含混不清地说："来，我给你满上，啤酒就是液体面包，喝多少都没事儿。"

"换个地方吧，我想吃重庆火锅，"梁筱晞说，"或者部队火锅、寿喜烧……火锅类的都行。"

"呵呵，我差点儿忘了，那家饭店给你留下心理阴影了。"朱亭亭笑起来，"你还不知道吧？夏一鸣被免职了，你出国后不久，他也离开南津医院了。"

"啊？为什么？"这个消息多少让她有些吃惊。

"红颜祸水呗，想不到老夏还是个情种，居然吃了熊心豹子胆，跟于欣妍领证结婚还大张旗鼓地办了喜宴，结果高兴没两天，就被他前妻苗丽萍给举报了。"

"夏一鸣走了，于欣妍怎么办？"

"她还在产科干着呢。据说陈永上任之前，心内科主任的职位空了足有半年，这件事情还牵连了田院长，逼得他提前退休，早早回家养老去了。"

陈永去心内科当主任了，梁筱晞一点儿也不奇怪，她早就知道，他在心脏病领域颇有建树。他是重症学科专家，心血管急重症又是他的强项，他在SCI上发表的有关心血管疾病的论文比专科医生还要多，做过的很多科研项目也与心血管学科交叉。

"田院长退了？"梁筱晞问。

"是啊。"朱亭亭叹了口气，"看来你是命中注定，跟心内科的人没缘分，不论夏一鸣还是陈永。"

梁筱晞苦笑一下，没再吭声。

〔5〕

梁筱晞在医院附近租了一间公寓，说是医院附近，实际还要坐三站的公交。

回去上班之前，梁筱晞竟然有些心神不宁，毕竟她走了三年。其实科里的变化并不大，梅琳还是科主任，除了姚静回家休产假，侯宸去日本进修之外，其间还进了一个新人，是外校的博士生，这样加减乘除，ICU强大的医护阵容基本没变。

梁筱晞心里很清楚，她不是害怕回医院，而是怕见到那个人。

131

不过，如果她刻意回避，不进食堂吃饭，不去附近饭店，不在停车场停车，当然，她早就没有车了……估计能遇见他的机会也不多吧。

但是她估计错了，周四晚上，梁筱晞值夜班，一个腹主动脉瘤的术后患者突发房性心律失常，二线值班医生叫了心内科会诊。

梁筱晞远远看见陈永的身影出现在ICU走廊，不由得慌乱起来，虽然她预想了很多次跟他碰面的情景，却没想到这么快。

怎么办？怎么办？该跟他说点什么？"好久不见，你还好吗？"太煽情了，说不出口。"嗨，今天你也值班？"太自然了，显得假模假式……

梁筱晞正盘算着怎样跟他打招呼比较合适，陈永却像没看见这个人一样，目不斜视地从她旁边经过，径直进了病房。

他不会是……失忆了吧？梁筱晞尴尬地笑笑，心底却涌上一片酸涩，她的脚步顿了顿，没跟进那间病房，转身回了办公室。

其实博士毕业之前，梁筱晞有机会留在P大医学院下面的一所附属医院，但是她放弃了，没想到刚回阜江，就听说了陈永要结婚的消息。那一刻，她甚至恶毒地希望，陈永跟那个女人的婚姻不幸福。

梁筱晞拿着签字笔，狠狠地戳着办公桌上的打印纸，嘴里嘟囔着："他的脾气那么坏，谁跟他结婚谁倒霉……"一向理智清醒的女人，原来也会有酸葡萄心理。

"梁大夫，"值班护士突然出现在门口，把她吓了一跳，"心内科主任让你过去一下。"

梁筱晞硬着头皮走进病房，发现其他医生已经离开了，只剩下陈永一个人，她走到他身后，嘴唇翕动几下，却什么也没说出来。

陈永没有转身，背对着她问道："梁大夫，你觉得这位患者房性心律失常的原因是什么？"

"患者年龄较大，合并有基础心脏病，可能发生心电传导异常、心肌耗氧量增加等问题，心脏负荷加重诱发了术后心律失常……不过，也可能是感染了败血症。"梁筱晞耷拉着脑袋回答，心想我们要是能确定病因还请你过来干什么？

"不错，还想到了败血症。"陈永点了点头，话锋一转，"所以你是胸有成竹了，才不屑于在我会诊的时候出现在病房？"

"我刚才……去、去厕所了。"梁筱晞随口编了一个理由，却因过于紧张说得结结巴巴。

"是吗？"陈永抬起手腕看看表，脸上挂着讥讽的笑，"三十五分钟，我看你是去刷厕所了吧？"

梁筱晞盯着脚尖不说话，她低头站了很久，连陈永什么时候离开的都不知道，听他的语气，肯定挺讨厌自己的吧，她还千里迢迢跑回来了，真是自作多情。

果然心情抑郁会导致免疫力低下，疾病乘虚而入。第二天下夜班回到家，她就感冒发烧了。

梅主任常说，患了感冒更不能躺在家里，越歇越懒，紧张的工作会刺激身体分泌肾上腺素，有助于病情痊愈，所以，类似头疼脑热的轻症小疾，谁都不敢随便请假。

不过梁筱晞这次病得有点严重，已经到了卧床不起的程度，多亏下了夜班还连着一个周末。朱亭亭来敲门的时候，她几乎是爬着过去开了门。

"哎呀，你怎么病成这样了？"朱亭亭鞋都没换，赶紧把她扶到沙发上躺下，"吃东西了吗？"

梁筱晞闭着眼睛，虚弱地回答："没有。"

"这都下午了，你想辟谷成仙吗？我给你叫外卖吧。"朱亭亭打开订餐软件，挑了一家附近的粥铺，下单点了几样清淡的，然后猛地抬头说道，"我明白了，你也去看叶姗了吧？"

听见叶姗这个名字，梁筱晞的心中隐隐作痛，她虚弱地睁开眼睛，强打起精神问："你看见叶姗了？"

"我……我就是好奇嘛。"朱亭亭开始还有些犹豫，后来突然想通了，既然怎样都得在她心上戳一刀，那就长痛不如短痛，不如干脆一点，让她彻底死心算了，"对，我看见陈永的未婚妻了，前天下夜班，特意去消化内科偷偷看的，确实很漂亮。"

她知道筱晞一直忘不了陈永。在美国那两年，虽然两人离得远，不在同一个州，不能经常见面，但傻子都看得出来，筱晞过得不开心。那时她就后悔劝筱晞去了美国，如果她还在阜江，他们或许就不会分手。

朱亭亭记不清当时是出于什么心态跑去看了叶姗。不过，看到叶姗的一刹那，她幡然醒悟，想让他们破镜重圆，恐怕是不可能了。那个护士看着也就二十出头，倘若把美女分为很多种类型，叶姗与梁筱晞应该属于同一种，不过叶姗更漂亮，五官精致得像个人偶，美得有点不真实，而且她又胜在年轻，老牛吃嫩草，当然是越嫩越好。怪不得有人说，实际上男人很专一，毕竟不管他们多大年纪，都只喜欢二十来岁的女人。

其实朱亭亭心里很清楚，就算叶姗长得像周口店猿人，蠢得像神经科智障，气质像捡破烂大妈，梁筱晞也不会介入她的婚姻，这个女人的自尊心太强，从不为感情低头。

"筱晞，忘了他吧。"朱亭亭走到沙发前，搂着她的肩膀说，"雄性动物都是善变的，即便他最爱的是你，也不是非你不可，更何况很多男人对待感情的态度就像吉卜赛妓女的裤裆一样来者不拒。"

"他最爱的也不是我。"梁筱晞忍受着身体和精神的双重折磨，气若游丝地说，"亭亭，能帮我催一下外卖吗，我快饿死了。"

朱亭亭无奈地掏出手机，打电话给粥铺："喂，我是××公

寓，请问你家能快点送餐吗……对，没错……嗯，麻烦您快点，等
会儿就要饿出人命了。"

〔6〕

朱亭亭刚出住院楼，就看见黄涛大步流星地朝这边走过来，她
的心狠颤了一下。回国之后，遇见过黄涛两三次，她却没勇气跟他
打招呼，每次相遇，黄涛都像现在这样匆忙，显然也没注意到她。

今天，朱亭亭打算豁出去了，她本想说句特别一点的开场白，
结果斟酌了半天，直到黄涛快跟自己擦肩而过的时候，脱口而出的
还是那句老掉牙的见面语："好久不见啊，黄师兄。"

黄涛转过身，满脸疑惑地看着她："你是？"

"我是朱亭亭，你不认得我了？"

"你是……朱亭亭？"黄涛有些吃惊，"你变化太大了，我刚
才差点没认出来。"

"不怪你，比起大学那会儿，我瘦了20公斤，脸上的青春痘也
随着青春的消逝离我而去了。"

黄涛又盯着朱亭亭瞅了半天，脸色突然变得非常尴尬，说话也有
些磕磕巴巴："噢，朱、朱亭亭啊，我想起来了，我还以为……"

"你以为我整容了？"

"不是。"

"以为我换头了？"

"不是，我把你错认成以前的一个女同学了，她叫朱丽娜，我
以为她改名了。"

"闹了半天，你把我当成另外一个人了。"朱亭亭的语调悲
凉，失望之情无以复加，其实感情的世界，一直都不公平，你念念
不忘的那个人，不一定也对你印象深刻。

"对、对不起，你好像比以前漂亮了……"黄涛不好意思地挠着头，跟她道歉。

"是啊，我减肥了，青春痘没了，皮肤也变白了。医院的视觉污染这么严重，我好歹也得为美化环境做点贡献吧。"朱亭亭冲他挑了挑眉毛，一脸认真地说，"所以，现在是我人生中的颜值巅峰，你要不要考虑追我呀？过了这村可就没这店了。"

看着黄涛呆若木鸡的表情，她总算有点解气，捧腹笑道："哈哈，逗你玩呢，别当真啊。"

"你还是这么幽默。"黄涛终于想起来了，当他把眼前的女孩跟记忆中那个胖得走路都喘的黑妞重叠起来，才彻底体会到什么叫"一白遮三丑，一胖毁所有"。

"胖子都幽默，值得庆幸的是，这种优秀的品质并没有随着我那身肥肉一起消失。"

黄涛忍俊不禁，他觉得这个姑娘挺有意思的，漂亮的女人很常见，有趣的女人却不多，虽然她的长相还不至于让人眼前一亮，但她风趣幽默，能让人心情愉快。

"我在医院心内科，你在哪科啊？"黄涛问。

"见证生命奇迹那科。"

"产科？"

"聪明。"

"你电话多少？我得赶去会诊，改天约你吃饭。"

"黄师兄，这样不妥吧？大学几年你都没要过我电话，不要让我觉得你以貌取人啊。"朱亭亭半开玩笑半认真地说，"快去吧，咱们有缘再见。"

"那……好吧。"黄涛失落地点点头，冲她挥手告别。

去美国的两年，是朱亭亭人生的转折，她那时才发现原来最适合自己的减肥方式不是吃药节食，不是运动燃脂，而是在暴虐的重压下浴火重生。

出国之前，因为天资聪颖机智伶俐，朱亭亭不用太努力，成绩也还过得去，加上个性懒散与世无争，无论对学习还是工作，她一直抱着得过且过的态度，所以心宽体胖，体重居高不下。

到了美国，朱亭亭开始了人生中最灰暗的日子。她的上级医师是一个严格又变态的非裔美国人，每天都跟打了鸡血一样精神亢奋不知疲倦。当然，折磨人的手段也是花样百出，以至于朱亭亭一见到她就紧张到浑身发抖。几个月下来，朱亭亭发现自己竟然在饮食正常的情况下瘦了十多斤，那效果绝对比减肥抖动机更立竿见影。

朱亭亭见过很多女强人，却没见过像这样智商无上限、体能无下限的女强人，谁说黑人懒惰愚蠢？这个黑女人在自己甲状腺癌手术后的第三天就回医院上班了，还轻松愉快地说，甲状腺肿瘤根本没资格算作癌。这让朱亭亭不禁怀疑，是不是全世界的女医生都是女汉子？

一周之后，朱亭亭的微信通讯录里出现一条好友申请，附加留言是：我是黄涛。

朱亭亭早该料到，一个医大校友想找到自己的联系方式并非难事。她点了"接受"，那边很快发过来一个表情。

就这样，朱亭亭和大学时期的暗恋对象恋爱了。他们第一次约会之前，朱亭亭硬拉着筱晞陪自己逛了好几条商业街。

"黄涛虽然长得不帅，不过特有阳刚之气，是我喜欢的类型。"朱亭亭穿上从商场血拼回来的鱼尾裙，踩着八厘米的高跟鞋，站在镜子前面左看右看，显然很满意这身装扮，三年前，就算给她扒掉两层皮也塞不进任何一条鱼尾裙。

"人家找对象都看长相看身材，你这虚无缥缈的阳刚之气也太玄乎了吧。"梁筱晞笑道。

"你没听过吗，'大音希声，大象无形'，大智之人不耽于形。

不注重外表，说明我是有大智慧的人。"朱亭亭说完，打开一盒眼影，涂在手背上试颜色。上大学的时候，她还是连护肤品和化妆品都分不清的"丑村胖"，现在花花绿绿的瓶子摆满了梳妆台，她画完一只眉毛，忽然扭头问道："糟了，我买的那支口红放哪儿了？"

"我记得你随手塞进ELLE的购物袋里了。"

朱亭亭赶紧踩着高跟鞋跑过去翻纸袋，很快找到了那支价格不菲的口红："还以为丢了呢，吓死我了……"

然后她顶着一只秃眉，走到镜子前又涂起了口红，嘴上还闲不住："怪不得有人说，每一个胖子都是潜力股。以前呢，我是人丑还偏要装酷到底，从现在起，我要做骨子里透着优雅的女人。"

"亭亭，你确定能驾驭这么高的鞋跟？"梁筱晞无不担心地问。

"不确定！"朱亭亭放下口红，"所以我得趁约会之前这两天在家苦练'踩高跷'，这可比满清宫女的高底旗鞋好控制多了。"

"女为悦己者容，做女人真是太累了。"梁筱晞感慨道。

"唉，黄涛身高一米八三，我要是长你这么高，也不用穿着虐猫凶器遭这份洋罪了。"

梁筱晞很少打探别人的隐私，可看见朱亭亭为了黄涛这么卖力，比之前的每次相亲都重视，忍不住问道："亭亭，你从实招来，是不是上大学那会儿就对他有好感呀？"

"是啊，他是我上大学时暗恋时间最长的男生，他后来处了一个女朋友，还是通过我认识的呢。"朱亭亭坦然承认，又总结道，"所谓暗恋，就是看着你心中的白马王子在你的注视下深情款款地走向他的白雪公主。"

"你不介意吗？他没选择你，却跟你的朋友处过一段时间。"

"还好吧，反正他俩没处多久就黄了，而且他的前女友确实比我那时好看多了，男人都是视觉动物，如果我现在长得跟冬瓜姐姐一样，腰粗腿短平胸大脸，外加罗锅背绿豆眼，就算天天站在黄涛面前晃悠，他肯定也懒得瞅我一眼。"

"照你这么说，丑姑娘都嫁不出去？可我也没见哪个剩下呀。"

"那倒是，不然怎么会有'情人眼里出西施'这句话，相信我，爱情的第一要素绝对是眼缘。"朱亭亭笃定地说。

"所以在你看来，很多男人在妻子年老色衰之后劈腿年轻漂亮的小三，这种行为也是合情合理的吧？"梁筱晞的问题很尖锐。

"从生理角度来讲，当然是合理的，从伦理角度来讲，人毕竟不是动物，就算见一个爱一个，也要顾忌道德和舆论呀。"

"有位化学专家发现，智商越高的男人越专一，我觉得有道理，现在的一夫一妻制不也是人类文明进步的产物吗？"

"这么说，你更应该振作起来，让三心二意的弱智男人见鬼去吧，他既然那么傻，还有什么值得你伤心？"朱亭亭心虚地说，虽然把陈永归为弱智一类十分牵强，但她还是自欺欺人地这样做了。

"对，他不值得我伤心。"梁筱晞重复道，精神胜利法的好处就在于不用借助酒精也能麻醉自己。

第六章

ZHONG ZHENG JIAN HU SHI

〔1〕

梁筱晞回国之后跟陈永的第一次见面不太愉快，但她总算不用躲着他了，再尴尬也不过如此。于是，当医院周边的外卖吃腻的时候，梁筱晞终于回归食堂。

最近几天，陈永也经常出现在食堂。梁筱晞心想，看来心内科的确比急诊科轻松多了，以前他都没空出来吃饭。

南津医院的职工食堂占了整整一层楼，每天中午，梁筱晞都坐在离中心地带最远且最不醒目的角落里。一段时间过去，倒也相安无事。直到有一天，她看见陈永突然朝自己这边走来，顿时慌了阵脚，一时闪躲不及，撇下一口未动的午餐落荒而逃。

陈永走到她刚刚离开的位置，看着桌上的餐盘，脸上的表情有点复杂，过了一会儿，他掏出手机打电话："喂，小黄，你中午订餐了吗……那正好，到食堂吃吧……来了到西北角找我，不用打饭了……对，我打了两份。"

梁筱晞饿着肚子回到13楼，老远就闻到休息室飘出来的饭菜香味。人在饥饿的时候思维更灵活，她突然饿中生智，对了，订餐来不及了还可以化缘啊。

梁筱晞取来自己的空饭盒，走进休息室寻找猎物，看见姜柏洲正在埋头吃饭，她挤到他身边，探头往他的饭盒里瞅了瞅："哟，伙食不错嘛。"

说完，飞快地从里面夹了一块排骨，姜柏洲大叫一声，赶紧双手捂住饭盒，侧过身子背对着她嚷道："哎呀，你别动我排骨，这是老婆大人专门为我做的爱心便当。"

"我动的是猪排骨，不是你的排骨。"梁筱晞咬了一口，不慌不忙地抬起头，脸上还挂着不怀好意的笑，"信不信我告诉你老婆大人，你说她得了巨胸症？"

姜柏洲大惊失色："别啊，千万别告诉！"

"不想让我揭发你，现在就赶紧献上美食封住我的嘴，不然你以后再也看不见爱心便当了，就等着吃黑暗料理吧。"

"给你给你，都给你吃，饿急眼的女人果然没节操。"姜柏洲投降了。

梁筱晞心安理得地接过他的饭盒，从里面挖了两大勺，得意地笑道："这叫什么话，我又没出卖肉体。"

"可你威胁我了，出卖灵魂比出卖肉体更可怕。"

"还别说，乔护士这手艺真不错，看来胸大的女人也并非全都无脑，厨艺精湛的女人肯定不笨。"梁筱晞边吃边夸，姜柏洲看在她人美嘴甜的分上，原谅了她对自己做出的恶劣行径。

晚上，梁筱晞接到一个让她郁闷的电话，她的亲舅舅查出冠状动脉重度狭窄，想来南津医院的心内科治疗。当然，千里迢迢跨省求医，主要原因并不是南津医院的心内科比他们省内医院的实力强，而是因为自己的亲外甥女就在这家医院。

现在很多患者对医生抱有偏见，甚至觉得医生满嘴谎话，只为赚钱。梁筱晞的舅舅李兆富就是这样，尽管自己的姐姐和姐夫都是医生，但他还是不信任医生，所以，他家里人不管有大病小病，即便去了当地医院，也要打电话来回询问，生怕医生让他们开药做检查是为了骗钱。

梁筱晞苦劝无果，只好准备迎接。

三天后，舅舅和舅妈坐火车来到阜江。梁筱晞没空去接站，让两人先打车到医院门口的肯德基等她。

可他们哪肯踏踏实实地坐在肯德基干等？两人来到心内科门诊，对着电子屏幕上的医生简介挨个排查，那个认真劲儿就像警察搜索犯罪分子。

梁筱晞下班的时候，他们还在心内科走廊上徘徊。她赶紧过去把他们拽走，在医院外面找了一家饭店，舅舅坐下来之后，开门见山地说："筱晞啊，你推荐那个张大夫，我看见他的履历了，觉得还是有点儿不尽如人意啊。"

"冠脉狭窄在心内科是很常见的病，人家一个主任医师，治这种病水平足够了，又不是做心肺移植。"梁筱晞笑道。

"但他的第一学历是阜江医学院的，那学校是个二本吧？"舅舅还是不放心把自己的生命健康交给张大夫。

"二本也有优秀的学生啊，再说高考又不考医学，第一学历只能证明上大学之前的学习状况，张大夫的最高学历不是南津医科大的博士吗？"梁筱晞已经帮他挂上号了，还跟张大夫打了招呼。

"实话跟你说了吧，你舅想让陈大夫给他治。"舅妈忍不住插嘴道。

"哪个陈大夫？"梁筱晞明知故问。

"就是你们医院心内科的主任陈永，别看他年纪不大，但也是主任医师，还有海外工作经历。"舅舅说。

"对啊，能当上科主任的不应该是最厉害的吗？而且他那个英国什么医学院，听起来可比阜江医学院厉害多了。"舅妈也在旁边附和。

"每科的主任只有一个，不当科主任的不一定是医术不行，我在心内科实习过，张大夫经验丰富，业务水平不比陈永差。"梁筱晞头疼极了，不过她这时才知道，陈永升为主任医师了。

"你在心内科实习过？"舅舅的眼睛亮了，期待地问，"那你认识这个陈大夫吗？"

"不认识，那时他还没来南津医院呢。"梁筱晞只说了一半真话，这个人，认识还不如不认识。

"那算了吧，明天咱们去挂个号，找陈大夫看看。"

"可我已经给您挂张大夫的号了。"

"筱晞啊，心脏可不是小事，咱们得找最靠谱的大夫。"舅妈说。

"好吧……我得看看他明天出不出诊。"梁筱晞心里憋屈，张大夫堂堂一名心内科专家，倒成了不靠谱的。她掏出手机，打开南津医院的网上挂号系统，"陈永明天没号了……后天也没有，最早要等到下周二。"

"那太晚了。"舅妈皱着眉头问道，"你认识张大夫，能不能托他帮忙说说话？"

"他俩是一个科室的，这样做不太好吧？你们如果嫌晚，还是找张大夫看吧，我都提前挂号了，明天就能看上病。"梁筱晞真不想再跟陈永扯上什么关系。

"不行。"舅舅坚决地摇摇头，"就等下周二。"

梁筱晞搬到朱亭亭那里住了几天，把他俩安置在自己的出租屋。周二刚上班，她就接到了舅妈的电话："筱晞啊，我们到门诊楼了，你下来吧。"

"舅妈，我这里实在走不开，你们自己去诊室外面听叫号吧，中午我请您和舅舅吃饭。"

"那不行，你得陪你舅进去，我们就是奔着你来的，你好歹是这个医院的大夫，有你在，就算不认识，人家也不能糊弄我们。"

"我不去他也不会糊弄你们。"

这时，舅舅夺过电话，有气无力地说："筱晞啊，我这两天胸痛反复发作，喘气都不敢使劲，就怕一会儿倒在门诊走廊，你舅妈一个人抬不动啊。"

李兆富这招起了作用，梁筱晞撂下电话，跟梅主任说了一下情况，匆匆跑到门诊楼的心内科。舅舅和舅妈正坐在走廊里等叫号，诊室的大门紧闭，门口的电子屏上显示着诊室医生的名字，后面跟着一排就诊的患者，"陈永"两个字醒目地挂在那里，让梁筱晞觉得心神不宁。

两年前，医院的门诊全部安装了电子叫号系统，现在每个诊室外面都挂着一个电子屏。看着舅舅的名字一格一格地往前移，梁筱晞的心脏越跳越快。终于，当前面最后一名患者走出来，电子屏发出一个刺耳的声音："李兆富。"

舅舅嗖一下从长椅上站起来，动作矫健得不像胸痛了几天的病人。梁筱晞转身想逃，却被舅妈一把揪住："轮到你舅了，你要去哪儿啊？"

她只好装糊涂："到啦？这么快！"

"这孩子，自己亲舅叫什么都不记得了？"舅妈埋怨道。

梁筱晞硬着头皮跟进了诊室。陈永开始低着头，根本没注意到她，等舅舅在诊室的椅子上坐下来，他才从电子病历上移开眼睛，声音不大地问道："李兆富？"

"对。"舅舅点了点头。

"哪里不舒服？"陈永继续问。

"我最近经常胸闷胸痛，得有两个多月了。"李兆富没跟陈永提在当地医院的诊断结果，就想听听他的意见。

"以前做过检查吗？"

"查过心电图，大夫说我心肌缺血。"

"再做个冠状动脉造影吧。"

站在旁边的舅妈一听要花钱做检查，回身寻找梁筱晞，见她像影子一样躲在门口，拽着她的胳膊硬把她拉过来，小声责怪道："你躲那么远干吗？倒是过来听一听啊。"

陈永看见她，明显愣了一下，再开口时，语气冷冰冰的："你来做什么？"

没等她回答，舅妈的脸色突然由晴转阴："筱晞，你不说你不认识他吗？"

"噢，我想起来了，我认得他，就是不熟。"梁筱晞俯在舅妈耳边小声说，可是诊室太安静了，虽然她的声音小，陈永还是听见了。这时，他才明白过来，梁筱晞不是来找他的，而是带人来看病的，居然还说跟他不熟。

陈永盯了梁筱晞几秒钟，突然间笑了，字字清晰地说："我跟梁大夫在ICU共事过一段时间，也不算长，才一年左右。"

"你跟他同科一年还说不熟？"舅妈怒了。看着她越来越难看的脸色，梁筱晞特别想凶狠地瞪陈永一眼，最后，目光却落在了地上，终究还是没有底气。

有人说，女人只敢跟爱她的人无理取闹，因为知道他爱她，不管怎样过分，他都不会离开。可三年前，他那么轻易就离开了。

李兆富因严重冠状动脉狭窄被收入院，舅妈要回家给他取行李和日常用品。两人一起出了门诊楼，舅妈脚步铿锵地走在前面，恨不得每踏一步都把地面踩个坑出来。

梁筱晞知道她还在生气，跑上去拉着她解释道："舅妈，您别误会了，我跟陈主任的关系不太好，所以才说不认识他的。其实……有的时候，不认识更好。"

舅妈甩开筱晞的手，语气激愤："你这死丫头，关系不好怎么不早说？我们大老远地来找你看病，你不但没起作用还帮倒忙。早知道就不挂陈大夫的号了，这回可倒好，他把你舅收住院了，想换个大夫都换不了，还说你舅有什么左支端狭窄性病变……"

"左前降支近端狭窄性病变。"梁筱晞纠正道，她明白陈永说得这么专业八成是给自己听的，如果面对患者，一般大夫只简单地说冠脉狭窄。

"管它什么病！反正是要做心脏支架！"舅妈不耐烦地摆了摆手。

其实，当地医院的大夫也建议李兆富做心脏支架，但他们不敢贸然在二甲医院做支架，所以千里迢迢地跑来南津医院。检查结果都一样，只是这个过程跟舅妈想象的有点不同。她停下脚步，焦躁地说："不行，还是送个红包吧，不然我心里不踏实。"

"千万别送，他从来不收红包，也不收礼，超过一百块钱的土特产都不要，除非是花篮和锦旗，而且心脏支架又不是搭桥手术，支架就是一种介入治疗，创伤小，恢复快，您别太紧张了。"梁筱晞急忙劝道。

"筱晞啊，你还是社会阅历太浅，不懂人情世故，不然也不会跟以前同事的关系处得这么差。"舅妈的语气中带着埋怨，"这次可不能听你的了，再说，你了解他吗？"

是啊，她了解他吗？曾经她也以为自己很了解，结果呢，还不是令她失望。想到这儿，梁筱晞不禁闭上了嘴。

〔2〕

"你真打算放任不管，让你舅妈给陈永塞红包啊？"朱亭亭掩饰不住内心的惊讶，还想再劝劝筱晞，"你不说他从来不收红包吗，而且你俩以前还是那种关系，这么做……有点过分了吧？"

"三年前，我也觉得他不会包庇张俪，逃避自己三线值班的责任，可最后呢？他以前是不收红包，不代表现在也不收，人总是会变的。"梁筱晞平静地说。

"那你想让他怎么办？张俪是康平的女朋友，是副厅长的准侄媳妇，就算犯了误诊漏诊的错误，最后很可能也是大事化小，小事化了。"

"我不管结果怎么样，他真正让我心寒的是对这件事听之任之的态度。"

"筱晞，你太理想主义了，我们都是普通人，不是救苦救难的观音菩萨，想在这个纷繁复杂的社会好好活着，就得学会向现实低头。"朱亭亭叹息道。

"我们活好了，可病人呢？难道在权力、金钱，甚至感情面前，我们能够放下的就只有良心？"梁筱晞的目光坚定，咬着牙说，"不，我决不低头，我不低头不是我自恃清高，而是因为我尊重生命。每个人的生命都是他的全世界，这个世界离开个体的存在，根本没有任何意义。你可以说我太主观，但这是事实。"

"的确，我从来没有认真思考过死亡这个事情，所以你说的这些，我不太能理解……"

"亭亭，你想象一下，如果人世间再也没有了你这个人，那它还有什么意义？没错，世界还是那个样子，有蓝天白云、青山绿水、鸟语花香……但是你不在了，世界再美好，跟你又有什么关系？从这个角度来讲，杀死一个人和杀死一群人没有区别。"

"你的意思是，从头至尾，人除了生命，在这个世上什么都不曾真正拥有过？就像走进一间漆黑的屋子，打开灯，我们才能看见屋子里的一切，关上灯，我们就什么也看不见。"

"不对吗？生命是我们跟这个世界唯一的联系……"说到这儿，梁筱晞的电话响起来，她按下接听键，舅妈的声音传过来："筱晞啊，刚才我把红包给陈大夫了，这下我可放心了。"

"他收了？"梁筱晞有点惊讶，还有点失望，更多的则是心灰意冷。

"当然收了，开始还装模作样地跟我在走廊上撕扯半天。这年头，哪有送到嘴边的肉不吃的？你以为都像你妈那么傻不收病人红包啊。"

"我没觉得我妈傻。"梁筱晞反驳道。

"你呀，就是太死心眼，跟你妈一样……"舅妈没完没了地说，不知是不是天底下的姑嫂关系都不好，反正她家是这样。

为了不再听人数落自己的妈，并快点结束这场谈话，梁筱晞打断她："舅妈，今晚我过去替你陪床吧？你都守俩晚上了。"

"不用了，你明天还上班呢，再说你一个姑娘家，陪病人上厕所什么的都不方便，我在病房里支一张行李床，还能应付着。大后天你舅手术，你可别忘了过来。"

"放心吧，不能忘。"梁筱晞说完，怕舅妈继续唠叨，赶紧挂了电话。

第二天，梁筱晞照例很晚才走。每天下班之后，她都要去心内科病房看一眼，却又不想遇见陈永，只能在科里多磨蹭一会儿。

晚上九点，梁筱晞走出医院大门，准备坐公交回家。突然，一辆白色面包车从她身旁擦过，一个急刹车停下来。

车门开了，从里面下来三四个男人，中间的那个满脸是血，辨不清五官，被其他人搀扶着，一瘸一拐地往急诊楼走，她刚想给他们让路，突然被一只血手抓住了。

梁筱晞倒抽一口冷气，并没有惊叫出声，她抬头看向这只手的主人，正是那个满脸带血的男人。她不禁心想，这位大哥该不会是被砸坏了脑子，变成白痴了吧？她求助地望了望"白痴"身旁的两人，希望他们帮自己解围。

可没等那两人说什么，"白痴"先开口道："你回来了？"

梁筱晞愣了一下，发现白痴正目光炯炯地看着她，眼神漆黑而明亮，不太像傻子该有的神色。她有点蒙了，盯着他血糊糊的脸，问道："先生，您认错人了吧？"

白痴松开手，低声说："筱晞，我是蔡忠良。"

"哎呀，蔡大哥，你怎么弄成这样了？"梁筱晞反手扶住他，"快快，咱们去急诊！"

路上，梁筱晞才弄明白，蔡忠良为报道一家黑心作坊，被作坊老板找人暴打了一顿，腿上的伤是被人踹的，头上的伤是砖头砸的，除此之外，身上还有多处伤痕。

很快，作坊老板被抓到了，另外几人被喊去录口供，只剩下梁筱晞一个人留下来陪护。急诊的值班大夫给蔡忠良头部的伤口包扎处理后，又让他去拍了片子，确认没有内伤，才敢放他离开。

梁筱晞扶着蔡忠良走向医院门口，感慨道："看来你们记者也是高危行业啊。"

"其实我们这种危险是能够避免的，跟医生还不一样，患者来了你们不能拒绝治疗，但我们可以选择不报道社会阴暗面。"

"可你还是冒着生命危险报道了，真佩服你。"梁筱晞一直以为，他是个没什么胆量的男人。

"我只是做了该做的事情而已，记者的责任就是揭露事实真相，引导社会舆论。"蔡忠良停顿一下，继续说，"我也是无意中发现的这条线，这家黑作坊专门收购没有通过检疫的死猪病猪，加工成火腿肠之后卖到餐馆和街边摊，由于价格低于市场价近一半，他们每天生产的上百斤肉肠全都能卖出去。"

"这些黑心商贩，真是害人不浅！蔡大哥，你是怎么被识破的？"

"为了获取内部影像资料，我扮成小饭馆的采购员，先后在这家作坊买了四十多斤火腿肠，终于有机会走进作坊。"讲到这儿，蔡忠良厌恶地皱起眉头，"那里面垃圾成山，苍蝇成群，加工前的猪肉堆在厕所旁的几个大铁桶里，臭气熏天，令人作呕。今天下午，是我最后一次进去'取货'，也不知哪里引起了怀疑，作坊老板派人跟踪我，发现我根本不是什么采购员……"

"太惊险了，你的头还疼吗？我送你回去休息吧。"梁筱晞伸手想帮他拦一辆出租车，却被蔡忠良一把按下胳膊。

"我有点儿饿了。"他说。

"那就先吃饭，我都忘了你还没吃晚饭，就在附近找一家吧，想吃点什么？"

"茶泡饭。"蔡忠良痛快地答道。

梁筱晞笑着点点头。

吃饭的时候，他突然停下来问她："回来多长时间了？"

"不到两个月。"

"也没个动静，该不会把你蔡哥给忘了吧？"

"……"梁筱晞有点羞愧，换手机的时候，她根本没转存他的电话。

"号码变了吧？"蔡忠良拿起桌上的手机，递给她，"存一下。"

梁筱晞接过来，把自己的新号输进去，晃了晃他的手机道："最新款呀？"

"是啊，对智能手机没什么抵抗力，有了新款就想换。"

"幸亏只是换手机。"梁筱晞开玩笑道，又说，"不过智能手机确实方便，我回国之后才发现，这两年国内变化挺大的，很多人出门都不带钱包了，连农贸市场卖菜的大妈都会用扫一扫。"

"没错，一机在手，走遍天下，智能手机改变了世界。"

"也改变了很多人的人生……"梁筱晞见他疑惑，解释道，"有个急诊科大夫告诉我，有了智能手机以后，急诊的车祸患者增加了不少，很多司机都是开车时看手机出事的。"

"你男朋友说的吧？我记得他就是急诊科大夫。三年前，社里派我采访援疆医疗队，我还采访过他呢。"

"你是说陈永？他去了新疆？"梁筱晞的心开始乱跳，她一直不明白，为什么三年前分手之后，陈永就再也没有出现过，现在想来，也许是因为他去了新疆。

"你不会不知道吧？"蔡忠良诧异。

"不知道，"梁筱晞摇摇头，眼神黯淡下来，"那时我俩已经分手了。"

"哦，就在你离开阜江去读博之前，去了三个多月，你记得我在医大校园碰见你那天吗？我本来是要去采访他们，结果收到消息，援疆医疗队在那边延期了几天。"蔡忠良埋头吃了两口东西，又忍不住抬头问，"你们真的分手了？"

"他都快要结婚了。"梁筱晞垂下头，摆弄着手中的杯子，强迫自己不再去想这件事。

蔡忠良见不得她这副样子，于是鼓足勇气，厚着脸皮道："你别难过了，天涯何处无芳草，看见坐在你对面这个英俊潇洒、玉树临风的帅气男人了吗？你是否可以考虑一下他啊？"

梁筱晞愣了一瞬，很快反应过来，木讷地说："我只看见一个鼻青脸肿、满头纱布的受伤男人。"

蔡忠良一时语塞，他也明白自己今天的形象不太适合表白，但是这种事情，时机很重要。他隔着桌子抓住她的手，表情严肃："筱晞，我知道突然跟你说这些，你可能很难接受，但我是认真的，我第一眼看见你，就喜欢你了。"

"依我看，还是转心外准备再次开胸手术吧……"店里的门开了，从外面进来三个人，急诊的马主任和郝大夫，还有……陈永。

其实陈永下了班也一直没回家，梁筱晞去病房看舅舅的时候，他正在CCU抢救一位病人，后来又去了急诊科会诊。也许是天意，让他们最后在这里碰见。

陈永走进日料店，撞见的是这样一幕：那个蔡记者抓着梁筱晞的手，含情脉脉地看着她。他骤然止步，脸色一沉，随即转身对旁边两人说："换个地方。"

可怜的店小二刚满面春风地喊了一句："请进，欢迎光临！"紧接着又满脸失落地喊了一句："慢走，欢迎下次光临。"

梁筱晞慌乱地抽回自己的手，但是已经晚了，望着陈永离去的背影，她突然有点心酸，他都要结婚了，误会又能怎样？分手三年，他另觅新欢，她却还在原地，虽然不承认自己在等，可她就是迈不过去这道坎。

〔3〕

梁筱晞走出医院的时候，天色已经很晚了，也不知是不是错觉，她从住院楼出来，就感觉有人跟在自己后面。

她不敢回头，前几天，苑恒学的病人没抢救过来，家属非常激动，来了一群人，差点把苑大夫给打了。当时她也在场，那群人临走之前指着他们的鼻子说，这事没完！

梁筱晞加快了脚步，可后面的脚步声也越来越快，她害怕得跑起来，后面的人也跟着跑了起来。不能去公交站，如果变态跟踪狂也随她一起上了车，就甩不掉了。

梁筱晞的心怦怦乱跳，往相反的方向一路狂奔，幸亏她平时都穿运动鞋。这时，一个熟悉的声音从身后传来："喂，你能不能别跑了？"

梁筱晞回过头，跟说话人四目相对的瞬间，她真想跑得更快一点，最好能坐着火箭冲出地球，但理智让她停住了脚步。

陈永气喘吁吁地跟上来，带着怒气问道："你跑什么？"

梁筱晞咬着嘴唇一言不发，从她回到医院，陈永就没有好好跟她说过一句话，原来分手之后，他们连朋友也做不成。

好吧，她收拾起多余的情绪，努力让自己平静下来："找我有事？"

陈永掏出一个红包，不客气地扔到她身上，眼底尽是嘲讽："我希望你不知道这件事情。"

"知道啊，我舅妈给你的吧？"梁筱晞故意赌气说。

陈永盯了她半晌，最终，他的肩膀垮下来，用一种近乎绝望的语气问道："在你眼里，我就是这样的人？"

梁筱晞沉默着，难道不是吗？直到此刻，她才痛心地发现，他们再也回不到过去了，即使没有这分开的三年，即使没有他的未婚妻，他们也回不去了。吴宝柱的死就像一座沉重的巨山，横亘在他们之间，那是他永远消不掉的罪，如果一个人连自己的信仰都可以随意丢弃，他还能坚守什么？梁筱晞终于明白，早在三年前，她就已经失去他了。

李兆富的支架植入做得很顺利。为了避开陈永，梁筱晞一直等手术做完才过去，又被舅妈一顿数落："我看那，在医院有亲戚也没用，手术的时候，连个影子都见不着……"

梁筱晞自知理亏，低眉顺眼地听着舅妈的数落。她没来，主要是相信陈永的技术水平，放个支架而已，他肯定会顺利完成的。另外，她怕他看见自己反倒心烦，影响发挥。

舅妈继续说："要不是我想到给陈大夫塞个红包，你舅的介入手术不可能这么成功。"

梁筱晞慢吞吞地把红包掏出来，递给舅妈："人家没要，昨晚还给我了。"

舅妈接过红包，脸色有一丝尴尬，嘴上却埋怨道："他没要你怎么不打电话告诉我一声，怪不得陈大夫今天对我的态度冷冰冰的。"

"您别往心里去，他对谁都是冷冰冰的。"梁筱晞劝道。

"那可不是，前两天我还看见他跟一个漂亮护士有说有笑的呢。"

听舅妈说完，梁筱晞一下子想到了叶姗，虽然她没见过叶姗本人，但光凭这个名字，就够让她难受半天了。

病床上的舅舅还在睡觉，梁筱晞失神地看着他，思绪早飞到了九霄云外，直到感觉有人推她，她才清醒过来，低头一看，手里多了一个保温壶。

"你发什么呆呢，快，给你舅打点水去。"舅妈催促道。

梁筱晞点点头，拎着保温壶慌张地走出病房，迎面撞上了一个人，她赶紧说："对不起，对不起……"

"梁筱晞！"被撞那人惊喜地喊道。

梁筱晞抬起头，看见黄涛站在离自己一臂远的地方，她一直以为黄涛根本不认识自己，虽然他们是校友，却不是同一届。上学的时候，两人从未说过话，梁筱晞认识黄涛，完全是因为有段时间朱亭亭经常提起这个人。

"黄师兄，这么巧？"梁筱晞讪笑。

黄涛没有过多寒暄，直奔主题地问："你怎么来这儿了？哪里不舒服吗？"

"不是，我舅在这儿住院，冠脉狭窄，上午做了心脏支架。"

黄涛往里面瞅了两眼，又问："病房里的是你舅啊？"

"是啊。"梁筱晞提了提手上的保温壶，笑着说，"我去给他打水，你先忙吧。"

"好。"黄涛点点头。

等她拎着水壶回来，发现黄涛非但没走，还在病房里跟舅妈聊得热火朝天，多亏这间双人病房里的另一个患者刚刚出院了。

梁筱晞走进去，放下水壶，刚想给舅妈介绍一下，岂料舅妈根本不听她讲话，笑盈盈地看着黄涛，用比平常和蔼一百倍的态度问道："小黄，今年多大了？"

梁筱晞见舅舅醒了，转身给他倒水，没注意黄涛说什么，只听见舅妈的大嗓门喊："正好比我家筱晞大四岁，这孩子上学早，身边的同学都比她岁数大。"

舅妈说完，又回头小声跟舅舅说："属相还挺合呢。"然而，她的小声相当于别人的正常音量。

"那个，他不是我同学……"梁筱晞尴尬地红了脸，拽了拽舅妈的胳膊，想让她别再瞎打听了。

舅妈扒开她的手，继续问："有女朋友吗？"

"还没有。"黄涛回答得十分干脆。

梁筱晞真怀疑自己的耳朵出了问题，她愣了一下，费解地看向黄涛，他却神色坦然地回视她。梁筱晞顿时明白了，原来这小子还有"集邮"的嗜好啊！

看来他还不知道自己跟朱亭亭的关系，她心里一股火气蹿了上来，打断舅妈没完没了的询问，毫不留情地对黄涛下了逐客令："师兄，我舅刚做完手术，咱们还是别打扰他了，让他休息一会儿吧。"

听她这么一说，舅妈也意识到自己的聒噪会影响到病人，站起来推了推外甥女："去，你送送小黄。"

梁筱晞陪黄涛来到走廊，停住了脚步："师兄，这条路你闭着眼睛都能走，就不用我再送了吧？"

黄涛磨蹭着不肯走，笑着问道："没想到你也留院了，之前我怎么一直没见过你？"

"三年前我倒是见过你，只是没想到你还认得我。"梁筱晞不耐烦地道。

黄涛却没察觉到她的恶意，凑近了身子，笑着说："师妹，留个电话吧，都是校友，以后方便联系。"

梁筱晞正想着怎么拒绝，陈永突然出现在走廊，面无表情地冲这边喊道："李兆富家属过来，给你讲一下病人的术后注意事项。"

梁筱晞借机绕过黄涛，跟着陈永进了他的主任办公室。

陈永坐在办公桌后面，低头翻开一本书，慢悠悠地看起来。梁筱晞站在对面，等他开口说话，此情此景，让她恍然觉得回到了四年前的ICU。

过了不知多久，陈永抬起头，惊讶地看着她："你还站这儿干吗？"

"您不是说……要跟我讲一下术后注意事项？"

"一个ICU医生，还让我给你讲术后注意事项？"陈永反问，冷笑着说，"你难道看不出来，刚才我纯粹是在替你解围吗？"

梁筱晞瞪着他，气得说不出话来，怎么只许你找人结婚，就不许我交男朋友？过了好一会儿，她才用一种哀莫大于心死的口气说："不需要你帮我解围，你怎么知道我不想给他留电话？"

说完，她转身要走，却听到身后一个怒不可遏的声音："你别闹了行不行？"

梁筱晞的身体僵在原地，她再迟钝，也能听得出那声音中的疲惫和厌倦。是啊，他都快结婚了，她还闹什么？又能闹出来什么？她觉得自己就像个跳梁小丑，再怎么上蹿下跳也只是在增加他的反感。

梁筱晞总算泄气了，也放弃了，忍了三年的眼泪不争气地涌上来，她背对着他，低声说："对不起。"然后红着眼睛跑出心内科。

不知顺着楼梯走了多久，再抬头时，消化内科的蓝色牌子就在眼前，好像冥冥之中有什么力量把她召唤过来。她自嘲地笑笑，正欲转身下楼，突然听见有个声音喊道："叶姗，给三床换药了吗？"

梁筱晞猛然回头，叶姗正脚步轻盈地向她这边走来，轻声细语地说："换完啦。"

终于看见她了，确实很漂亮，也很年轻。

〔4〕

"什么！你要去黄涛家？"

"你激动什么，我俩早就说好了啊，上周末我和他都有值班，不然上周就去了。"朱亭亭举起脚上那双新买的高跟鞋，问道，

"你看这鞋子怎么样？"

梁筱晞也发觉自己的反应有点过激，赶紧坐下来喝了口水，缓和语气道："你俩才恋爱不到一个月，见面也不超过三次吧？这么快就去他家，合适吗？"

"大姐，这都21世纪了，你又不是封建社会盘头裹脚的老奶奶，思想干吗这么保守呀？"朱亭亭对她的话置若罔闻，坐在沙发上摆弄着新鞋，嘴里嘟囔着，"为什么古代女人非要把脚裹得像猪蹄一样，还觉得那种畸形到恶心的缠足就是美呢？"

"估计古代女人也不理解现代女人为什么削骨隆鼻，把自己整成蛇精脸吧，这说明美并不是绝对的。"

"是啊，或许我这模样，搁在古代还是美女呢。"朱亭亭笑着说。

"搁现代也不差啊，所以亭亭，千万别为取悦男人而委屈自己。"梁筱晞不忍心见她往火坑里跳，索性恶人做到底，继续劝道，"凭你现在的条件，绝对能找到比黄涛更好的。"

但恋爱中的女人都像脑子灌了水，哪里听得进别人的劝告，朱亭亭摆摆手，不赞同道："做人不能太贪心，我有黄涛就挺幸福了。"

"可我听说……"梁筱晞犹豫再三，还是憋不住说了，"我听说，黄涛告诉别人自己没有女朋友。"

"哈哈，原来你在为这个担心啊，先不对外公开，这是我俩事先商量好的。"朱亭亭不以为意地换好衣服，走到门口拎上手提包，回头笑道，"亲爱的，今晚卧室一米五的大床都是你一个人的了，横着打滚都没人拦你。"

"亭亭……"梁筱晞还想再劝，朱亭亭却已经从外面关了门，高跟鞋嗒嗒的声音很快消失在走廊。

朱亭亭和黄涛在外面吃完晚饭，刚进家门，她的手机就响了。接通之后，那端传来筱晞虚弱的声音："亭亭，你在哪儿呢？我的肚子突然特别疼，又不是经期，我有点担心，你能不能回来一趟？"

"好，你等会儿……我马上回去。"朱亭亭撂下电话，跟黄涛说，"我朋友生病了，我得回去看看。"

"医院的朋友？"

"是啊，咱俩下次再约吧。"

黄涛一脸失望，本想再问一句"用不用帮忙"之类的，话到嘴边又咽了下去。

朱亭亭风风火火地跑回家，进门却见梁筱晞没事人似的坐在沙发上看电视，顿时气不打一处来："你不是肚子疼吗？看着不像啊！"

"现在感觉好多了。"梁筱晞笑得极不自然。

"噢，我明白了，你故意搅局，不是暗恋黄涛就是暗恋我！"朱亭亭说完，又立即否定了前者，"不会吧？梁筱晞，你去了趟美国，就变成弯的了？"

"去你的，你才弯的呢！"梁筱晞抓起一个抱枕扔过去，"我是真担心你，才出此下策。"

"担心我什么？担心我这个老树开花的女人晚节不保啊？"朱亭亭自相矛盾地说。

"不是，亭亭……"梁筱晞还想解释，却被朱亭亭打断："行了，下次你千万别搅和了啊，我今年都三十了，等到人老珠黄可真嫁不出去了。"

梁筱晞无声地叹了口气，没再说话。

晚上，梁筱晞刚走到公交站，一辆灰蓝色的越野车遮住了街灯暗黄的光线，缓缓停在她身旁，透过半敞的车窗，梁筱晞看见了驾驶座上陈永的侧影。

梁筱晞往前挪了两步，车子也随她往前移了一小段距离，车窗被完全拉下来，陈永直视前方，头也不转地说："上车！"

"您在跟我说话？"梁筱晞明知故问。

"这里还有别人吗？"陈永把头扭过来。

"不用麻烦，我坐公交车回去。"梁筱晞说完，望了望前方连个公交影子都不见的大马路。

"这里不许停车，快上车！"他换成了命令的语气。

梁筱晞终于妥协地拉开车门，不过她坐的不是副驾驶，而是车座后排离驾驶员最远的位置。她上了车，目光跟他在后视镜里撞上的瞬间，马上移开。

陈永阴沉着脸，车开走了半天，才张口问："地址？"

梁筱晞报完地址，车内又陷入死一般的沉寂。她打开手机新闻，装模作样地看了几眼，却连标题是什么都没记住。最后，她终于受不了车内压抑的气氛，抬起头道："就在这儿停吧，我突然想起来，要去超市买点东西。"

陈永一个急刹车，梁筱晞的头差点撞到椅背上，她能感觉到他踩刹车时的满腔怒气。车子停稳之后，她几乎是一刻不停地拉开车门，夺路而逃。

路旁有一家小型连锁超市，大街上随处可见的那种。其实她根本没有任何想买的东西，不过还是走进去了，在门口拿了个购物筐，慢腾腾地从一个货架移到另一个货架，动作迟缓得像动画片里的树懒，半小时之后，购物筐竟然让她给塞满了。

梁筱晞拎了两大袋东西从超市出来，本以为陈永已经走了，谁知一出超市，就远远望见他靠在车门上，暗蓝色的车身隐匿在黑夜中，清凉的晚风吹拂着他的短发，路灯柔和的光线映衬着那张英气逼人的脸，美得像梦境一般。

这一刻，梁筱晞竟有一瞬的恍神，不过很快，她便从梦境中醒来，就算是美梦，那也是别人的了。

再迈开腿，她的脚下就像黏了一层化不开的沥青，每走一步都艰难万分。她磨磨蹭蹭地挪到陈永身前，问了一句显而易见的废话："你还没走啊？"

"等你。"他回了一句显而易见的废话。

"那个……我家就在附近，不用送我了。"梁筱晞局促地说。

陈永瞥一眼她手里的两大袋子，替她拉开车门："上车吧。"

结果，浪费半个多小时，买了一堆没用的东西，她又坐回到陈永的车里，更让她郁闷的是，座位还从后排变成了副驾驶。

好在不出五分钟，就能到家了，她在心里盘算着，又觉得有些失落，实际在她的内心深处，多么希望这条路永远走不到尽头。

越野车很快停在了她家小区门口，梁筱晞解开安全带，拎上自己的东西，下车之前，还不忘对他说声："谢谢。"

"筱晞……"陈永猛地伸出手，一把抓住她的手腕，欲言又止。

梁筱晞回过头，发现他看着自己的眼神有点……吓人，没错，吓人！如果不是他一个月以后就要结婚，她恐怕不会用这样的形容词。那种深情而专注的目光，来自于一个即将成为有妇之夫的男人，让她觉得浑身不自在，脑子里一个可笑的念头闪过，他不会是想跟自己旧情复燃吧？

"有、有事？"梁筱晞的身子往后缩了缩，一只脚已经跨出车门。

陈永再傻再笨，也看出了她对自己的抗拒，他颓然松开手，哑声道："没事，你走吧。"

〔5〕

夜深了，一辆颜色与这黑夜同样浓重的越野车停在空旷的马路旁。陈永坐在车里，紧握着方向盘的双手指节发白，眼睛痛苦地盯着前方，思绪飘回到三年前。

吴宝柱死后，陈永找到了他的妻子何翠芬。此时他才知道，他们的女儿被医院确诊为重度AR，已经出现二尖瓣提前关闭的症状，如果不尽快接受AVR（主动脉瓣置换术），随时可能有生命危险。

"七万块只是手术费用，患者术后不排除会出现瓣膜感染或者其他并发症，要送CCU进行24小时监护，这些杂七杂八的费用加在一起，也不是一笔小数目。"孩子的主治医生说。

"我们真的没钱了。"何翠芬表情麻木。她没有撒谎，吴宝柱死了，因为买不起几百块钱的寿衣，送去火化前，她连寿衣都没给他穿。穷人，不但活不起，死都死不起。

吴宝柱死前，说的最后一句话是："我没事，别为我花钱。"他应该不知道，死也是要花钱的吧？寿衣、火化、骨灰盒、墓地……哪一样不要钱？

"再想想办法吧，孩子等不了了。"主治医生说完，转身进了病房。

何翠芬在原地呆立了很久，最后终于蹲在地上，双手捂住脸，粗粝丑陋的指缝中传出嘤嘤嗡嗡的哭声，那声音悲惨凄切，好似暗夜虚空中无处栖身的游魂发出的呜咽。

半小时后，何翠芬擦干眼泪，走到主治医生面前，万念俱灰地说："大夫，我们不治了，我要带她回去。"

"带她回去？"主治医生难以置信地看着她，简直不相信眼前这位是孩子的亲妈，"她这样子离开医院，就没有活路了。"

"我知道，我要带她回去。"何翠芬无为所动，又重复了一遍。她下定了决心，反正老头子已经死了，如果女儿也死了，她就往家后面的池塘一跳，一家人便能团聚了。

"你先等会儿，我得跟主任说一声。"主治医生走了，何翠芬也瘫在地上，做出这个决定，仿佛耗尽了她毕生的力气。

何翠芬等了一天一夜，等来的结果让她大吃一惊，医院同意为她女儿免费治疗。

之前，陈永找过一次主管院长田正义，给低血压患者服用硝酸甘油，张俪得为这个事故负责。不过，田正义似乎并不打算追究："年轻人嘛，犯点错误很正常，再说硝酸甘油本身就有降压效果，谁也不能确定患者的低血压是之前存在还是服用硝酸甘油造成的，何况就连医疗水平最发达的美国，每年不也有近十万人死于医疗事故。"

"患者确实有低血压，张大夫接诊的时候没给患者量血压，问诊也粗心大意，根本没想到应该注意患者的血压情况。她的工作态度一直有问题，如果这次就这样不了了之，她不可能记住教训，以后还会犯同样的错误。"陈永说。

"事情已经发生了，人死又不能复生。"田正义摆弄着窗台上的植物，头也不抬地说，"怕她再犯错，那就内部批评批评，给个警告也行，张大夫毕竟不是我们医院的，人家进修一年就回去了。"

"没错，人死不能复生，但我们是不是还欠患者家属一个交代？"陈永看明白了，田院长是在避重就轻，根本不想解决问题，"而且如果只是批评警告，恐怕没什么效果。"

"小陈啊……"田正义的目光终于从那盆植物上移开，阴晴不定地看着他，"我没记错的话，你明年就有资格评正高了吧？你的科研能力和临床水平都是有目共睹的，可这件事情要是闹大了，恐怕会对你的职称评定有影响。"

"在我值班期间发生这样的事，的确是我失责，我愿意接受处分，就算撤职我也无话可说。"陈永坦然道。

"就算你不为自己考虑，也要顾忌医院的声誉吧？这种事情一旦传出去，以后会有多少患者对我们医院产生不信任！"

"我觉得没那么严重，就算一百个人里有一个人死于医疗事故，谁也不会因为这1%的概率放弃治病。"

田院长沉着脸，端起桌上的水杯，半晌没有说话，直到喝干了那杯水，才又缓缓开口："对了，小陈，你还没结婚是吧，听说已经有女朋友了，ICU那个叫梁什么的？今年博士生面试的时候我和何院长都去了，她的成绩不错，考本校肯定没问题。老何说，她要脱产读博，念完博士之后应该还想回咱们医院吧？"

田正义嘴角挂着一丝难以捕捉的讥笑，继续道："不过这几年哪，高学历人才特别多，竞争非常激烈，南津医院也越来越不好进了。前阵子，一个海归博士后都被刷下去了。"

陈永几乎是立即明白了田院长的意思，他想拿梁筱晞的留院资格要挟自己。脱产读博，如果医院不予保留编制，她毕业之后就回不来了。那一刻，他的心里确实有过瞬间的挣扎，但那短暂的迟疑就像盛夏的凉风，一转眼就消失了。

他做不到把自己的幸福建立在别人的生命之上，事到如今，只能跟她撇清关系了："那您恐怕没听说，是她追的我。女朋友嘛，最后又不一定会变成老婆。不过，您这番话倒是提醒了我，我确实接受不了异地恋，她若是留不下来，我们也没必要继续处下去了。"

"那倒不至于，梁大夫只要顺利拿到博士学位，留院应该还是没问题的。"田院长讪笑，脸上的表情变幻莫测，甚至带着一点卑微和谄媚。他是怕陈永再去"祸害"别的姑娘，也相信陈永有本事再去"祸害"别的姑娘，凭他的条件和长相，不知有多少姑娘心甘情愿地等着他去"祸害"呢。

他紧紧盯着陈永，好像盯着玉米地里的一只大蝗虫，而医院里的年轻姑娘们则密密麻麻地堆砌排列，码成了那片金光灿灿的玉米地。

陈永不理会田院长恶意的眼神，又把话题扯回来：“那这个事情，您看怎么处理？我觉得应该让张俪提前结束进修，并通报她的原单位。”

“小题大做了吧？谁能保证行医一辈子，就一点错误也不犯？”田院长眉头紧蹙，张俪是厅长夫人托关系弄进医院的，绝不能这样背着处分灰溜溜地被撵走。

“错误和错误的性质不一样，有的错误没法弥补，只有让她牢记这次教训，以后给人看病的时候，她才能更小心谨慎。而且，患者家属有权知道真相，我们不能把别人的命就不当命。”

陈永这最后一句话彻底惹恼了田院长，他拍着桌子，声音因激动而颤抖：“你……你说的这些，都是家属的一面之词！我会去找张大夫了解情况，实在不行，就让医院的专家委员会做事故鉴定，走司法程序！”

别说吴宝柱的尸体已经火化了，就算没火化，他这种情况，也很难通过专家的鉴定判断出真正死因，若不能证明吴宝柱的死与服用硝酸甘油有关，张俪的失误顶多就算不问病史。

那天，陈永一言不发地离开，谈话不欢而散。

第二天，当他得知吴宝柱的女儿要做手术，却没钱支付手术费的时候，就犹豫着要不要厚着脸皮再去一趟院长办公室。活得久了，他才发现，自尊是最没用，却最让人放不下的东西。

最后，他还是去了。这次，他决定做出让步，绝不能走司法程序，一场旷日持久劳民伤财的官司打下来，就算吴宝柱一方胜诉，他的女儿也等不起了。况且，法院最终的判定结果很可能是，吴宝柱并非死于医疗事故。那样的话，家属只能拿到两三万元的丧葬费和误工费。

陈永走进院长办公室，主动提出不再追究张俪的责任，希望医院能减免吴宝柱女儿的医疗费。他又放低姿态，动之以情晓之以理地说："吴宝柱是家里的顶梁柱，现在他死了，全家人失去了经济来源，他们之前带来的那点钱，都花在了吴宝柱的治疗费上。何翠芬刚经历失去丈夫的痛苦，如果再让她失去女儿，她就没法活了。"

田院长沉默良久，终于点了点头，同意了。然后，他一再强调医院减免吴宝柱女儿的手术费用是出于人道主义援助，而非其他原因。

许是怕事情再生枝节，陈永临走前，田院长又叫住他："小陈啊，阜江市的卫生系统组织了一个援疆医疗队，要赴新疆支援三个月，正愁找不到合适的领队，你看……"

陈永当然明白，田院长为什么想要在这个节骨眼上支走他。为了打消田院长的顾虑，为了吴宝柱的女儿能够顺利手术，他立即表态道："派我去吧。"

事后，陈永不敢对梁筱晞说出实情，不只是担心她受牵连，还怕她年轻气盛，以她的个性脾气，如果知道了实情，肯定宁可不要这份工作，也不愿受人胁迫隐瞒真相。

〔6〕

梁筱晞下班之后没来得及吃饭，就匆匆赶到了心内科，还在走廊碰见了黄涛。

"今天这么早？"黄涛满脸堆笑地问。

"舅妈生病了，我过来替她一晚。"梁筱晞的脚步不停，不想跟他多废话。

"正好今晚我值班，有什么需要帮忙的，你随时叫我……"黄涛的最后一句，是冲着她的背影说的。

梁筱晞走进病房，递给舅妈一个纸袋，嘱咐道："我刚才给您开了点感冒药，您回去记得吃啊。"

舅妈接过药，为自己不能坚守到最后一刻惋惜不已："唉，人老了，身体也不争气，出院前就剩这一个晚上了，还得折腾你。"

"都是一家人，你客气什么。"舅舅说。

梁筱晞看了眼时间，已经七点多了，便问："你们晚饭想吃什么？我出去买。"

"我俩吃完了，你还没吃饭吗？"舅妈说。

"我现在不饿，一会儿饿了自己想办法解决，您早点回家休息吧，注意安全。"送走舅妈之后，梁筱晞又去打了一壶开水，回来的时候，舅舅已经睡着了。

她困累交加，不一会儿，也趴在床边睡着了。病房开着窗，夜晚的凉风如鬼魅一般从窗外无声地飘进来，撩起她散在肩旁的长发。

迷迷糊糊地，她好像做了一个梦，梦中有一个人走进病房，她看不清他的脸，只感觉他站在自己身后，伸出一只手停在她肩膀上方，犹豫了很久却没有落下。然后，如海水退潮般，那个人的影子越来越模糊，最终，随着她的梦魇滑入到更深更混沌的黑暗之中。

梁筱晞醒来的时候，身上多了一件白大衣。黄涛倚在门口，手里拎着外卖的快餐盒，笑着问："师妹，你醒啦？"

梁筱晞回头看见黄涛，心里的期待变成失落，以为是他给自己披上的，她把衣服递过去，淡淡地说："谢谢。"

黄涛的表情一滞，嘴唇翕动几下，却什么也没说。他的身体跟意识僵持了几秒钟，最后还是抬起手，接过那件无主的白大衣，然后动作自然地把另一只手上的快餐盒递过来："我见你今天来得那么早，肯定还没吃晚饭吧？这是我在楼下给你买的。"

"我不饿。"梁筱晞一动不动地说。

"买都买了，多少吃点吧。"黄涛拉过她的胳膊，把袋子硬塞进她的手里。

这一举动引起了筱晞的强烈反感，同时她也为朱亭亭感到不值，为赴黄涛的约会，这个傻丫头不惜跑五条街买一条裙子，他却在这里对别的女人大献殷勤。

梁筱晞把袋子放在桌上，警惕地盯着里面的餐盒，仿佛里面装着毒蛇蝎子，随时都可能蹿出来咬她一口。她在生黄涛的气，也气他献殷勤的女人，犹如一个在跟自己影子打架的蠢货。

"我不知你爱吃什么，就随便买了几样。"黄涛惶惶不安地立在桌旁，像一个等待老师检查作业的小学生。

最后，餐盒还是被一个个地打开，摊在桌子上，紫薯蛋卷、生煎包、炸鸡块……这些东西就像掉入了时空传送机，隔着肚皮跳进她的胃里，她还没吃一口，就感觉自己已经饱了，甚至撑到了嗓子眼。不行，不能再坐以待毙，一定要揭穿这个虚情假意的男人。

"我都爱吃。"梁筱晞抬起头，对他微微一笑，"不过这么多，我一个人也吃不完，你陪我一起吧？"

"好啊。"黄涛受宠若惊地点点头，送爱心快餐还意外"中奖"，他不禁心花怒放。

黄涛坐下之后，梁筱晞发了一条短信，朱亭亭今晚在楼上值班，如果没有患者，不出十分钟，她就能下来。

朱亭亭收到筱晞的信息，拿起钥匙走出办公室，本来路上还埋怨她丢三落四，让自己折腾一趟。不过忽然想起黄涛今晚也值班，说不定还能看见他，她几乎是立即就原谅了这个忘带钥匙的糊涂虫。

几分钟后，朱亭亭站在心内科病房门口，透过窗玻璃，她看见黄涛正夹着一个生煎包往梁筱晞的嘴里送。她愣在原地，脸色一瞬间变得煞白，双腿也有些发软，几乎就要瘫倒在地。

梁筱晞抬起头，眼看着朱亭亭转身跑开。

"哎，你干吗去啊？"黄涛见梁筱晞站起来，急忙问道，他背对着门，对发生的一切还一无所知。

"你先吃，我一会儿就回来。"梁筱晞说完，追了出去。

朱亭亭跑了一会儿，自己停下来，转身看向梁筱晞，眼里充满了敌意和愤怒："你是故意的吧，梁筱晞？"

"对，刚才就是做给你看的。"梁筱晞迎着她的目光，坦然道，"我跟黄涛说，今天做了很多次胸外按压，手神经疼，拿不了筷子……"

"你为什么要这么做？"朱亭亭咬着牙问道。

梁筱晞急了，上前两步说："亭亭，难道你还看不出来吗？黄涛不是一个值得依靠的男人，我就是想证明……"

朱亭亭粗暴地打断她的话："你想证明什么？证明你比我优秀，比我漂亮，比我有魅力，比我更受男人欢迎，是吗？噢，对啊，你分手了，失恋了，你现在单身了，所以你就敢吃相这么难看，连闺密的男友都不放过？"

梁筱晞怔住，隔了半晌，才低声说："亭亭，你误会了，我就是不想看你吃亏。"

"你以为你是谁？情感大师？恋爱专家？你省省力气吧，我是不会跟黄涛分手的！"

这时，梁筱晞才突然明白，自己这样煞费苦心，朱亭亭并不领情。爱是义无反顾，没有理由的，它甚至可以让人丧失理智，违背意志，明知对方花心、滥情，可就是喜欢上了，飞蛾扑火似的冲向那团致命的亮光。

她无奈地点头："我明白了，你放心，既然你那么喜欢他，我不会再阻止你。"

"放心？你一天没有男朋友，我就一天不放心。"朱亭亭的声音有些哽咽，眼神也让人心疼，"你喜不喜欢黄涛我不知道，但我猜得出来，他一定喜欢你。就算你这么做完全是为了我，我也一点儿不感激你！因为这个世界上，最禁不起试探的，就是感情。筱晞，好好找个人恋爱吧，别等了，没有十全十美的男人，难道你要抱着爱情完美守则孤独终老吗？"

"孤独终老不可怕，可怕的是你随便找一个人廉价甩卖了自己，还以为自己捡了个大便宜。"

"别说了，筱晞！咱俩这么多年的友情，我不希望现在为一个男人反目成仇！"朱亭亭说完就走了。

梁筱晞一个人僵立在原地，望着她决绝离去的背影，觉得自己像个白痴，处心积虑地下个套，却把自己给套住了。之后，两人有很长一段时间都没有联系对方。

第七章

ZHONG ZHENG JIAN HU SHI

〔1〕

舅妈离开阜江的时候，还不忘叮嘱她："筱晞啊，你也老大不小了，该找个合适的人结婚了，你表弟比你小两岁，孩子都有了，这次带你舅治完病，我就给他看孩子去了。"

"知道了。"梁筱晞敷衍道。

"我看那个黄涛就挺不错的，你主动联系联系。"舅妈还在唠叨。

"你们快进站吧，一会儿来不及了……"

晚上，梁筱晞刚进小区，就看见刘强徘徊在她家楼下。刘强是小区的保安，二十多岁，黝黑精瘦，力气却不小。

前几天，梁筱晞捧着一箱书从出租车上下来，摇摇晃晃地走到门口，刘强碰巧从门岗出来。

"我帮你抬吧。"刘强说着，单手接过她手中的箱子，主动帮她搬到楼上。

隔了几天，梁筱晞有一个快递到了，老小区没有自助取件箱，她让快递员把东西寄存在门卫室。取快递的时候，她给刘强买了一袋苹果，感谢他上次的帮忙。

不知是不是那袋苹果引起了误会。之后，刘强经常在她家楼下跟她"巧遇"。一开始，梁筱晞还愿意跟他打声招呼聊上两句，后来，她渐渐发现，刘强看自己的眼神有点不对劲。

也许越是头脑简单的人越不会隐藏内心的情绪，刘强把自己对这位女业主的爱慕全都赤裸裸地写在了脸上，吓得筱晞每次见到他都恨不得绕道走开。

此时，刘强在她家单元门前守株待兔，她怎么也躲不掉了。梁筱晞假装低头看手机，快步走过去，却听见刘强大嗓门喊道："梁小姐，才回来啊？"

"嗯。"梁筱晞嘴里答应着，却没有抬头，继续往前走，直到刘强挡住了她的去路："我前天加你微信，你怎么没同意啊？"

"那个'情非得已'是你？"梁筱晞停住脚步，诧异地问，"你怎么知道我的微信号？"

"快递上面有你的电话啊。"刘强谄笑，又自作主张地道，"走，我送你上去吧。"

"不用了。"梁筱晞退后一步，警惕地看着他。

"你瞧你，每天这么晚回家，也没个人接送，一个女孩子家，太危险了，以后有什么事你就找我。"刘强厚颜无耻地说。

"我有男朋友，他出差了，这两天就能回来。"梁筱晞说完，转身跑进楼道，直到进了家门，还惊魂未定。她不敢开灯，从窗口偷偷往下望，发现刘强已经走了，她才松了一口气，整个人瘫在了沙发上。

半夜三更，梁筱晞做了一个噩梦，梦见刘强伙同几个人拐卖妇女，贩卖器官，那些可怜的女人被活着解剖，内脏被一块块掏出来，摆在铁架子上，鲜血淋漓的，犹如待售的生肉。

从梦中惊醒之后，不知是真实还是幻听，一墙之隔的楼道里响起沉重的脚步声，那诡异的声音由远及近，逐渐清晰，最后在她家的门口，止住了。

梁筱晞屏住呼吸，连翻身都不敢，一种绝望的孤独和恐惧紧紧攫住她颤抖的心脏，她睁着眼睛熬到窗外天色微明，才又忐忑不安地小睡了一会儿。

晚上，梁筱晞走出医院，又是天黑了。她不敢一个人回家，掏出手机刚要拨朱亭亭的电话，却突然想起，她们已经闹翻了。从头至尾翻了一遍通讯录，发现竟无人可求。这个热闹繁华的都市，第一次让她感到了孤单无助。

上次，蔡忠良跟梁筱晞表白，因为陈永的突然出现，她没答应也没拒绝。第二天，蔡忠良又打电话约她吃饭，她说身体不舒服，推辞了。很多事情，没必要说得太直接，大家都是成年人，她这样做已经相当于表明了态度。之后，蔡忠良果然没再找过她。

到底给不给他打电话？这个问题让梁筱晞纠结了很长时间，她知道，一旦拨出这个号码，将意味着什么。她也不清楚自己还在踌躇什么，如果超过二十八岁就算剩女，她已经迈过了这条红线。

前两天，家人打电话劝她去相亲。除了朴大夫那次，她从来没正经相过亲，也不敢想象自己这样的大龄女青年去参加相亲大会，能是一种什么体验。商场快过期的食品都得打折出售，女人随着年龄的增长，在相亲市场上，只能越来越滞销。而她呢，估计光是"女博士"的标签，就能让一大批男人望而却步了吧？更别提"剩女""海归""ICU医生"……

不管什么时代，女人的温柔都远比能干更吸引男人，男人会介意女人丑，介意女人老，介意女人懒，却不会介意女人没文化。在他们看来，她们整天谈诗论赋比贪慕虚荣更可怕。

打，还是不打？梁筱晞盯着手机屏幕，陷入左右为难，耳边反复响起朱亭亭那句话："筱晞，好好找个人恋爱吧，别等了，没有十全十美的男人，难道你要抱着爱情完美守则孤独终老吗？"

是啊，像她这样的大龄女青年，还有什么资格挑剔，还要什么两情相悦？被好友误解，被家人逼婚，被保安骚扰……梁筱晞从未想过自己有一天会如此狼狈，生活已经把她逼到绝境。

接到筱晞的电话让蔡忠良感到很意外，这是一段已经被他判了死刑的单恋，现在又重新燃起希望。更戏剧的转折是，吃完晚饭，她竟然主动让他送自己回家。

送她回家，这是不是暗示了什么？蔡忠良的内心不由得骚动起来，进小区的时候，他主动牵了她的手，她轻轻挣了一下，没太使劲，因为她看见刘强就站在不远处，可这欲说还休的动作，却被蔡忠良误认为成女孩子放不开。

走到单元门口，梁筱晞抽出自己的手，客气地说："谢谢你送我回来。"

蔡忠良却没有要走的意思，既然她放不开，只好他主动一些："不请我上去坐坐？"

梁筱晞往远处瞟了一眼，刘强正看着这边，于是勉强点头道："好吧。"

市中心的房子很贵，梁筱晞租的是一套40多平方米的一居室。她带蔡忠良进了屋子，突然跟他在这么狭小的空间四目相对，她觉得浑身不自在，别扭地说："你先坐啊，我去给你泡壶茶。"

"我不渴，你别忙了。"蔡忠良拉住她，看她的眼神有些异样，她邀他上来，两人挤在这个转身都费劲的房间里，意图难道不是很明显吗？

梁筱晞低头避开他的目光，无所适从地说："我渴了，我……"话没说完，腰上一紧，整个人被他搂在怀里。

她的身体僵住，大脑一片空白，过了好一会儿才清醒过来，拼命挣扎道："放开我，快放开我！"

蔡忠良开始还以为这又是女人欲迎还拒的把戏，后来才发现她的力气大得惊人，就像在反抗一个强奸犯，只好悻悻地松开手，皱眉问道："你不愿意？"

她知道，这时候只要点点头，他们之间可能就彻底没戏了，她不能让他走，他这么快离开，一定会引起楼下保安的怀疑。但他刚刚的举动真的吓到她了，她呆立在原地，心有余悸地盯着以脚尖为中心的方圆三寸，恨不得把地板盯个窟窿，好让自己钻进去。

气氛突然间变得十分尴尬，见她不说话，蔡忠良也意识到自己刚才的行为似乎有些不妥，他缓和了语气，低声说："对不起，我是真的很喜欢你，所以忍不住……"

"你能待会儿再走吗？"梁筱晞抬起头，祈求地望着他，"我就想让你陪我聊聊天，没有别的想法。"

许是她的眼神刺痛了他，接下来的时间里，蔡忠良一直老老实实地坐在沙发上，规矩得就像在报社女领导家里做客，更像一株新移植在那里的盆栽，似乎给他浇点水，他的屁股下面就会生出根来。

此时，梁筱晞还不知道，楼下的一处树荫里，一个鬼魅般的黑影隐匿在那儿，蹲守在那儿，像一头等待猎物的非洲豹，他看着他们俩一起上楼，又看着蔡忠良独自下楼。

然后，那个黑影进了马路对面的超市，出来的时候，手里拎了一瓶白酒。他打开瓶盖，坐在马路牙子上，咕咚咕咚地喝起来，直到把自己的身体喝飘了，大脑也不受意识控制了，才晃晃悠悠站起来，脚步踉跄地走进小区。

梁筱晞望着手机屏幕上的一串数字，迟疑了半天，这是一个陌生的号码，她却觉得有些眼熟，好像在哪儿见过，直到手机响第三遍的时候，她才接起来。

"你给我……下来！"电话那端的男人明显喝醉了酒，舌根都打卷了。

"对不起，您打错了吧？"梁筱晞的心脏蹦蹦乱跳。

"梁筱晞，你下不下来？"对方指名道姓，还提高了声调。

她心跳加速，这声音听着怎么……怎么有点像陈永呢？她正要追问，那头已经挂了电话。

梁筱晞迅速起身，穿着拖鞋跑下楼，刚出楼梯口，就看见台阶下面的树影里坐着一个人，低垂着头，脑袋埋在手心里，隔老远都能闻到他身上的酒味。

"你好？"梁筱晞走近几步，轻声试探着问，"刚才是你给我打的电话？"

那人缓缓抬起头，动作笨拙地从阴影中直起身来，站在昏黄的路灯下。等她看清了他的脸，不由得结巴起来："你、你怎么来了？"

"他、他都……能来，我为什么……不能来？"陈永的身体摇晃了两下，被梁筱晞伸手扶住了。

"先跟我上去吧。"梁筱晞搀着他，深一脚浅一脚地进了单元门，他不知喝了多少，身上的酒气呛人。

"你知道……我、我为什么来找你吗？"他的舌头都捋不直了，却偏偏还要问。

梁筱晞摇头："不知道。"

"我就是想来告诉你，我做的一切都对得起良心，我问心无愧！"这是他今天晚上说得最完整的一句话。

梁筱晞定定地看着他，似乎只有在他意识不清的这一刻，她才敢如此肆无忌惮地看着他。她把他扶进家门，只听耳边的声音又响起来，透着一种无可奈何的悲怆："没错，我……隐瞒了真相，可如果吴宝柱活着，他肯定也会做出……一样的选择。"

陈永说完，身子一沉，一头栽倒在沙发上，再也唤不醒了。

梁筱晞帮他脱了鞋，又拿来一条热毛巾给他仔细地擦着脸，她擦得很慢很慢，脸上的表情庄重而严肃，仿佛在擦拭一件自己即将失去的珍贵艺术品，这是一场爱情祭祀，也是一场告别仪式。

她凝视着他的脸，犹如一个虔诚的信徒仰望圣洁的神像，直到她眼中的影子越来越模糊，泪水一滴一滴地落在毛巾上，她知道，这些混着苦涩和酸楚的液体终究会在他的皮肤上蒸发，就像他们之间的感情，从千丝万缕到消失殆尽，一点痕迹都留不下来。

第二天，陈永从宿醉中醒来，梁筱晞已经走了。她几乎是一夜没合眼，反复琢磨着陈永那几句莫名其妙的话。如果昨晚他没喝醉，肯定不会过来找她吧？为了不让他醒来难堪，窗外天刚见亮，她就出门上班去了。

〔2〕

梁筱晞没想到还会见到何翠芬，她蹲在医院大门口，身前放着一个竹筐，嘴里喊着："卖鸭蛋，咸鸭蛋……"一如三年前的那个傍晚。

三年前，吴宝柱死后，梁筱晞就再也没看见何翠芬，她也没脸见她，直到现在，这个女人都不知道当年发生的事情。

再次见到她，梁筱晞内心又升起负疚感，她犹豫片刻，最后还是走了过去，弯腰问道："您还认得我吗？"

"是你呀！"何翠芬几乎是立刻就认出了梁筱晞，她站起来，握着筱晞的手说，"哪能不认得，你不就是这家医院的大夫嘛。"

梁筱晞羞愧地低下头，用微不可闻的声音道："您的记性真好。"

"来，姑娘，装几个鸭蛋回去吃。"何翠芬说着，掏出一个塑料袋，麻利地从筐里挑了几个大个鸭蛋，往筱晞手里塞，"来，拿着！"

"不，我不能要。"梁筱晞连忙推辞。

"姑娘，你别跟我客气，快拿着！要不是你们免费给我女儿治病，三年前，我都活不下去了。"

梁筱晞一愣，这时她才注意到，何翠芬身边还有个年轻女孩，于是问道："这是您的女儿吧？"

"是啊，每年的八九月份我都带她过来复查。"何翠芬紧紧攥着梁筱晞的手，回忆道，"三年前，这孩子主动脉瓣反流，如果不做手术，根本活不到今天。那时候，刚给孩子他爸办完事情，穷得一分钱都没有了，还欠着医院的住院费。我实在走投无路，就想给孩子办出院。后来，一个急诊的大夫过来找我了解情况，说让我再等等，事情也许会有转机。我真是万万没想到，医院能免费为我女儿做手术！"

梁筱晞的心提了上来，颤声问道："找你的那位大夫，叫什么名字？"

"好像姓陈，名字不知道，人家都叫他陈主任。"

梁筱晞的身子一震，猛然想起陈永喝醉酒那晚，说过的一句话："如果吴宝柱活着，他肯定也会做出一样的选择。"

真相竟然是这样！

告别何翠芬之后，梁筱晞一口气跑到心内科，她想找陈永问个明白，可到了病区门口，她却退缩了。事情都过去三年了，即便问清楚了，又能改变什么呢？

这时，她听见走廊里响起陈永的声音："想吃什么？今晚我请客。"

"我在想要不要吃湘菜？"一个女人回答。

脚步声越来越近，梁筱晞急忙躲进楼梯间，只听陈永又说："在老家吃了二十来年，还没吃够啊？"

"家乡菜哪能吃得够，不过说实话，阜江的湘菜馆都没有我老家的正宗，就郊区的湘洲人家还可以。"

"行，就去湘洲人家。"

"太远了吧？要是去那里，八点才能吃上饭。"

"好饭不怕晚，走吧。"

梁筱晞听见电梯门关闭的声音，才敢从楼梯间里走出来，那个女人应该是叶姗吧？虽然她已经完全忘记叶姗的声音了，但从陈永跟她说话的态度，也能判断一二。

梁筱晞终于明白，那天陈永为什么要来找她？他想让她知道，他从来没有背弃过自己的信念，只不过换了一种更理性更仁慈的方式去补偿死者家属。他想让她知道，从头到尾，都是她错了，这样他才能心安理得地退出来，没有后顾之忧地跟叶姗结婚。

他把真相鲜血淋漓地摆在她面前，是为了让她以一种同样惨烈的姿态与过去诀别？不管他是怎样想的，她都怨他残忍地讲出了事实，不在三年前的某一刻，不在三年之中的任一时刻，而是在木已成舟无法挽回的此时此刻，这是在惩罚她，故意看她后悔吗？她红了眼，泪水顺着脸颊无声地淌下来。

住在单间病房22床的郭志军，是梁筱晞升为主治医师之后的第一个病人。半年前，郭志军被查出肺癌中晚期，做了肺叶切除手术，切掉了整片左肺。可没过多久，肿瘤复发并发生了肝转移。

他是因消化道大出血被送进ICU的，经过一番抢救，失血的情况基本控制住了，但癌细胞扩散的速度却快得惊人。

郭志军大概知道自己时日无多，每当清醒的时候，他就会瞪大惊恐的眼睛，目光飘浮在病房白茫茫的虚空之中，犹如人死前的瞳孔扩散，空洞而绝望。那种涣散游离的眼神只有在一天中的那一刻，才又重新凝聚起来，放射出异样的光芒，回光返照似的。

每天下午三点半，ICU规定的家属探视时间一到，一个五十多岁的女人就会准时出现在病房，她就是郭志军的妻子葛慧。

今天，也跟往常一样，郭志军的目光死守着门口没多久，葛慧就来了。每天下午的三点半至四点这半小时，也是这个垂死之人最有精神的半小时，就像被什么东西附体了一样，充满了诡异的力量。

"你怎么又来了？"郭志军恶狠狠地看着葛慧，仿佛她是跟自己有着血海深仇的敌人。

"我来……看看你啊。"葛慧嗫嚅着，小心翼翼地坐到病床边。

"我不用你看，你给我滚！滚得越远越好！"郭志军底气十足地说，根本不像是只剩下一片肺叶的癌症病人。

"你别动气，大夫说了，你得保持乐观心态，不能发怒。"葛慧急忙劝道。

"乐观？我怎么……喀喀……我怎么乐观得起来？你现在就希望我早点死了好再嫁人是吧？"

"你怎么能这么说呢？我跟了你这么多年，什么时候做过对不起你的事？"葛慧的眼睛湿了，面前的郭志军，她好像已经不认识了。

"别在这儿跟我装'白莲花'，我就要死了，脑子也清醒了，当年你跟我结婚，无非就是看中了我家的三间大瓦房，别以为我不知道，你就是个贪财的女人！"

"郭志军，你还是不是人？当时还有家里盖了两层小洋楼人的追我，我都没同意，我不顾父母的反对选择了你，你现在竟然这么说。"葛慧有点激动，她年轻的时候很漂亮，身边不少狂蜂浪蝶，可她唯独看上了郭志军。结婚二十几年，郭志军一直对她很好，她也觉得自己嫁对了人。

结婚之后，他们几乎没红过脸，郭志军做得一手好菜，好吃的让她先吃，家务活抢着去干，单位的工资也全部上缴。

可他现在究竟是怎么了，葛慧有点难以接受。不过，她马上就意识到，躺在床上的是一个患了绝症的病人，她不能惹他生气。一想到这儿，葛慧的态度立即缓和下来，换上一副讨好的表情，瞧着他的脸色说："我知道，你肯定是住在这里头心情不好，过几天，等你的病情好转一些，就能回到普通病房了。"

"你滚，快点滚！喀喀……别让我再看见你，我多瞅你一眼，都得少活十分钟，我这辈子最后悔的事，就是娶了你！"郭志军咬牙切齿地瞪着葛慧，最后几个字说得气若游丝，就像一台燃油耗尽的发动机，最后哆嗦了几下，终于要偃旗息鼓了。

郭志军大口大口地喘息着，刚才耗了那么多的气力说话，他那残缺破烂的肺就快支撑不住了，管床护士赶紧给他戴上氧气面罩。这时梁筱晞正好走了进来，赶紧劝走了葛慧。

梁筱晞想不明白，郭志军用尽生命的最后一丝力气去折磨妻子，他们之间到底有什么深仇大恨？而且，他很清楚自己剩下的时间不多了，却还要把人生最后的时光浪费在怨恨上。

郭志军戴上氧气面罩之后，呼吸渐渐平稳下来，梁筱晞意外地发现，在葛慧抹着眼泪转身离去的那一刻，他脸上的表情瞬间垮塌下来，之前的狰狞狠厉全都消失了，取而代之的是让人捉摸不透的悲伤和难舍，他眼眶发红地目送着葛慧，直到她的背影消失在病房门口。

之后，葛慧照例每天过来看他，每次见面，郭志军都恶声恶气把她骂走，葛慧走了之后，他又露出一副悲痛欲绝的样子。

终于有一天，梁筱晞忍不住问他："你为什么这样对她？谁都看得出来，你妻子对你很好，你住进来之后，她每天都过来探望你，为了看你一眼，她经常提前很长时间就在病房外面等着了。"

郭志军转过脸，面如死灰地望着墙壁，眼泪顺着他的鬓角淌下来。过了许久，他才哑着嗓子说："我对她越差，我死了之后，她才越不会太伤心。"

原来……是这样！梁筱晞十分震撼，一时竟无言以对。

"人生真是讽刺啊，过去我最怜悯的那种人现在竟然成了我最羡慕的……"郭志军咳了几声，艰难地说，"我有个表叔，一辈子没有结婚，没有妻子，没有孩子，一个人漂泊在北方，居无定所。我爷爷在世的时候，表叔每年过年都会来看他。有一年，北方下了一场罕见的暴雪，广播电台都报了。那年春节，表叔没来。之后，他就再也没有出现过，我们猜，他大概是死在哪个地方了。以前我总觉得，像表叔这样一个人活在世上孤苦伶仃，无依无靠，挺可怜的。现在我忽然羡慕起他了，可以无牵无挂地去死，毫无眷恋地离开这个世界，不也是一种福报吗？"

梁筱晞一阵心酸，只听郭志军又说："希望我死了之后，她能彻底忘了我，再找个好人，陪她走完后半生。"

为了不让自己的离世给爱人带来痛苦，郭志军在人生的最后一刻，还在卖命地扮演着恶人。梁筱晞强忍住眼泪，可最后，它们还是不受控制地掉下来。

一周之后，郭志军五十七岁的人生被画上了句号，死神不会因为任何一个人的不舍和眷恋放下手中的镰刀，人的生命渺小而卑微，人的一生短暂而匆忙，唯有爱，能突破生死的界限，将瞬间变成永恒。

郭志军教她明白了一个道理，真正的爱不是拥有，而是放手。

〔3〕

梁筱晞决定放手了，一直都是她的错。三年前，她错在太冲动武断，不分青红皂白就给他们的感情判了死刑，三年后，她错在太自私任性，前男友找到了幸福她却不愿给他祝福。现在，她不想再继续错下去了。

她希望下一次见到陈永的时候，能真诚地跟他说一句：祝你幸福。或许，自己也应该开始一段新的恋情，彻底告别那段过去，这也是对他最大的支持吧。

十一长假越来越近，梁筱晞没记错的话，陈永的婚期就定在十一，可她一直没机会跟他说出那句话。她还犹豫着要不要主动找他，他却先来找她了。

医院门口，陈永把刚下班的梁筱晞拦住，也没跟她绕圈子，直接问道："你有男朋友了？"

梁筱晞在心里琢磨，你是希望我有还是没有呢？既然自己都快结婚了，那肯定也希望前女友有新归宿吧，为了成全陈永，让他安心结婚，她点了点头，含糊其辞地说："嗯……啊。"

"那个新闻记者？"陈永声音低沉，脸色阴晴难辨。

好人做到底吧，她这样想着，又点了点头："是啊。"

陈永冷笑一声，眼中的痛楚一闪而过，嘴角浮现出一丝难以察觉的苦涩，半晌才从牙缝里挤出两个字："很好。"

说完，陈永转身要走，梁筱晞忙喊住他："等一下。"

陈永止住脚步，没有说话，也没有回头，他甚至不想再多看她一眼。

梁筱晞深吸一口气，就像自己在心里提前演练过无数次那样，镇定地走到他面前，笑着对他说："恭喜你！"

"恭喜我什么？"陈永冷冷地问道，他在心里骂自己是个白痴，为了这样的女人苦等了三年。

梁筱晞不跟他计较，依然面带微笑："你不是要结婚了吗，我提前祝福你们，就不给你随礼了啊，你也知道，我一向不喜欢那些繁文缛节，说得好听点儿是礼尚往来，给来给去最后都贡献给饭店了。"

"我要结婚了？我自己怎么都不知道？"陈永眯着眼睛看她，不知她究竟想搞什么鬼。

不知道？梁筱晞愣住了，磕巴起来："你、你不是要跟消化内科的护士叶姗结婚吗？"

"叶姗是谁？"陈永面无表情地问。

"你……未婚妻啊。"梁筱晞有些口齿不清，此刻她甚至怀疑这是不是自己做的一场梦。

"我不认识这个人。"陈永懒得再听她胡言乱语，迈开大步走远了。

"我不认识这个人"，听到这几个字，她的身体就像被雷劈了一样，立在原地一动不动。

半小时后，梁筱晞来到消化内科病房，逮着个人就问："叶姗今晚值班吗？"

"不值班。"所有人都这么说。

叶姗除了是消化内科的护士，还是叶主任的女儿。这时，值班大夫彭博走过来，见老同学一脸急切地打听叶姗，还以为她们认识，于是格外殷勤地凑过去："叶姗明晚值班，你找她有什么事儿？"

"叶姗是不是要结婚了？"梁筱晞直截了当地问。

"是啊，你不会是过来送钱的吧？怎么，十一长假要出去旅游，参加不了她的婚礼了？"

梁筱晞没工夫回答他一长串的废话，又问："她要跟谁结婚？"

"我们科的成勇，你应该不认识。"

"程永？"梁筱晞睁大眼睛，"不是陈永吗？"

"你前鼻音和后鼻音不分啊，我说的是成勇，成功的成，勇气的勇。我们科有个浙江人，她就前后鼻音不分，总管成大夫叫陈大夫，开始大家还积极给她纠正，后来发现根本没用，只好随她乱叫了。"彭博说的女大夫，正是那天朱亭亭在食堂碰见那位，坐在女大夫对面的，是她的浙江老乡，所以两人都理直气壮地把"成勇"叫"陈勇"，而没有感到半点不妥。

"这下惨了！"梁筱晞拍了拍脑袋，嘟囔着走了，"怎么没想到呢，陈永、成勇，都是烂大街的名字……"

怎么可能想得到呢？朱亭亭不可能想得到，因为她根本就不相信一个男人能为一段感情苦守这么长时间，他又不是条件太差没人要，也不是缺胳膊少腿性无能。这年头，结了婚的都能说散就散，那方面行的就身体出轨，那方面不行就心理出轨，更别说他们已经分手三年了。

所以，当她听见有人说"陈yǒng要结婚"的时候，便理所当然地认为一定是"陈永"，他终于按捺不住了。爱情这个东西，经不住美色的诱惑，也抵不过时间的考验，事实只不过又一次证明了她的想法。

正因为持有这样的爱情悲观论，她才接受了黄涛，既然男人都一样，不如找一个自己喜欢的。

朱亭亭把黄涛领到自己住的公寓，进门之后，她问道："咱们喝点什么吧，红酒行吗？"

黄涛脱掉外套，冲她点点头。

朱亭亭从厨房的柜子里拿下来一瓶红酒，一转身，就被黄涛抱住了，炙热的气息迫不及待地贴了过来："可以吗？"

朱亭亭把头搁在他的肩膀上，仰望着天花板，目光游移不定，她知道自己无从选择，也没有退路了。最后，她听见一个苍白虚弱的声音从自己的喉咙迸出来："嗯。"

那一刻，她的灵魂好像跟肉体分离了，飘浮在房间上空，眼看着自己的身体向黑不见底的深渊里坠落。

朱亭亭的话音刚落，身边的男人就像被放出笼子的八爪鱼，向她伸出了无数只触手，其中的两只在她的背上使劲摸着，恨不得把她的身体揉进自己的躯干，还有一只犹如吸血水蛭的口器，贪婪野蛮地黏上她的脖颈，仿佛要从那里撕开一个口子，吸干里面的血液。

他一边吻着她，一边把她抱到了床上，迫不及待的样子就像一个性欲长期得不到满足的老光棍，很多外表温文尔雅的男人在床上都能变成野兽，更别说黄涛表面上也算不上文雅。

这种体验，绝对称不上美好，她甚至有一种被人猥亵的耻辱感。朱亭亭后悔了，其实，从他吻上她的第一秒，她就后悔了，他那套老练娴熟的亲密动作，也不知道是从多少女人身上练就的。她不想再看见眼前这张脸，伸手按灭了床头的壁灯，当黄涛解开她身上最后一只扣子时，她的眼泪流了下来。是啊，她到底了解他多少呢？他们只不过才见了几面，而自己竟然饥不择食到要跟这样一个人上床？

朱亭亭忽然觉得，自己跟妓女也没什么区别，妓女出卖身体为了换钱，自己出卖身体为了换取情感的归宿。而它们的本质，都是一场交易。

那天晚上，黄涛的手机响了很多次，中间他拿起来看了一眼，然后它就再也不响了，变成了无声的闪烁。那鬼火似的绿光隔一会儿就要闪上十几秒，黄涛已经睡熟了。朱亭亭躺在床上，侧头盯着桌子上的手机，仿佛一个女人站在那里冲她招手："过来啊，我告诉你一个秘密。"

她一闭上眼睛，那道绿光就在眼前不停地跳动，她根本无法入睡。在黑暗中挣扎了半天，她终于翻身起来，悄悄地走到桌子前，拿起黄涛的手机，躲进厕所。

手机设了密码，她没法翻看里面的内容，只能等那个神秘的电话再次打来。

不出所料，不一会儿，那个电话又过来了，朱亭亭迅速地记下电话号码，把它保存在自己的手机通讯录里。然后，她又踮着脚走进卧室，把黄涛的手机放回原处。

第二天，黄涛离开之后，朱亭亭给那个号码拨过去。电话接通了，那端传来一个女人的声音："喂，哪位啊？"

果然是个女的，朱亭亭深吸一口气，尽量让自己的语调显得平静一些："请问这是黄涛的电话吗？"

"不是，你找他什么事？"对方这样问，显然认识黄涛，而且跟他的关系似乎不一般。

"哦，我是黄大夫以前的患者，想咨询他几个问题。请问你是他什么人？"

"我是他女朋友。"

"你也是南津医院的大夫吗？"

"我是市医院的。"那边有点不耐烦了。

"你贵姓？"

"问那么多干啥，你不是找黄涛吗？有什么问题，去南津医院挂号找他吧。"那边说着，就要挂断电话。

"等一下！"朱亭亭提高声调，语气也有些急迫，"咱们能找个地方坐下来聊聊吗？"

听她这么一说，那边也警惕起来："你到底是什么人？"

"我也是黄涛的女朋友。"

〔4〕

朱亭亭赶到星巴克的时候，那个女人已经到了，坐在靠窗的位置上喝咖啡，亭亭走过去，刚介绍完自己，只听她说……

"你们是这两个月才走到一起的吧？知道他为什么找你吗？因为两个月前我外出培训了，昨天才回来。"

"昨晚他肯定是跟你过夜的，对吧？这种事不是一次两次了，每次我不在，他都会找各种各样的女人，你不是第一个。"

"他一定没说过他爱你，或者喜欢你之类的话吧？因为他想从你身上得到的，没有感情，只有性。"

"你放心，我不会怪你，之前你并不知道他有女朋友吧？那些女人也不知道。"

"不过你不要有什么非分之想，我们快结婚了，新房装修好了之后，我俩就去领证。"

对面的女人，像被人扔在岸上的一条鱼，呼吸艰难，只能拼命挣扎，嘴唇徒劳地一张一合，她心里非常清楚，即便自己说得天花乱坠，也改变不了男友是个浑蛋的事实。

可她说服不了自己离开，那个情欲旺盛的男人，就像是她身体的一部分，她没法将他从自己的身上撕裂，那种痛苦她承受不了。

从头至尾，朱亭亭一句话都没有说，因为眼前这个女人显然比她更可悲，她只是被渣男骗了一次，而这个女人却心甘情愿地被骗一辈子。

朱亭亭一腔怨愤无处发泄，从星巴克出来，她直接钻进旁边的一家小烧烤店，她要化悲痛为食欲。

"服务员！"她找了个位置坐下，刚想点几十串烤肉，突然想起这种小店客流量巨多，肉串不一定烤透，这一顿吃下去很可能体内就多了成百上千只寄生虫卵。

那些恶心的东西简直无孔不入，心肝脾肺肠……就连胆囊那么丁点大的器官也不放过。

这时，一位服务员已经走过来了："请问您要点餐吗？"

"嗯……我要一串烤馒头、三串鹌鹑蛋、十串油豆皮和一盘烤蘑菇。"

"好，请稍等。"服务员脸上的笑容收敛，心里还腹诽，这是尼姑下山了吧？要的都是什么呀！

"再给我拿几瓶啤酒。"

女服务员用怪异的眼神看了朱亭亭一眼，然后冲里面大声喊道："给这桌上啤酒！"

朱亭亭喝到第四瓶的时候，轻声啜泣起来，她觉得既丢脸又窝火，当初梁筱晞劝自己，她非但不听，还怨人家多管闲事，现在想想，筱晞说得句句都对，她颤抖着手拿起电话，拨了那个号码，才响了两声就通了，她含混不清地说："筱晞，就在刚才，我给自己起了个绰号，想知道是什么吗？哈哈……渣男收割机。"

"亭亭，你喝酒了？你在哪里？"梁筱晞焦急地问。

"我在……"朱亭亭眯着眼环顾一周，毫无头绪地挠着头，嚷嚷道，"这是哪儿啊？这到底是哪儿啊？"

这时，一个传菜的服务员恰好经过，回答她："××烧烤店。"

"××烧烤店，是吧？"电话那边的梁筱晞听见了，对着话筒说，"你别喝了，我马上过去。"

梁筱晞打车到了烧烤店，朱亭亭已经给自己灌下去五瓶啤酒，看着满桌杯盘狼藉，梁筱晞怒其不争地斥道："你疯了！不就一个男人嘛，你犯得着为他这么折磨自己？"

"我不是折磨自己，而是惩罚自己！"朱亭亭目光呆滞地望着天花板，苦笑一下，"筱晞，你说得对，我就是一个把自己贱卖了，还对买主感恩戴德的傻子！"

"亭亭，你有点儿骨气好不好？"

"我今年三十了，真害怕会孤单一辈子。于欣妍你知道吗？她跟夏一鸣离婚了。欣妍多漂亮啊，工作也稳定。可前一阵子，有人把她介绍给一个二婚带小孩的矮胖大叔，那个男的比她大七岁，竟然还嫌她太老！"

朱亭亭又喝了一口酒，继续说："现在不管多大岁数的男人，年轻的、年老的、离异几次的、行将就木的，都想找二十几岁的姑娘。"

梁筱晞一把夺下她手中的酒瓶，苦口婆心地劝道："亭亭，别太悲观了，地球的人口都突破70亿了，男人又不是什么濒临灭绝的奇珍异兽，你现在没遇上合适的，只是缘分未到。"

"以前我也像你这么想，可当我眼看着曾经对男人挑三拣四的于姐怎样被一个条件一般还拖家带口的老男人拒绝时，我就改变想法了。没错，这世上是不缺男人，但条件相当的太少了，我总不能在大街上随便找个三无产品就把自己给嫁了吧？这次，好不容易遇着个条件相当又能互相看对眼的，谁知道却是个极品渣男！筱晞，你说为什么坏人都让我给碰上了？"

梁筱晞叹了口气，她不知道该说什么，所有的语言在这种时刻都是苍白无力的。

"算了，回家吧，不说了。"朱亭亭有些头晕，她搂着筱晞的胳膊，摇摇晃晃地站起来，冲柜台摆摆手："服务员，结账！"

周五下午，心内科门诊。送走了最后一个患者之后，黄涛靠着椅背闭上了眼睛。

这时，诊室的门开了，一个声音传进黄涛的耳朵："大夫，我一看见某个人就心跳加快血压升高，还特想冲上去，朝他脸上扇大耳刮子，你说，这是心病吧？"

这患者的病情挺有意思，黄涛睁开眼，结果就看见朱亭亭虎视眈眈地坐在自己对面，吓得他差点儿从椅子上摔下去："你、你怎么来了？"

"我来看看你呀，自从你上次离开我家，就再也没跟我联系。我来看看你是不是还活着？"

"瞧你这话说的，我当然活着了，最近科里太忙，我本打算今天晚上就跟你联系。"黄涛牵强地解释。

"哟，这么说是我太着急了？再等几个小时，你就能恢复记忆，想起我了？"朱亭亭冷笑道。

"什么叫恢复记忆，我也没失忆啊。"黄涛站起来，绕过桌子走到朱亭亭面前，弯腰在她的脸上亲了一口，"宝贝，别生气了。"

朱亭亭厌恶地别过头，推开他的身子："黄涛，我问你一个问题，请你如实回答我，行吗？"

黄涛有点心虚，但还是佯装镇定地说："行，你问吧。"

"你到底有多少个'宝贝'？"

"这话什么意思？"

"好，你听不懂，我就换一种问法，你有多少个女朋友？"

"就你一个啊。"因为经常周旋于各种女人之间，黄涛说谎就像吃饭睡觉一样习以为常，脸不红心不跳，有的时候编出来的谎话连自己都要信了。

"市医院那个女人是你什么？红颜知己？地下情人？还是性伴侣？"朱亭亭颤声问道。

面对她的质问，黄涛并没有表现得太慌张，他已不止一次经历这种场面了。他知道，男人在这种时候，一定得表现出痛苦和悔恨，要是能再佐以几滴眼泪，就更完美了。

黄涛颓然坐回到椅子上，耷拉着脑袋，双手撑着头，语调悲伤地说："我跟她是同学，那时候太年轻，稀里糊涂就处上了，之后我才发现，我们根本不合适，但我不忍心伤害她，所以一直没提分手。"

"那你觉得咱俩合适吗？"

"亭亭，请你相信我。你是个聪明女孩，应该明白感情这种东西，特别不好控制。"

"比急性尿失禁患者的膀胱还不好控制？"朱亭亭讽刺道。

黄涛尴尬地抬起头，嘴唇动了动："能别把我说得那么不堪吗？"

朱亭亭冷冷地瞥了他一眼，提高声调道："如果我没猜错的话，你在南津医院的地下情人也绝不止我一个吧？"

黄涛沉默了一会儿，诚恳地说："没错，我的确对医院里的一些女人有过好感，但你知道吗，亭亭，我最爱的是你啊！"

"最爱？"朱亭亭嗤笑一声，像看怪物似的盯着他，"见过不要脸的，没见过你这么不要脸的！还最爱？黄涛，你以为南津医院是你的后宫吗？"

"我知道现在说什么都没用，你要还是生我的气，就骂我几句、打我几下，只要你能解气，让我做什么都行！"

"我不想骂你，更不想打你。你说让你做什么都行？好，我只想让你跟那个女人分手。"朱亭亭抱着肩膀，等着他的回答。

黄涛皱起眉头，缓缓开口道："我跟她在一起很多年了，她对我一直不错，如果突然分手，我怕她会接受不了。请你给我点儿时间，我得找合适的时机，慢慢渗透这个事情。"

"果不其然！所以从你跟我在一起的第一天，就打算脚踩两只船了吧？我知道，你舍不得离开她，并不是因为你有多爱她，而是因为只有这个女人，能任你为所欲为，对你睁一只眼闭一只眼。"

"……"

"你放心，我今天不是来逼你分手的，我是想看看你这个人到底有多无耻多下贱！我是想告诉你，黄涛，你就是个彻头彻尾的浑蛋！"

朱亭亭说出最后一句话，心里终于舒服了一些。

〔5〕

上次见面之后，蔡忠良又约过梁筱晞几次，都被她婉言拒绝了，而且理由十分牵强。不是想不出更好的借口，而是她觉得借口越拙劣，对方才越能明白她的心意。

不过自从那天晚上，两人有了牵手的亲密举动，这个姓蔡的好像变得大脑迟钝了。电话约不出来，他就直接跑到医院楼下蹲点。等了俩小时，终于见梁筱晞从大门口走出来，蔡忠良立刻迎了上去，笑着问道："下班啦？今天还挺早呀！"

梁筱晞一愣："你怎么来了？"

"我下午给你发过信息，估计你太忙了，没空看手机。"蔡忠良说。

梁筱晞不说话，闷声往前走，她是故意没回，因为实在想不出什么理由再次拒绝他。

蔡忠良跟上去，不识趣地问："晚上去哪儿吃？"

梁筱晞本想回答不准备吃了，可念头一转，又觉得应该跟他把话讲清楚，于是说："去吃日本料理吧，今晚我请你。"

两人进了医院旁边那家日料店，没有像平常一样坐外面的散台，梁筱晞问服务员："还有包间吗？"

"两位这边请。"服务员把他们带到里面的一个包间，说是包间，只是空间相对独立，其实上面都是打通的，门也是半敞的布帘，看不见上身而已，不私密也不隔音。

菜上齐之后，梁筱晞没吃几口就放下了，斟酌着开口道："蔡哥，我科里最近挺忙的，我自己还有两篇论文要写，咱们以后就别约出来吃饭了。"

"行啊，那就去你家吧，我亲自下厨给你做。真是巧了，前几天刚有位美食作家送我一本书，上面有几十种菜样……"

看来一切误会都是由那天晚上引起的，梁筱晞有些生气，他凭什么觉得自己有资格介入别人的生活？虽然那晚他们什么也没做，可是，仿佛就在那一夜之间，他的身份已经不一样了。

"蔡哥，你可能是误会了，那天晚上，我请你上楼没别的意思。小区里有个保安经常骚扰我，我骗他说有男朋友了，那天你送我回家，他一直在远处盯着我俩，所以我才请你上去坐坐。"梁筱晞说完，发现蔡忠良的表情明显黯淡下来，她连忙道歉，"对不起，都是我不好，做了让你误会的事情。"

"没事，怪我自己自作多情了。"蔡忠良站起身来，勉强地笑笑，"你放心，以后我不会再打扰你了。"

梁筱晞望着他离去的背影，总算如释重负，还没来得及整理好情绪，布帘再次被人掀开，抬头一看，竟是陈永。

"舍不得就去追啊！"陈永面带嘲讽，淡淡地瞥了她一眼，坐在蔡忠良刚才的位置上。

梁筱晞的心乱跳了几下，她伸手捋了捋头发，强迫自己冷静下来，开口问道："你怎么在这儿？"

"所以，你的男朋友根本不是这个新闻记者，你为什么要骗我？不会是我们医院的吧？"说到这儿，他好像有点明白了，可就算是医院的，也没必要骗人吧，除非是他认识的，不方便让他知道。陈永神色微变，蹙眉又道，"让我想想，前一阵子你跟黄涛走得挺近，难道是他？以前我怎么没看出来，你感情生活真够乱的呀！"

"你别瞎猜了，我根本没有男朋友。"梁筱晞不打自招了。

陈永半信半疑："这么说，你那天跟我说的全是谎话？为什么这么做？"

"你刚才一直在偷听我们说话？"梁筱晞反问。

"我就坐在隔壁，不用偷听。"言外之意，他是光明磊落地听，"你别转移话题，回答我。"

梁筱晞微微有些慌神，不知道该怎么回答，总不能告诉他一个叫郭志军的患者教会自己爱要放手吧。沉吟片刻，她干脆扬起下巴，倒打一耙："我有没有男朋友关你什么事？我说我没有，咱俩就能重新开始吗？"

陈永被她玩世不恭的样子激怒，紧盯着她的眼睛，厉声问道："你凭什么觉得你回头我就能重新接受你？你觉得我像是那种被人召之即来挥之即去的男人吗？"

"我觉得你像是那种把人召之即来挥之即去的男人。"梁筱晞一脸认真地说。

陈永目光灼灼："那我能对你召之即来挥之即去吗？"

梁筱晞被他炙热的眼神吓了一跳，身子也下意识地往后一缩，贴着墙皮站起来，语无伦次地道："那、那个……太晚了，我要回家了。"

陈永把脸一沉，跟着她站起来："我送你！"

"不用麻烦……"

话没说完，被陈永不耐烦地打断："闭嘴！"

然后他掀起门帘，迈开大步走向门口的收银台，掏出钱包："结账，105和106一起。"

"等等，我……"梁筱晞见他要替自己算账，急忙冲上去，却撞上他瞥过来的目光，凛冽而锐利，这次他没让她闭嘴，她却在他强大气场的压迫下，主动闭上了嘴。

两人一路无话。车快到小区的时候，梁筱晞突然开口道："那天，我看见何翠芬了。"

听见这个名字，陈永的身形一顿，脸上的表情却没什么变化。

梁筱晞望着车窗外夜色笼罩的街道，继续说："对不起，是我错怪你了，是我做事太冲动，还不给你机会解释。"

"我没打算跟你解释。"陈永说的是真话，三年前，她提出分手之后，他给她打过电话，也发过信息，却压根没想为自己解释。

他没想到梁筱晞真能那么绝情，电话打不通，短信也石沉大海。从新疆回来，他以为过了这么长时间，她总该消气了吧，就去ICU找她，没想到碰见了姜柏洲。

"她已经办完手续，去读博了。"姜柏洲说。

"怎么这么早？不是9月份才开学吗？"

"8月末啊，而且还得提前过去熟悉一下环境吧。"讲到这儿，姜柏洲突然把嘴一捂，诧异道，"您不会还不知道她去哪儿念书了吧？"

"不是南津医科大吗？"

"天哪，她没告诉你？隋州，P大医学院。"

听见这个名字，陈永的脑袋嗡嗡直响，这一刻，他是真生气了。

"我没打算跟你解释。"陈永冷淡地说，这股憋了三年的闷气，今天终于有处发泄了。

"对，你没义务向我解释，都是我的责任，我应该调查清楚再去问你。"梁筱晞内疚地低声说，再次诚恳地道歉，"对不起！"

"你后悔了？"陈永把车停下，转头看向她。

梁筱晞怔了一下，脱口而出道："后悔什么？"问完却马上明白了他的意思，她不自然地把脸转向窗外，支支吾吾地说，"我就在这儿下吧，走几步就到了。"

这次，陈永没给她喘息的机会，拽住她的胳膊，一字一顿地说："后悔分手！"

他的脸被过路的车灯照得忽明忽暗，辨不清表情。梁筱晞没有回答，其实，她早就后悔了，但她害怕，害怕说出实话后，他会无动于衷，会嘲笑鄙夷。两人就这样僵持了一会儿，终于，陈永松开手："你走吧。"见她没动，他又提高声调："下车！"

〔6〕

"唧唧复唧唧，木兰当户织。不闻机杼声，惟闻女叹息……"18床的单人病房里，患者家属举着手机，端在老太太面前。手机的视频中，一个七八岁的小女孩正在背诗。

"妈，你听听，你外孙女都会背《木兰诗》了。"老太太的女儿说。

"嗯，背得好啊。"老太太坐在床上点点头，嘴角浮现出一丝优雅的笑容。

两天前，18床肿瘤手术之后转入ICU观察，现在情况基本稳定，明天就可以转回普通病房。

家属探视结束后，老太太对管床护士杨蓉说："这首诗，我小的时候也背过，时间过得真快，一晃五六十年过去了。"

老太太念过大学，退休前在一家研究所工作，是他们那个年代少有的女工程师。

"啊！您也背过呀？"杨蓉惊讶地道，"我也背过，但我记性差，小时候为背课文没少挨骂。那时候总盼着快点长大，长大了就不用为学习吃苦受累了。结果长大之后才发现，学习吃的那点苦受的那点累根本不算什么。"

老太太叹了口气："是啊，小时候盼着快点长大，长大之后有了孩子，又盼着孩子快点长大，孩子长大了，又盼着他们快点结婚生子……人这一辈子啊，就这么一天盼着一天地过去了。"

"可不是嘛，有时候都不敢仔细去想，一眨眼，我都工作15年了，当初参加工作的场景还历历在目，就好像是昨天发生的事情。"杨蓉感慨道。

"丫头，你还年轻，人生还有盼头，我这老太太可没什么再盼的喽，再盼就盼死了。"

"您可别这么说，您现在儿孙满堂，子女又孝顺，多让人羡慕啊！"

老太太笑着摇摇头："我虽然老了，但思想还不算落后。孩子们有自己的人生，跟我这个老太太没什么关系。唉，人这一辈子，匆匆忙忙的，不知到底为了什么？"

"为了活着呗。"杨蓉不假思索地说。

"如果单单是为了活着，那和虫豸蚂蚁有什么区别？"

"那您说是为了什么？"杨蓉问。

"我也想不明白，以前有理想有目标，后来理想和目标渐渐实现了，却又觉得彷徨了。就像叔本华说的：生命就是一团欲望，欲望得不到满足便痛苦，得到满足便无聊。人生就在痛苦和无聊之间来回摇摆。年轻的时候，工作太忙，没时间想东想西，这一忙啊，就忙了大半辈子。转眼，孙子孙女都上学了，我的身体也一天不如一天。其实我不怕死，人生的酸甜苦辣我都尝过了，这样日复一日的生活我也过够了。"

"您不怕死？"杨蓉难以置信，在ICU，她见过太多因害怕死亡而浑身战栗的病人，而眼前这位，当她提到死亡，竟然如此坦然。

"死并不可怕，不死才可怕。你想一想，如果人生没有尽头，如果永远会有明天，如果你感到无聊透顶，却不能结束生命，那种感觉像不像被判了无期徒刑，永远看不到希望？"

老太太停顿片刻，继续说："就像让你玩一个游戏，你玩了成千上万遍，无数次通关无数次重新开始，你觉得烦了，腻了，恶心了，你想退出了，这时有人告诉你，这个游戏不能退出，你必须永远玩下去。"

"那确实挺可怕的。"

"所以丫头，你能不能帮我劝劝他们，别再给我治病了，不是经济的问题，是我不想这么痛苦地活着。活着本身就已经对我没什么吸引力了，而现在，我还要拖着病躯，忍受着浑身的疼痛，我不想这样活着。"老太太抓住杨蓉的手，恳求道。

"前天的手术已经为您切除了病灶，明天您就可以转到普通病房了。您别担心，如果预后良好，您还能活上很多年呢，说不定都能参加您孙子的婚礼。"她隐瞒了另一个结果，就是老太太的病情也有可能复发。

"丫头，你不明白，有的时候，死才是人生的希望。"老太太说完这句话，松开她的手，疲惫地闭上了眼睛。

第二天，送走18床之后，杨蓉问站在身旁的梅琳："梅主任，您说为什么有人会活够了呢？"

"如果活着只是吃饭、睡觉和工作，每天都在重复相同的事情，一点新鲜元素都没有，或许很多人都会觉得没什么意思吧。"梅琳说。

"可死了就什么都没有了，就彻底消失了，想想都吓人，比走夜路撞见凶杀案还吓人。"

"当然了，如果这件凶杀案发生在自己身上的，恐怕没人不害怕，只不过拿刀架着你脖子的不是歹徒，而是死神。"

"为什么那个老太太不怕呢？"杨蓉指了指18床的病房，尽管里面已经人去楼空。

梅琳没回答她的问题，而是反问道："若让你选择一种死法，你会选干脆利落的砍头，还是千刀万剐的凌迟？"

"当然是越痛快越好了。"

"那你就应该理解为什么有的病人宁愿去死，也不愿意接受治疗。我们身体健康，自然体会不到病人所承受的巨大痛苦。不说别的，你看那些癌症晚期患者，哪个不像被上了酷刑一样，活得痛不欲生？ICU病房里，多少患者的身体被切了不止一个口子，浑身插满管子，离开那些管子，人就活不下去。"梅琳的语气沉重，"这世间的痛苦绝不比快乐少，对某些人来说，死也是一种解脱。"

"我明白了，与其这么痛苦地活着，还不如死了。可若是享尽荣华富贵，看遍人世沧桑，死倒也值了。多少人受了一辈子苦，没过上一天好日子，却得了不治之症。"杨蓉叹气道，"唉，如果有来世，希望他们能过得好一点。"

"来世？但愿吧……并不是每个时代都像现在社会一样，没有战争，没有饥荒，物质丰富，国泰民安。如果真有转世，我们得庆幸这一世没有投生在战火纷飞的中东地区，没有投生在贫瘠的非洲沙漠，那里的人都不知道自己睡一觉之后能否再看见明天的太阳。"

杨蓉笑道："听您这么一说，我突然觉得自己的幸福指数还挺高的呢，虽然每天上班照顾病人下班伺候孩子，累得要命，但比起那些忍饥挨饿担惊受怕的难民，我至少还安稳地活着。"

"是啊，我们不甚如意的生活，估计在他们眼里都是神仙般的日子。所以，珍惜现在吧，幸福永远都是相对的，我们总是对现状诸多不满，总是觉得明天会更好，却不知我们用来期盼明天的今天，终将成为生命中一去不返的昨天。而人的欲望永无止境，'明天'，是永远都到达不了的那一天。"

第八章

ZHONG ZHENG JIAN HU SHI

〔1〕

谢冬芳要再婚了。他本来只想领个证，不想办婚礼。可江婵不同意，她说："老谢，为了跟你结婚，我婚也离了，脸也丢了，要是再这么名不正言不顺地跟你在一起了，连个正经仪式都没有，别人更得觉着我贱。直到现在，咱医院很多人都不知道你离婚了，以后咱俩一起上下班，岂不是让人看笑话。"

谢冬芳觉得江婵说得也有道理，就答应了。他们选好日子，订了酒店，毕竟是二婚，就没有发请帖，只是让朴常远帮忙发个通知。结果通知发了，发在了全院几百号医护人员的职工群里：

喜讯

妇科主任谢冬芳与江婵大夫喜结连理，于本周日上午

10:50分在盛世园林酒店举行结婚典礼，望各位同仁能在百

忙之中大驾光临，一起见证这幸福时刻。

谢冬芳看完，差点气吐血，他本想让朴大夫在科内通知一下，这回可好，搞得人尽皆知，就差没写个大字报贴在医院门口，让来来往往的患者也看看他谢冬芳要结婚了。他不敢想象梅琳看见这条消息会是什么感受。

梅琳当然看见了，最先映入她眼帘的是"喜讯"二字，再往下看，她不禁为谢冬芳感到脸红。毕竟是离异，又不是丧偶，前妻还在医院里，就这么大张旗鼓地昭告天下，是想让全院的人看她的笑话？这简直是对她赤裸裸的示威和挑衅！

这时，梁筱晞捏着一页纸敲门进来："主任，这是您要的会诊单。"

梅琳点头："放桌上吧。"

梁筱晞放下会诊单，刚想出去，只听梅主任问："筱晞，你这周日有安排吗？"

"没有。"梁筱晞摇摇头。

"陪我吃顿饭吧？"

"……"梁筱晞一头雾水。

"免费大餐，去吗？"梅琳问。

"免费的，当然去啦。"

"好，上午十点，我去接你。"

梅琳让梁筱晞陪自己参加婚礼，不是为了壮胆，也不为了造势，她只是不想一个人形单影只地出场，这种时候，她需要有个人陪伴在身边，哪怕是个女人。

周日，盛世园林酒店外面立着高大的彩虹门，上面写着"恭贺谢冬芳江婵新婚誌禧"，那抹大红刺痛了梅琳的眼睛，尤其是谢冬芳和江婵两个挨在一起的名字，让她看着分外别扭。

"主任，原来您是带我来参加婚宴呀！"直到这时，梁筱晞才恍然大悟，她窘迫地说，"可我没准备红包啊，这附近有银行吗？我去取点钱。"

"用不着红包，你跟他们又不熟随什么礼，今天你只管吃饭就行。"梅琳说。

餐厅门口帮忙收礼的是妇科护士长和朴常远，自从朴常远发完那条通知，谢冬芳好些天都没给他好脸色。不过江婵倒是对他这种做法很满意，反正她前夫又不在医院工作，通知发在群里，等于向全院所有人宣布，谢冬芳是她的了。

朴常远为了将功补过，主动承担了婚礼收账的任务。他和护士长几乎同时看见梅琳走过来，心里皆是一惊，尤其是护士长，她跟梅琳很熟，还去过谢家吃饭。谁都没想到梅琳能来，见了她，就跟见鬼了似的。

"梅主任，你、你也来了……"护士长言辞闪烁地说，好像自己做了什么对不起她的事情。

梅琳倒是十分坦然，笑着说："我就不写账了，我给他俩准备了一份厚礼。"

说着从包里掏出一把扇子，递了上去："这是印度老山檀的手绘扇，名家绘制，特别珍贵，麻烦帮我转交给他们。"

护士长小心翼翼地接过扇子，心想这女人可真大度啊，前夫再婚还送这么贵重的礼物。她抚弄着装扇子的镂空木盒，望着梅琳走远的背影，猛然清醒过来："不对啊，扇、散……这是在咒他们早点散伙啊！"

梅琳找了个空桌，和梁筱晞坐下来。环顾四周，除了妇科的同事，还有各科主任，陈永也在那边，连何院长都来了。何院长跟梅琳、谢冬芳是大学同学，梅琳看见他，把脸一沉，这个老何，总是这么立场模糊。

很快，梅琳这桌也坐满了，全是女方的亲朋好友，她一个不认识。来参加婚礼的医院同事，大概都觉得自己是"罪犯同谋"，即使没那么夸张，出席婚礼不也代表了支持的态度？所以不管是出于同情心虚还是什么其他原因，总之他们对梅琳躲之唯恐不及，尽管都等着看好戏，又不敢凑近了看，就像胆小鬼看恐怖片似的。

过了一会儿，结婚典礼开始了，主持人在台上声情并茂地背诵着台词："爱是在只有你我的二人世界缔造传说……爱是站在幸福的顶点忘却世界的荒芜，爱是繁华落尽的良宵有你陪我共度……"这是英国诗人艾德里安·亨利的一首情诗。

每当他提到"新人"二字，梅琳的心里都禁不住冷笑。新人再新，也早晚逃不过变成旧人的命运。江婵是梅琳出国那年调到南津医院的，比谢冬芳小三岁。老谢在妇科干了那么多年，一直作风端正，没想到遇上江婵之后，竟然晚节不保了。

当台上主持人讲到两人的相识经过时，梅琳这桌的两个宾客开始窃窃私语，其中一个说："听说男方的前妻也是他们医院的，业务水平挺高，还是科主任呢。"

"所以女人不能太强了，男人招架不住。"另一个附和。

典礼结束后，新郎新娘端着杯子挨桌敬酒，到了何院长那桌，谢冬芳多喝了几杯，江婵眼尖，先看见了梅琳，不等谢冬芳喝完，便春风满面地独自走来，带着胜利者的微笑，热情地打招呼："梅姐来了？"

梅琳站起来，皮笑肉不笑地说："别管我叫姐，你看着也不比我年轻啊，要学封建社会先来后到的那一套，就更没必要了，古代社会都是男休女，可没有女休男。"

江婵的脸上有点挂不住，还强迫着自己保持微笑："行，梅主任，那我就多谢你成全了，还大老远赶来祝福我俩。"

梅琳端起酒杯，却一口没喝："祝福谈不上，我就想来看看是什么样的女人让老谢一失足成千古恨，你叫江……江婵？是吧？我开始还以为是中药里的僵蚕呢。"

"还有这种中药啊？"旁边不知是哪个没眼色的接茬儿道。

"是啊，蚕的幼虫吐丝之前感染了白僵菌，尸体僵化，就变成僵蚕了。"梅琳答完，转头问江婵，"话说回来，你怎么不叫僵尸呢？"

看着江婵越来越难看的脸色，梅琳扑哧一笑："别误会啊，我说的是诗歌的诗，诗情画意的诗，江诗，多好听、多浪漫、多文雅啊……"

这时，谢冬芳从另一桌敬完酒过来，他看见梅琳明显一愣，脱口而出道："你怎么来了？"离婚之后，他去找过梅琳几次，求她跟自己复合，但每次都是热脸贴了冷屁股。

"中午没地方吃饭，过来蹭口饭。不过说实话，伙食真不怎么样。老谢，不是我说你，你真是越活越回去了，当初咱俩结婚的时候，可是在全阜江最好的饭店摆的喜宴。"说了这么多，梅琳觉得自己的气也出得差不多了，羞辱他们的目的也达到了，该撂下酒杯做个完美的收尾了，"我今天来呢，也不是白吃白喝的，我还给你们带了礼物，回头记得打开看看。"

梅琳话音刚落，手机响了起来。谢冬芳趁机拽着江婵灰溜溜地走了。梅琳挂断电话，对筱晞说："急诊送进来一个脑出血、高血压危象的病人，我得马上过去看看。"

"我跟您一起吧？"梁筱晞也站起来。

"不用，科里几名值班大夫都在，我一个人回去就行。"梅琳说完，拎起包匆匆走了。

〔2〕

梅琳前脚刚走，她的位置上就坐上了一个人，梁筱晞埋头吃饭，只看见桌子底下多了一双男人的鞋，不禁心想，婚礼都快结束了，这人怎么才来啊，不会是偷溜进来混吃混喝的吧？

想到这儿，她缓缓地把头抬起来，朝身旁看去……

"是你？"

"是我呀！"朴常远笑嘻嘻地问道，"怎么样？谢主任的结婚典礼办得还不错吧？"

"没看出有什么特别之处，不都这么办吗？"梁筱晞说。

朴常远凑到她耳边小声说："这你就不懂了，里面的学问可大了，他俩不都二婚嘛，头婚和二婚的流程不一样……"

梁筱晞正听得专注，突然有人拍她肩膀，她转头一看，陈永站在身后，表情不悦："吃完了吧？吃完就赶紧撤，这又不是茶话会，交头接耳地嘀咕什么！"

梁筱晞根本没吃几口东西，却还是站了起来，对朴常远说："朴大夫，那我先走了，你慢慢吃啊。"

两人一前一后走出酒店，陈永的步伐太快，梁筱晞穿着高跟鞋，在后面跟得气喘吁吁，忍不住喊道："哎，慢点，你等等我。"

陈永止住脚步，回头："我说要送你了吗？"

"你不送我叫我出来干吗？一会儿我跟他们一起走，说不定还能搭个顺风车呢。"梁筱晞说完，转身就要往回走。

"站住！"陈永叫住她，一脸不耐烦地道，"走吧。"

如愿以偿地坐上了车，越野车正缓缓地离开停车场，梁筱晞轻车熟路地把副驾驶座椅下调了一点，还将背后的靠垫往上挪了挪，摆了个舒服的姿势，闭上眼睛说："睡一会儿啊，到地方叫我。"

陈永一踩刹车，板着脸问："你当我是什么？你的专职司机？公车售票员？还是蹬三轮车的？"

"我昨晚值夜班，一晚上没合眼，您行行好，让我睡一会儿成吗？"梁筱晞睁开眼，可怜巴巴地望着他。

陈永拿她没办法，面无表情地别过脸，直视前方继续开车。中途，他接了一个电话，把梁筱晞吵醒了，等她从迷迷糊糊之中彻底清醒，发现他正往相反的方向调转车头。

　　"你怎么掉头了？是不是又想把我拉进哪个深山老林里？"梁筱晞揉了揉眼睛，警惕地问道。

　　"把你拉深山老林里干吗？先奸后杀？"陈永冷冷地进出一句。

　　梁筱晞身上一哆嗦，咽了口吐沫："你不会是隐藏在民间的变态杀人狂吧？"

　　陈永放慢车速，转头阴险地看她一眼，声音低沉："没错，我是变态杀人狂，已经作案多起了，你现在后悔上我的车了吧？"

　　"你别吓唬人啊！"梁筱晞下意识地抓住他握着方向盘的手，同时两人皆是一愣，等她反应过来，连忙触电似的松开。

　　之后，车内便是一阵异常的安静，谁都不说话了。梁筱晞脸颊发烫地望着窗外，恨不得打开车门跳下去。她自己都想不明白为什么会做出如此娴熟的动作，甚至把刚才发生的一切都归结于没睡清醒造成的思维紊乱，直到陈永开口打破沉默："还记得这条路吗？"

　　"呃……"梁筱晞奋力想了半天，终于还是摇了摇头。

　　"你来过一次，去我姨妈家的路。"陈永的语气一如平常，好像并没把刚才的事情放在心上。

　　"我们现在……去你姨妈家？"

　　"嗯，她打电话说拎水的时候不小心把脚崴了，我得过去看看。"两人说话间，就到了地方。

　　午后的阳光有些刺眼，路上的行人稀少，知了在树上拼命地叫。这片隐藏在闹市中的老房区安静得就像与世隔绝的桃源。推开小院的铁门，梁筱晞一眼便看见陈永的姨妈坐在屋外的台阶上，几年不见，她的样子没怎么变，只是皱纹多了几条，白发多了几根。

"哎呀，这不是筱晞吗？"姨妈扶着墙根颤巍巍地想站起来，陈永赶紧跑过去扶住她。

"姨妈，您还记得我？"梁筱晞的脸微微泛红，作为陈永的前女友再次出现在他的亲属面前，她多少有些尴尬。

"瞧你说的，我就算再老糊涂，小永的女朋友哪能不记得？他说你出国读书了，前一阵子我还打听你什么时候能回国呢。"

梁筱晞瞥了一眼陈永，后者一副若无其事的样子，好像姨妈说的事情压根和他无关。

她只好无奈地说："姨妈，您快坐下来，我们给您看看脚伤。"

姨妈的脚是韧带拉伤，没伤到骨头，陈永给老太太做了处理之后，跟她说："这几天您得好好养着，不能下地干活了，一会儿我去医院给您找个靠谱的护工，照料您这阵子的饮食起居。"

说完，陈永又看向梁筱晞："走吧。"

"啊，你们这就走啦？"姨妈想站起来送送，却被陈永摁住："您别动了，我先送她回家，然后去趟医院，还会回来的。"

"要不你直接去医院请护工吧，我在这儿照顾姨妈。"梁筱晞对陈永说。

陈永摇头："你昨晚不是值班吗？早点回去歇着吧，看你这状态，不让人照顾就不错了，还想照顾别人？再说你家跟医院顺路，我先送你回家，再到医院，不耽误时间。"

走出姨妈家的院子，梁筱晞问陈永："为什么不告诉姨妈我们分手了？"

陈永看都不看她，理直气壮地道："你说分手，我同意了吗？"

梁筱晞止住脚步："你不同意？"

"对，我不同意，所以我们不算分手！"陈永也停下来，环抱着双臂，似笑非笑地望着她。

"没分手？那我们这些年算怎么回事儿？"当年她提出分手之后，陈永就消失得无影无踪，连个解释都没有。她为这段感情伤心过，绝望过，还流过不少眼泪，难道现在他轻描淡写的一句话就想让这些全都过去了？

她觉得眼前这人简直不可理喻，冷笑一声说："陈永，你太霸道了！凭什么你说不分就不分？就算夫妻分居到了两年法院也会判离婚的吧？"

"没错，夫妻分居两年会判离婚，但我可没听说哪条法律规定谈恋爱分开三年就判分手的。"陈永笑道。

"你这是强词夺理！"梁筱晞握紧拳头，颤声道，"好，那我现在宣布跟你正式分手，明天我就去相亲，等我有了男朋友，看你还怎么说！"

陈永一言不发地瞪着她，她从未见过他如此凶狠的眼神，如果目光能杀人，估计她现在早就死过一万次了。陈永胸中怒火焚烧，突然之间，他好像丧失了语言能力，半天才冲她吼出两个字："你敢！"

"我、我为什么不敢？"梁筱晞后退一步，底气不足地说，"前几天，还有人给我介绍一个生物学博士，我本来不打算跟他见面，现在我改主意了。"

不知为何，陈永一下就想到了ICU的护士长，梁筱晞所在的科室只有她特别喜欢帮人做媒。陈永脸上的怒气更盛，咬牙说道："梁筱晞，请你收回刚才的不当言论，不然你一定会后悔的！"

梁筱晞仰起脸，挑衅地看着他："说出去的话就是泼出去的水，哪有随便收回的道理？"

陈永沉默了半晌，再抬头时，嘴角带着意味不明的笑，他抬脚缓缓向她走了几步。梁筱晞被他逼退到了墙根，身体紧紧贴着水泥墙，已经无路可退，心里有些发慌："你、你想干吗？"

"提起介绍对象，我倒想起来了，三年前，你答应过我一件事，还记得吧？"陈永问。

"什么时候？"

"你求我当媒人，介绍急诊护士冉雨葭给姜柏洲……"

梁筱晞也想起来了，为了让陈永帮忙，她还说答应他一件事，不过他当时没想好，难道现在……

"说吧，让我干什么？你不会想趁机对我进行打击报复吧？"

"我一不让你做违法的事，二不让你做为难的事，怎么叫打击报复，你是不是想抵赖？做人得讲诚信，懂吗？"

"我没想抵赖！"梁筱晞提高声调，目光清澈地望着他，"你说吧，想让我做什么？只要我能办得到，肯定不抵赖！"

"要是抵赖呢？"

"谁赖谁是小狗。"

"很好，"陈永勾起唇角，不紧不慢地说，"明天上午九点，你请个假，带上户口本和身份证，在民政局门口等我。"

梁筱晞脸色泛白，结结巴巴地问："干、干吗啊？"

"跟我领结婚证。"

"啊？"梁筱晞曾在心里无数次幻想过被人求婚时的场景，轰动的、浪漫的、感人的、温馨的……就是没想过会是——被迫的。

"我不去！"她几乎立即拒绝。

"你刚才说什么来着，谁要赖谁是小狗。"陈永提醒她。

梁筱晞气得涨红了脸，怒视着他："你……你欺负人！让我这么稀里糊涂地就把婚结了？没有鲜花戒指巧克力，没有月光音乐求婚词，你拿着咱俩几年前的一个破约定，还是口头约定，就想让我嫁给你？你以为你是河童娶亲啊？"

陈永笑了："你可真行，河童长得那么吓人，你也能往我身上联想，敢情在你眼里，我就是个怪物啊？再说我只听过河伯娶妻，河童娶亲是怎么回事？梁大夫，你给我讲讲呗？"

见她双唇紧闭不吭声，他继续说："我觉得两个人结婚是为了在一起好好生活，不是演舞台剧给观众看的，你说那些鲜花戒指巧克力、月光音乐求婚词，都是不实际的外在，浪漫情调又不能当饭吃。"

他的话似乎有道理，梁筱晞无从反驳，只能硬着头皮说："可我现在一个人过得挺好，还没准备跟别人一起生活……"

陈永打断她："这不是征询你的意见，是让你履行承诺。"

"我要是不去呢？"她问。

"那以后就管你叫'毛毛'吧。"

〔3〕

周一，梁筱晞特意穿了一条新买的连衣裙，还化了淡妆。昨天，她想了整整一夜，终于想通了。假如一定要在这个世界上找个男人结婚，那她最希望这个人是陈永，既然如此，还纠结什么呢？尽管他求婚的过程有点草率和突然，但只要他是真心爱她的，这些形式都不重要。

可到了民政局门口，梁筱晞就后悔了。陈永没穿正装，身上的衣服还是昨天那套，一件再普通不过的休闲服，连胡子也没刮，形象比平时上班还要邋遢几分，与她形成了强烈的反差，这让梁筱晞觉得自己很不受重视。其实她并不知道，陈永昨天在医院没找到护工，只好匆匆回了一趟家，取了户口本和戒指，在姨妈家住了一晚。

"你怎么不直接穿白大褂过来呢？"梁筱晞气呼呼地问。

"穿白大褂结婚？好主意！"陈永竟然点了点头，"等回头咱俩办婚礼的时候，你就穿白大褂吧，正好跟婚纱一个色，连服装的费用都省了。"

"还弄什么婚礼啊，医院旁边找个饭店摆几桌，办个答谢宴算了。"

"好，都听你的！"

梁筱晞转身就走，她觉得自己真是脑子进水了，才同意跟这种人去领结婚证。

"你走错了，民政局在那边。"陈永拉住她，笑着说，"先别急，结婚戒指还没给你戴上呢。"

梁筱晞诧异："连戒指都买了？"

"不是买的，"陈永掏出一个绒布盒，递给她，"打开看看。"

不是买的！梁筱晞的心又是一沉，她打开盒子，里面是一枚镶着宝石的戒指，那宝石的颜色橙不橙，粉不粉，个头倒不小，但明显不是钻石。

"这是什么戒指？水晶？锆石？你怎么这么抠门？好歹也得买个带钻的吧？"梁筱晞一脸鄙夷地说。

"要不然怎么说你土呢？这是我父亲最珍贵的私藏品——帕德玛刚玉，产量稀少，非常罕有。这种成色的帕德玛刚玉全世界只有斯里兰卡一个产地，被当地人称为'帝王蓝宝石'，市面上的珠宝店里根本见不到。"

听陈永这一说，梁筱晞又拿起戒指认真地看了看，眼珠子都要贴上去了："这么珍贵稀有的东西怎么落在你手里了？不会是假的吧？"

"这个你放心，这枚宝石戒面有国际权威机构的鉴定证书，纯天然没有经过热处理的帕德玛刚玉能达到这个色泽和透度，绝对称得上极品。我父亲收藏了许多年，后来把它镶成戒指，送给我结婚用。"陈永耐着性子解释道。

梁筱晞自己把戒指戴在无名指上，又举着手欣赏了半天，终于心情愉悦地说："走，领证去吧！"

从民政局出来，回医院的一路上，梁筱晞的眼睛都离不开手上那枚戒指。陈永握着方向盘，沉下脸来："自从你戴上这戒指就没正眼瞅过我一下，你是跟我结婚还是跟戒指结婚？"

梁筱晞没理会他的不满，头也不抬地问："这个宝石叫什么来着？你再说一遍。"

"帕德玛刚玉，你要觉得这名字难记，它还有一个名字：帕帕拉恰。"

"哦，帕帕拉恰……"梁筱晞抬起手，将戒指举在阳光下面，把眼睛凑近了仔细看，"它里面的颜色好像有一点点不均匀。"

"橙粉相融、颜色渐变是帕帕拉恰的一个特点。确切地说，纯粹的粉色和橙色都不能称为帕帕拉恰，它的理想色调是介于橙色和粉色之间，最好是各占50%。"

"嗯，这颗的颜色刚刚好，个头也不算小，能有几克拉？"

"鉴定证书上标注的质量是3.04ct，不过宝石不光看大小，还要看颜色、透度，有很多色泽鲜艳的红宝石和蓝宝石都是经过加热处理的，简而言之，就是烧过的，而且很难检测出来。"

梁筱晞终于把目光从无名指上移开，抬头问道："这枚戒指也不会比珠宝店里的钻戒便宜太多吧？"

陈永淡淡地瞥她一眼，面无表情地说："嗯，不算便宜，相当于把一辆中档轿车戴手上了。"

"啊！"梁筱晞伸手要摘戒指，却被陈永摁住："别摘，戴着！"

"不行，这么贵的东西弄丢了怎么办。再说我每天洗那么多遍手，戴戒指很不方便，你看哪个ICU医生戴着戒指？"梁筱晞小心翼翼地把戒指摘下来，放回到盒子里。

陈永笑了一下，由她去了。

回到医院，梁筱晞刚迈进ICU大门，就被几个同事围住了：

"筱晞，恭喜啊！"

"准备什么时候办婚礼？"

"告别单身的感觉怎么样？"

"……"

梁筱晞呆愣地看着他们，半天才问："你们是怎么知道的？"

这时，姜柏洲走过来，埋怨她："筱晞，这就是你的不对了，结婚这么大的事情都不告诉我们，你还打算隐婚啊？"

护士长也说："今天一大早，陈主任就在ICU门口把我拦住了，塞给我一包糖，告诉我是喜糖，说你们马上就要结婚了，让我以后别再给你介绍对象了。"

"这人……怎么这么小心眼啊。"梁筱晞低声嘟囔道。

这时，梅主任从办公室出来，拍手道："大家注意了，手术室马上送来一位病人，脑动脉瘤破裂，赶紧准备一下。"

患者是一位三十二岁的已婚男子，有七年吸烟史。昨晚，他和朋友去夜店喝酒，认识了一个漂亮女孩。离开酒吧之后，他带着女孩去宾馆开了房，两人正在发生关系的时候，他突然感到一阵剧烈头痛，然后身子一栽，便不省人事了。

酒精和情绪激动导致他的血压升高，颅内先天性动脉瘤破裂。女孩打了120，又联系到他的朋友，自己就从宾馆跑了。

脑动脉瘤的死亡率很高，第一次破裂死亡率可达30%，并且发生过一次之后，很容易再次破裂，而第二次的死亡率则成倍增加。患者被送进医院之后，连夜做了急诊手术，术后颅压过高，一直昏迷不醒。

"冲动的惩罚啊！"姜柏洲感叹。

"家属来了吗？"梁筱晞问道。

"早就来了，在外面揪着他朋友闹呢。女儿才刚出生，他就去那种地方乱搞，还险些丧命。"姜柏洲摇摇头，拉着梁筱晞道，"走吧，二病房还没查完呢。"

"等等，他叫什么？"梁筱晞一眼瞥见患者的床头卡，"关筌……"

"你还挺厉害，这个字这么生僻，我刚开始看见的时候都不认识。"姜柏洲老实说道。

"这个名字好熟悉。"梁筱晞揉了揉太阳穴，然后猛地一拍脑门，"我想起来了，原来是他！"

关筌转入ICU几天之后，又发生了急性大面积脑梗，脑水肿。梅主任跟他妻子谈了多次，劝她放弃无意义的治疗。可每次她都情绪激动地说："大夫，求你救救他吧，孩子刚出生，我又辞了工作，他死了，这个家可怎么办？"

一会儿，她又发疯似的咆哮："不行，就算他死，也得先跟我解释清楚，那天晚上，他说是去陪客户的！"

"关筌，你活该！你活该不得好死！"那个女人凄厉的笑声让人毛骨悚然，她哭了又笑，笑了又哭，像一个精神病人。

每当看见关筌的妻子，梁筱晞都有些后怕，如果当年朱亭亭没去美国，现在落得如此下场的人，会不会是她？

〔4〕

十一长假，梁筱晞买了两张机票，打算和陈永一起回她老家——洣市。她调休了一个夜班，把三号晚上的值班换成了一号，这样就能连休六天。陈永也跟人换了一个白班，但因为是科主任，负责整个科室，休假时间不宜太长，所以，他打算四号上午先回阜江。

二号早上，陈永左手拎着旅行包，右手拽着拉杆箱站在门口，朝客厅喊：“筱晞，你再不快点就赶不上飞机了。”

梁筱晞还在翻箱倒柜，嘴里嘀咕着：“奇怪，给我妈买的那条裙子怎么不见了？”

“我早就装进行李箱了，等你收拾，黄花菜都凉了。”

梁筱晞披上风衣，扣子都没系好，急急忙忙走到门口：“嗯，表现不错，继续坚持啊。”

两人等电梯的时候，陈永有点担心地问道：“筱晞，你说丈母娘要是对我不满意怎么办？”

梁筱晞一边系风衣一边警告他：“喂，你可不能乱叫啊！管我父母你得叫叔叔阿姨！千万别露馅了，说话注意点儿，要是让他们知道我都跟你领证了，非得宰了我不可。”

“好吧，叫叔叔阿姨。说正经的，他们要是对我不满意怎么办？”两人走进电梯，陈永按下一层按钮。

梁筱晞瞟他一眼，这人怎么突然变得絮叨起来，于是没耐心地道：“那咱们回来还得去一趟民政局。”

“干吗啊？”

“离婚呗。”她刚说完，头上就被重重地敲了一下。

“你把婚姻当儿戏啊？”陈永生气了，把脸扭到一旁。

“好啦好啦，我说错了。”梁筱晞扯了扯陈永的胳膊，哄着他说，“我爸妈要是真不喜欢你，我就跟他们坦白，说咱俩结婚了，生米已经煮成熟饭了，再怎么折腾，也变不成爆米花了。”

“你要真这么说，他们还不得恨死我啊，算了，你别操心了，我自己想办法吧。”

梁筱晞笑道：“放心好了，你这么优秀，他们不会不满意的。”

这时，电梯到了。陈永还是不放心，又问："对了，三年前你跟我分手，是怎么跟他们解释的？"

"我就说我要去隋州读博士，你接受不了异地恋，就分了。"

"你怎么能瞎说呢？！"

"不然怎么说？说你移情别恋，看上更年轻的进修医生了？"

陈永拉着箱子，气急败坏地走出单元门："这更是子虚乌有的事，都是你冤枉我！"

梁筱晞跟在后面，据理力争道："谁让你当时不跟我实话实说，你难道不知道吗？女人对这方面都比较敏感，再说张俪最后为什么没跟康平结婚，是不是因为你啊？"

"梁筱晞，你再给我造谣我不跟你回家了！"陈永把手里的旅行包往地上一扔，停在原地不走了。

"行行行，您别生气，就当我好管闲事瞎打听还不行吗？"梁筱晞弯腰把旅行包拾起来，又塞回陈永手里。

"他俩结不结婚真跟我没关系，听说是康平看上科里新来的护士了。"陈永郑重其事地解释道。

"那她回市医院之后，你们没再联系过吧？"梁筱晞试探着问。

"没联系。"陈永点点头，"不过前几天，我在咱医院看见张俪了，她现在不在市医院了，去干医药代表了。"

"她跟你说话了？"

"嗯，打了个招呼，给我一张名片。"

梁筱晞撇撇嘴，没吱声。

"你吃醋？"陈永眉开眼笑，脸上的表情堪称愉悦。

见他这么开心，梁筱晞更不愿意了："你高兴什么？"

"当然高兴了，你吃醋说明你在乎我啊。"

"有病！"梁筱晞走到路边，伸手拦了一辆车。

坐上出租车，梁筱晞接到了家里的电话，收线之后，她愁眉苦脸地跟陈永说："告诉你一个坏消息，舅舅和舅妈明天要到我家串门。"

"那好啊，正好都认识，不用介绍了。"

梁筱晞叹气："但是他俩对你的印象不太好，我舅妈喜欢黄涛。"

"为什么？我不比黄涛长得帅多了？"陈永半信半疑地问。

"谁让你那时候成天板个脸。"

陈永忍不住笑了："搞定他们还不容易，你就跟你舅说，他的心脏我包了！"

"讲话能不能别偷懒，什么叫他的心脏你包了？你是器官贩子呀？"梁筱晞抬头看了看陈永，有点内疚地说，"其实他们不喜欢你，也有我的责任，当时我跟舅妈说，咱俩关系不太好，所以她后来才非要给你送红包。"

陈永摸摸她的头，笑道："原来如此，谁让你胡说八道的。"

下飞机之后，他们又倒了一趟火车。因为列车延误，晚上十一点多，两人才风尘仆仆地回到家。

第二天，梁昱钧准备了满满一桌子菜招待"准女婿"，陈永也在厨房帮了不少忙。梁筱晞的母亲李萍平时上班太忙，自从结婚以来，就没给家里做过几顿饭菜，不过这也练就了梁爸爸的好厨艺。

等饭菜陆续摆上桌，三个人坐下来之后，李萍不好意思地说："小陈，让你见外了啊，筱晞从小被我们惯坏了，不会做什么家务。"

"呵呵，这不有你给孩子做榜样吗？"梁昱钧插嘴道，结果被李萍瞪了一眼，不敢吱声了。

"阿姨，没关系，还有我呢，再说她那个科室又忙又累，哪有精力干这些。"陈永善解人意地笑了笑。

李萍点点头，深有感触地说："还是同行之间能够互相理解，老实说，以前我不太想让筱晞找同行，医生的工作性质你也知道，哪有几个清闲的？成家之后，两人都忙，谁来照顾家？谁来管孩子？但最近发生了一件事，让我改变了想法。"

听见他们的对话，梁筱晞咬着苹果凑过来，好奇地问："什么事？竟然能让您转变观念？"

"我们科有个女同事，婆婆患了晚期肝癌，已经发生全身转移，身体也极度虚弱。咱们当医生的都明白，癌症到了这个阶段，基本没什么希望了，只能保守治疗，尽量减轻病人临终前的痛苦。所以我同事就跟她丈夫说'要不别治了'，她也是一番好意，想让婆婆走得更舒服一些，并不是怕治病花钱。但她丈夫理解不了，也听不进去解释，还为此大发雷霆，坚决要跟她离婚。"

"后来呢？离了吗？"梁筱晞问。

"闹了半个月，离了。"

"所以说你们西医啊，得了病就知道开刀手术放疗化疗，搞得病人元气大伤，杀敌一千自损八百，身体都垮了，一点抵抗力没有，还拿什么对抗疾病？"梁昱钧说。

李萍立刻反驳："你们中医好啊？中药喝久了不照样伤肝伤肾？很多绝症，最后还得靠西方医学，中医只能调调身体，搞搞养生。"

"你懂什么？中医的学问大着呢，再说养生保健有什么不好？这叫防患于未然，把疾病扼杀在萌芽状态，'圣人不治已病治未病'，等到得病再治就晚了。现在很多老百姓的观念就有问题，以为医生无所不能，进医院花了钱就得把病治好，所以医患关系才这么紧张。"

李萍还要反唇相讥，被梁筱晞打断："你俩能不能别吵了，饭菜都凉了。"

"……"陈永一时也不知说什么才好，他终于明白为什么筱晞跟他吵架都不用换气，原来师父在这儿呢。

梁筱晞推推他的胳膊："别管他们，快吃饭啊，我们家的中西医之争都争了几十年了。"

这时，梁爸梁妈才反应过来还有客人在场，两人默契地对视一眼，换上一副笑脸："小陈，别客气啊，就当这里是自己家，多吃点菜。"

他们边吃边聊，开始气氛还算融洽，可到了最后，该来的还是来了。

"听筱晞说，她读博之前，你俩处过一段时间，但因为你接受不了异地恋，所以……"

梁昱钧捅了捅妻子，想让她别问了，李萍根本不搭理他，继续说："接受不了异地恋，这我能理解，可我有点不明白，后来你们怎么又在一起了呢？"

陈永额头冷汗直流，幸亏他在路上做了功课，不然此时肯定被丈母娘问得哑口无言。他放下筷子，笑着回答："其实……也不是接受不了异地恋，主要是P大医学院的博士学位比较难拿，至少要以第一作者的排位发表一篇影响因子5.0以上的SCI论文。读博期间，筱晞又要出国两年，我怕她被感情牵绊，影响了学业，不能在三年之内顺利毕业，所以才暂时跟她分开。"

然后他顿了顿，又说了关键的一句话："这三年，我一直是单身。"

梁昱钧瞪了妻子一眼，转移话题道："听筱晞说，你已经是主任医师了，真是年轻有为啊！"

李萍是四十多岁才评上正高，梁昱钧直到现在还是副高职称，所以他说这句话，是真心夸赞。

"我们医院有比他还年轻就评上正高的呢，36岁，留美博后……"梁筱晞还没说完，被陈永在桌子底下捏了一下手，她吐了吐舌头，赶紧夹了一块芋头堵住了自己的嘴。

这时，门铃响了，李萍起身去开门："可能是兆富他们来了。"

陈永刚消去的冷汗又冒出来，果然，舅妈一进门，便大惊小怪地喊道："哎呀，这不是陈大夫吗？你怎么在这儿？"

"这是筱晞的男朋友，你们认识？"李萍惊讶地道。

"姐，你不知道，你弟弟的心脏支架就是陈大夫给装的。"舅妈捂着嘴凑到舅舅耳边，自以为小声地说，"怪不得没要红包，惦记的是咱们的人呢。"

梁筱晞涨红了脸，替陈永反驳道："舅妈你瞎说什么，人家从来不收红包。"

舅妈讪笑，拍手道："呵呵，这就叫什么来着，不打不相识。"

梁昱钧怕她再说出什么不中听的话来，赶紧说："筱晞啊，你去书房搬一把椅子过来。"

陈永马上领会了他的意思，拉着筱晞的手："走，我帮你。"

进了书房，梁筱晞有点尴尬地说："你别介意啊，我舅妈就那样。"

陈永笑着摇摇头："干咱们这行，什么样的人没见过，你舅妈已经算挺正常了。"

"你不生气就好。"梁筱晞踮起脚尖，从书架上抽出一本书，递给陈永，"给你明天在飞机上看。"

陈永接过来，一看封皮，竟然是本菜谱，欣然笑纳："好。"

〔5〕

长假结束后的第一个夜班，如往常一样紧张忙碌。挂钟的时针已走过十一点，梁筱晞还在办公室对着电脑写病志，手下的键盘噼啪作响。当敲完最后一个字，屋里的噪音戛然而止，她便隐隐约约听见外面传来的呼唤声。循着声音来到走廊，这才听得真切一些："崔洋，回来吧，崔洋，快回来吧……"

"大半夜的，谁在外面喊呢？"梁筱晞问值班护士丁敏。

"7床患者的母亲，挺瘆人吧？"

"她怎么了？受刺激了？"类似这种情况，梁筱晞早就习以为常了，因独生子女身患绝症而精神崩溃的母亲，她见过的又何止一个。

"那倒没有，她儿子不是一直没醒过来嘛，她请了一个道士掐算，道士说孩子的魂被冤亲债主带走了，让她每天晚上喊一喊，把魂喊回来。"丁敏解释道。

"太荒唐了，就没人管管？"

"都拿她没办法，人家说了，如果不让喊，孩子没了，就是医院的责任。"丁敏轻轻叹气，"昨天护士长找她谈了，这已经算不错了，声音比以前小了许多，基本影响不到病房的患者。"

二线值班苑恒学也从值班室出来，皱眉问道："又喊上了？"

"嗯，您就当它是ICU的背景音乐吧。"丁敏开玩笑道。

"7床就是那个重症SLE（系统性红斑狼疮）患者吧？"梁筱晞问。

"是啊，他的情况不太好，肺部感染严重，血红蛋白和血小板持续下降。"苑恒学回答。

"还有希望吗？"

苑恒学摇了摇头，没有说话。三人一阵静默，丁敏开口道："其实也能理解，含辛茹苦地把孩子拉扯大，说没就没了，这种丧子之痛，一般人都承受不了。"

"死亡的残忍之处不仅在于它能夺去逝者的生命，还能一并带走生者的希望。"苑恒学语调沉重地说，"所以生死不由己，才是人生最无奈的事情。"

"看您平时胆子挺大的，不会也怕死吧？"丁敏调侃他。

"我不是怕死，是不敢死！像我这个岁数，上有老，下有小，全家的重担全在我一个人肩上，别说死，我连生病都不敢。"苑恒学没有半点夸张，最近他总是腹胀反酸，并伴有嗳气，一直想抽空去消化科检查一下，可是一忙起来，又拖了几个礼拜。

医院虽然年年体检，但胃镜不是体检项目，他本来就有慢性胃炎，所以也没太把这些症状当一回事。

回到值班室，苑恒学又觉得上腹有些隐隐作痛，他蜷着身子躺下来，想着睡着就感觉不到疼了。可事与愿违，躺下之后，疼痛却越来越剧烈。

苑恒学看了一眼时间，凌晨四点多。再坚持几个小时，下了夜班一定要到楼下做个检查，他这样想着，迷迷糊糊地睡着了，就在这样一次次被疼醒，一次次又入睡的情况下，他睡了一个支离破碎的觉。幸好这晚的病房很平静，一线值班医生就能应付过来。

第二天，苑恒学找消化内科的叶主任给自己做了检查，胃镜的情况并不乐观，叶主任取了活检，什么也没说，只让他回去等病理结果。苑恒学的心里七上八下，不过仍心存侥幸，自己才三十八岁，还比较年轻，平时又不抽烟不喝酒，应该没那么容易得绝症。

终于等到结果出来的那天，他又去了消化内科，叶主任却没有直接告知检查情况，只是委婉地问："能让你的家属来一趟吗？"

听见这句话，苑恒学的心不由自主地发抖，他也是一名医生，明白这句话背后的含义。不过，他还是佯装镇定，强笑着说："叶主任，有什么话您就直说吧，我家属的承受力还不如我呢，既然都已经做活检了，我就有心理准备。"

叶主任点点头，掏出一张化验报告递给他。

印戒细胞癌，看见这个名字，苑恒学眼前一黑，几乎晕倒在地。这是一种病程进展快、恶性程度高，并且预后很差的弥漫浸润性癌症，晚期的生存率非常低。

"发展到这个阶段，不建议手术了。"叶主任委婉地说，以他多年的临床经验，苑恒学的胃癌已到晚期，癌细胞呈浸润式生长，应该已有淋巴转移，即便做手术，也根本切不干净。不过，他还是让苑恒学先去做个全身检查，看看癌细胞有没有到处乱窜。

苑恒学木然地点点头，这一刻，他就像被法官当庭宣判死刑的罪犯，僵立在原地，满脑子只有一个念头：不，我不能死！

他的两个孩子，大的才七岁，小的还不到两周岁。妻子是国企的行政人员，一个月到手的工资不及他的三分之一。父母都是乡下种地的农民，没有医疗保险，没有退休金，还指望着他给养老送终呢。如果他死了，这一家老小可怎么办？

"叶主任。"苑恒学的喉头哽住了，半天才哑声说了一句话，"我还剩下多长时间？"

话一出口，苑恒学自己都觉得可笑，这个问题的答案，从来都是因人而异。不过他很清楚，印戒细胞癌，多数人都活不到三年，病情进展迅速的，可能都撑不到一年。因为他是医生，经历过太多的束手无策，所以很难相信奇迹发生。

在ICU的这些年，苑恒学几乎每天都在跟死神交锋，却从未认真思考过，如果有一天自己也要面对死亡，会是怎样的情形？

他从消化内科出来，回到重症监护室，再看病房里那些浑身插满管子的患者，竟对他们产生了深切的同情。此时此刻，在他的眼里，他们不再是贴着疾病标签的3床或5床，而是有着求生渴望，有着七情六欲，有着社会关系的活生生的人。他在想，自己人生的弥留之际，是否也会像他们一样，赤裸裸地躺在这里？

这突如其来的噩耗让他感到无所适从，他本以为自己还有大把的时间享受生活，所以趁着年轻，他拼命学习，拼命工作，拼命赚钱……却没想到人生一不小心就走到了尽头，那些对未来的美好憧憬突然就变成了海市蜃楼。

苑恒学的胸口发堵，酸涩的液体一次次涌上眼眶，又被他一次次压了回去。他从未像现在这样思念自己的家人，于是，他走进梅主任的办公室，对她说："我要请假。"

梅琳抬起头，疑惑地看着他，却没听他说任何原因。苑恒学在ICU工作了十年，总共请假的次数不超过三次。最后，她什么也没问，只冲他点点头，因为她知道，他一定有充分的理由。

苑恒学到了家，开门的时候，母亲迎了出来，看见他十分惊讶："今天回来这么早呀？"

"请假了。"苑恒学有气无力地回答。

"怎么了，是不是生病了？"老太太走过来，紧张地问道。

望着头发花白的母亲，苑恒学摇了摇头，他实在开不了口，自己得有多心狠，才能让这么可怜的老人面对如此残忍的事情。

"儿子，你最近怎么瘦了？肯定在医院总不好好吃饭。"老太太关切地说，"晚上想吃什么？妈给你做。"

苑恒学哽咽着说不出话来，他赶紧把脸转到一旁，生怕母亲看见自己的眼泪，又快步走到厨房，打开冰箱，用冰箱扇门遮住脸，假装在里面找吃的。

这时，屋里的孩子醒了，大声哭闹起来，老太太赶紧小跑进卧室，哄孩子去了。等情绪逐渐平复下来，苑恒学也跟着进了卧室。他抱起自己的小儿子，摸了摸他的脸蛋，孩子冲他天真地笑了，他却怎么也笑不出来，心痛如刀绞一般。

儿子真可爱，刚学会说几句完整的话，据说还会哼歌了，不过他从来没听见过。每天下班回家，孩子都已经睡了，出门上班的时候，孩子还没有起床，平时他陪伴孩子的时间太少了，所以孩子更喜欢奶奶，跟他不是特别亲。

以前他总想着，自己应该再努力一些，早点评上副主任医师，只有事业有成经济稳定了，才能给家人提供更好的生活条件，人生还长，陪伴他们的时间还长。

"再过两年啊，二宝就上幼儿园了，我也能清闲一些。到时候，你就别吃医院的食堂了，我中午去给你送饭。"老太太心疼地看着儿子说。

"不用，妈，医院食堂的伙食挺好的。"苑恒学低下头道。

"伙食好还把你吃这么瘦，要是不好，你还不得像闹饥荒过来的啊。"老太太说完，捏了捏他的胳膊，啧啧两声，"好像比以前更瘦了。你小时候家里穷，营养没跟上，本来就挺瘦，现在都剩皮包骨头了。"

苑恒学的泪水在眼底打转，赶紧支走了母亲："我饿了，您快去做饭吧。"

〔6〕

第二天，苑恒学照常上班去了，他不想这么快宣布自己得了绝症，晚一天告诉家人，他们就少一天悲痛伤心。尤其是年迈的父母，身体都不太好，怕是禁不住这么大的打击，他还没为二老尽孝，今后应该也没机会了。以前，他常担心子欲养而亲不待，却未曾想过亲还在，子不待。

苑恒学心情沉重地来到医院，还没进ICU大门，就被几个家属拦在外面。仔细一瞧，其中一位是7床患者崔洋的母亲。

"对，就是他！他就是洋洋的主治医生！"崔母激动地喊道。

话音刚落，便有一个黑胖子冲上前，狠狠揪住他的衣服，将他一拳打倒在地。苑恒学的皮肤较白，这记拳头下去，脸颊马上现出青紫色的瘀块，一边脸瞬间肿了起来，嘴角渗着血。

苑恒学还不知道，昨天下午，他请假回家之后，7床患者因抢救无效，已经走了。他从地上费力爬起来，没有恐惧、羞耻和愤怒，反倒觉得几分爽快，如果真能这样被打死，死得痛痛快快一了百了，不用跟家人坦白病情，也不用受癌症的折磨，该是多完美的结局。

他的唇边挂着微笑，闭着眼睛扬起脸，等待另一记重拳砸在自己脸上，黑胖子见他一副视死如归的样子，反倒不敢下手，甚至还怯懦地退后了两步。

闹事的队伍中有人见状破口大骂："庸医，我们在ICU花了那么多钱，你还把人给治死了！你给我们赔钱！"

"对，赔钱！不赔钱让你好受！"

这时，旁边已经围了一群人，ICU的护士叫了保安，但此时正是医院人流的早高峰，保安坐电梯上来也得一阵子。

"医生是人不是神，连我们自己都逃不过生老病死的自然规律。如果到了医院就能把病治好，这个世界上就不会有人死了。"苑恒学语气平淡地说。

"你这叫什么屁话？要是你自己的孩子，你千方百计也得把他救活！"黑胖子抡起拳头，又要动手。

此时，梅主任从刚停到13楼的电梯里冲出来，大声喊道："别打了，别打了！他都得癌了，你们还有没有人性？"

昨天，临近下班的时候，高院长召集医院的中层干部开了个会。会后，梅琳跟叶主任一起从会议室出来，边走边问："老叶，刚才院长在会上提的那个文件，你看了没有？"

"看了，怎么你还没看？"叶主任笑着说，在他心里，像梅琳这样的女强人，应该什么都不落于人后。

"一眼没看，最近科里事情太多，忙得晕头转向。"梅琳答道。

"是啊，你们ICU本来就人力不足，现在你又少了一个得力助手。"

梅琳没听明白，正欲开口询问，只听叶主任又说："胃印戒细胞癌，侵袭转移力强，分化程度低，而且对化疗不敏感。科里前年收过一个，也是晚期，不到一年就走了。"

梅琳诧异地转过头，难以置信地问道："你是说ICU有人得了胃癌？"

"你……还不知道？"叶主任有些吃惊，他并不想泄露病人的隐私，只是没想到，苑恒学竟然隐瞒了病情，还在带病工作。

眼见梅琳和叶主任一起出了医院，分头走向两个不同的方向，谢冬芳从后面追上去，拦住梅琳问道："小琳，婚礼那天，你怎么给我们送扇子？"

谢冬芳并不是来兴师问罪的，他只是抱着一丝幻想，既然她送扇子，想让他和江婵一拍两散，是不是意味着她对自己余情未了，他们之间还有复合的希望？

"那你想让我送什么？破鞋？"梅琳嗤笑一声，"好，我记住了，下次不送扇子，送鞋子。"

说完，梅琳头也不回地走了，谢冬芳呆怔在原地，望着那个熟悉的背影，心底轻轻叹息。

他和梅琳上大学时就恋爱了，因为自己成绩一般，为了能跟梅琳一起留校，他选择了妇科。当时的社会观念还不像现在这么开放，妇科大夫的男女比例严重失衡，谁都知道，妇科主任特别想要一个男大夫，所以谢冬芳犹豫再三，最后为了能顺利留校，选择了妇科。

事后，梅琳还安慰他："都说哪科的大夫愿意得哪科的病，你去妇科也好，至少不能得妇科病。"

梅琳的业务能力一直比他强，又能吃苦肯钻研，在事业上给了他很多帮助。可以说，谢冬芳能当上妇科主任，有梅琳不小的功劳。

再看如今的老婆，回到家不是做面膜就是追韩剧，怪不得一把年纪还是主治医师。不过这方面，谢冬芳倒是想得开，江婵不上进不要紧，女人嘛，不需要有多大的成就，只要把家照料好就行。

谢冬芳进了家门，一眼就看见江婵躺在沙发上，保持着万年不变的挺尸姿势，手里的平板电脑中传来咿咿呀呀的韩语。

"回来啦？"江婵眼睛也不抬地跟他打了声招呼。也难怪，两人在同一科室，每天上班见，下班见，恨不得一天24小时都捆绑在一起，再新鲜的面孔也该看厌了。

谢冬芳无声地点点头，进厨房一看，一切还是昨晚的老样子，锅碗瓢盆干净得像被狗舔过一样。他转身回客厅，压着火气问道："没做晚饭呀？"

江婵听出他语气中的不悦，按下暂停键，抬头道："菜都买了，在冰箱里。"

"你到家这么早，就不能把饭做了？"谢冬芳终于发作了，想着自己上班累了一天，晚上回家却连一口热乎饭都吃不上，心底无比凄凉。

江婵看出了他的心思，从沙发上坐起来，理直气壮地说："笑话，你上班难道我不上班？没错，我工作是没你忙，赚得也没你多，但你娶的是老婆，不是保姆。老婆是用来疼的，不是用来使唤的。况且，以前我在家也不做饭！"

再婚的夫妻就是这样，难免时不时就搬出前任跟现任做对比。

江婵的话让谢冬芳气不打一处来，他不明白自己当初怎么就鬼迷心窍，看上了这样的女人，还被她逼得结了婚。

苑恒学清楚地记得，那年也是胃痛难忍，在楼下的消化内科查出了慢性胃炎。当时他告诫自己，今后一定要保重身体，按时吃饭，注意饮食，可人都是好了伤疤忘了疼，从胃炎到胃癌，只经历了短短几年。

苑恒学被科里强制休假了，癌症彻底改变了他的生活。一夜之间，他人生所有的奋斗目标都被推翻，变成了简单的三个字：活下去。

在ICU看惯了生命无常，苑恒学还以为自己早就对各种病痛有了心理承受力，直到这种痛苦毫无预兆地降临，他才明白，原来身患绝症之人所承受的精神折磨并不亚于身体疼痛，他们焦虑、恐惧，却又无能为力，只能眼睁睁地看着自己活在世上的日子一天比一天少。不到生命的最后一刻，谁都不知道死亡有多么可怕。

全身检查的结果出来了，叶主任的判断没错，癌细胞已经转移到了淋巴，并侵袭了邻近的器官组织。听到这个消息，苑恒学彻底地陷入绝望，一种沉重的窒息感压迫得他喘不过气来，仿佛迷宫被炸开缺口，他的人生一下子从途中跨到了终点。

身为一名ICU医生，他见过太多病人通过各种方式抗拒死亡，却没有一刻，让他对死亡的感受如此清晰和敏锐。

他想起那一年，自己才毕业，刚进科不久，一位慢性阻塞性肺疾病伴肺部感染的老年患者被收入院。因为没钱治病，老人在ICU才住了三天，家属就想给他办出院。

苑恒学耐心地跟他们解释，老人再治疗十天半个月，就可以拔管了，现在出去，只有死路一条，可家属坚持要带他回家。老人的求生欲很强，苑恒学不忍心告诉他，他的家人要放弃治疗。

最后，老人的小儿子走进病房，亲口对他说："爸，为了给您治病，我把咱家的猪都卖了，可这一天几千块的住院费，家里实在拿不出来了，您还想逼我们卖房卖地吗？您得了这个病，是在要我们的命啊！就算不为我，您也要为孙子孙女想想，再这么治下去，咱一家人还怎么活？"

这时，老人已经欠了一笔住院费，苑恒学也没法再劝，只能给他撤掉呼吸机。当他准备拔管的时候，老人死死地攥住他的手，眼泪哗哗地淌下来，他的嘴上套着面罩无法说话，只能拼命摇头。

他知道拔掉管子意味着什么，他不想出院，他想活下去。但是家属铁了心地要把老人抬出医院，尽管他们十分清楚，离开呼吸机，他支撑不了多长时间。

直到今天，苑恒学还记得老人抓着自己的袖子，涌出眼泪的那一幕。

第九章

ZHONG ZHENG JIAN HU SHI

〔1〕

这个世界，有人千方百计想活，有人绞尽脑汁想死。监护病房16床患者谷昕儿，二线女明星，在家中烧炭自杀，幸亏被经纪人及时发现，经过医生们的全力抢救，已经脱离生命危险。

自从谷昕儿住进ICU，总有各种媒体记者蹲守在门口，有时不得不佩服他们的敬业精神，比医务人员来得还早，走得还晚。

为了避免不必要的骚扰，谷昕儿情况好转之后，并没有转到普通病房，继续留在ICU接受治疗。护士贾薇负责照顾她，有一天，贾薇忍不住问她："真不明白，您什么都有了，多少人做梦都想过您那样的生活，还有什么想不开的呢？"

谷昕儿沉默了许久，才开口道："我们这一行，并不像常人所想的那么风光无限，尤其是女明星，时刻都有紧迫感和危机感，娱乐圈竞争激烈，总有比你更年轻、更漂亮的，随时准备取代你的位置。"

"即便如此，您也算非常成功了，我的很多同事都喜欢看您演的影视剧，还是您的粉丝呢。"贾薇说。

"没错，我虽不是家喻户晓的大明星，却也主演过两部不温不火的电视剧，参演过几部重要的电影作品，年轻时候的愿望基本实现了，但欲壑难填，人的欲望永远没有满足的一天，火了，就还想更火，赚了一百万，就想要赚一千万。"

谷昕儿说完，疲惫地闭上了眼睛，一副生无可恋的样子。

贾薇突然想起，以前曾在网上看过谷昕儿去韩国整容的消息，可惜整完的效果还不如从前。整容之后，她的人气下跌，接戏也少了，也许正是这个原因，才让她最终选择了自杀吧。

谷昕儿住在ICU的事情很快就传开了，朱亭亭想让梁筱晞帮她要个签名，却被一口拒绝："自杀又不是什么光彩的事，我这样明目张胆地去要签名，不是给人家心里添堵吗？再说这件事情科里要我们严格保密，那间病房除了管床护士和主治医生，谁也不能随意乱进。"

朱亭亭还不死心："没有不透风的墙，你上网去看看，谷昕儿自杀的消息早就上热搜了。"

"那也不行，别人怎么做我不管，保护病人隐私是医务人员的责任。"梁筱晞仍然坚持道。

"好吧，你不帮我就算了，反正我对谷昕儿早就粉转路人了。"最后，还是朱亭亭妥协了。

"为什么？"

"她整容之后颜值暴跌，远不如前两年清纯靓丽。"

"你是说她过去比现在还漂亮？"梁筱晞诧异地问。

"是啊，说貌若天仙夸张了些，但绝对称得上天生丽质。"

"原来女人欣赏女人，也要看颜值呀！说实话，她没进南津医院之前，我都不认得这个人。"

"她演的都是言情剧，你平时喜欢看科幻悬疑，又不关心娱乐八卦，不认得也正常。"朱亭亭笑道。

"都那么漂亮了，还要去整容，真让人难以理解。"

"人心不足蛇吞象，就拿我来说，以前做梦都想瘦下来。现在瘦了几十斤，也变漂亮了许多，可还是希望自己的鼻子再高一点，眼睛再大一点，皮肤再白一点。"朱亭亭敛起笑容，若有所思地说，"不过最近，我突然明白一个道理，这些年，我这么费劲地折腾自己，说白了，还不是为了取悦男人，想找个合适的人结婚。"

"那也没错啊，女人年纪到了，不就得结婚嘛。"

"两情相悦自然要结婚，可若是为了结婚去跟原本素不相识的人培养感情，那与古代的包办婚姻有什么区别？"

"你是指……相亲？"

"是啊，你也知道，这些年感情给我造成了多少伤害。"朱亭亭无奈地叹了口气，沮丧地说，"你长得难看，人家不拿正眼瞧你，你长得好看，人家又想要你玩玩，说到底，还不是自己犯贱？如果不那么着急结婚，就不会智商下降，被人轻易欺骗。"

"亭亭……"梁筱晞无言以对，这话听起来太过悲凄无奈，可谁知朱亭亭语调一转，换了一副不卑不亢的模样，字句铿锵地说：

"哼，不就是男人嘛，老娘不要了！把时间和精力都浪费在他们身上，太不值得！人生苦短，干吗要委屈自己，以后我想吃就吃，想喝就喝，不用为身材发福担心，也不用为长相难看自责，反正我们医生又不是靠脸吃饭的，凭什么每天花那么多时间打扮自己。我决定不结婚了，从现在起，正式加入不婚主义的队伍！"

没过多久，像是上天故意检验她的决心，一天下班，朱亭亭在产科门口遇见了黄涛。

黄涛走到她身边，笑着说："亭亭，你下班啦。"

"你怎么在这儿？"朱亭亭瞥了他一眼，"是不是把哪个女人的肚子搞大了，陪她过来打胎啊？"

"不是，"黄涛尴尬地否认，"我是来找你的。"

"找我？"朱亭亭停住脚步。

"对，我跟她分手了。"

"你那个温良顺从的女朋友舍得跟你分手？"朱亭亭有点惊讶，"真不容易，她总算明白苦海无边，回头是岸了。"

"不是她跟我分手，是我跟她分手。"黄涛又强调一遍。

"有什么不一样吗？"朱亭亭冷哼一声，讥讽道，"那么一个对你言听计从，又能忍受你三番五次出轨的女友，你这辈子恐怕打着灯笼都难找了，现在又不是古代社会，允许男人有个三妻四妾的。"

"亭亭，咱俩能不能找个地方坐下来聊聊？"黄涛想跟她复合。

"行啊，你请我吃饭？"朱亭亭随口问了一句，她忙了一天，觉得肚子有点饿了。

"好，好。"黄涛连忙答应，"你想吃什么？"

"医院旁边有家饭店的东坡肘子不错，他家还有粉蒸排骨和白切鸡。"朱亭亭咽了下口水，恨不得马上飞奔过去。

"你不减肥了？"黄涛微微一愣。

"减肥干吗？为了让男人赏心悦目？"朱亭亭勾起嘴角，自嘲道，"我觉得以前挺蠢的，为了你这样的渣男委屈自己的胃，爱情的力量真可怕，能硬生生把一个肉食动物逼成吃草的绵羊。"

黄涛的脸上红一阵白一阵，慌忙解释道："脂肪摄入过多对身体不好，我是关心你的健康，没有别的意思。"

"谢谢你的提醒。"朱亭亭漫不经心地说，自从她决定不结婚之后，对所有男人都提不起兴致，更没什么非分之想了。

到了饭店，两人点完菜，朱亭亭问黄涛："你们科主任结婚了，你知道吗？"

"知道。"

"他老婆是谁，你知道吗？"

"ICU的梁大夫。"

"筱晞是我的闺密，你知道吗？"

黄涛露出一副悔恨交加的样子，信誓旦旦地说："亭亭，这次我真的痛改前非了，求你再给我一次机会，我保证以后绝不劈腿！"

朱亭亭却没心思听他表决心，好奇地打听："你到底为什么跟她分手？"

黄涛郁闷地低头下，踌躇着不肯回答。这次他坚决要跟女友分手，是因为她说了一句特伤人的话："黄涛，我觉得你都能去强奸一头驴。"

最终，黄涛犹豫半天，还是把这件事告诉了她。他本想以此博得同情，却没想到朱亭亭听完之后，乐得前仰后合，她认真地看着黄涛，一本正经地说："其实，我跟她的观点一样，你不适合待在医院这种地方，阜江城郊的北海牧场更适合你。"

黄涛的脸色相当难看，提高声调问道："你什么意思啊？"

朱亭亭又一拍大腿，恍然大悟似的喊道："哎呀，我怎么忘给你点猪心了，以形补形，你要是多长点良心，就不能总祸害女人了。"

黄涛气急败坏地站起来，怒视着朱亭亭，说不出一句话来。

"慢走不送！"朱亭亭笑道。

〔2〕

谷昕儿刚出院，16床又住进一名急性肝衰竭患者。收入ICU之后，上了呼吸机，由于患者病情危重，对症用药之外，并给予人工肝治疗。

等患者状况稳定下来，梁筱晞走出了病房，看见吕宁正厉声呵斥16床家属："你都这么大的人了，还这样愚昧无知！这天底下哪有包治百病的灵丹妙药？"

"吕大夫怎么了？对家属的态度这么差？不怕被投诉？"梁筱晞问丁敏。

"你还不知道吧？那是吕大夫的小姑，送进来的那个急性肝衰竭的患者，是她姑父。"丁敏说。

"看样子，她姑父岁数应该不大吧？"

"嗯，才五十多，有Ⅱ型糖尿病。她小姑不知从哪儿弄了一堆保健药，人家告诉她那药能治糖尿病、高血压、脑血栓……肿瘤都能给吃没了，总之，就是包治百病。她小姑花钱买了一堆，拿回家给她姑父吃。吃了一阵子，姑父就觉得浑身无力，食欲不振，还恶心想吐。她小姑劝他继续吃，并且告诉他，人家卖药的说，这些症状都是调理反应，非但没停药到医院看病，还让他加大了药量。"

这时，姜柏洲走过来，听见她俩的对话，有感而发道："唉，你说现在的人都怎么了？有病不爱去医院，竟然敢自己配药吃。我们当医生的，都不敢胡乱吃药，他们真有胆量。"

"无知者无畏。"梁筱晞忧心忡忡地说，"不管中药西药，都要经过肝脏代谢，不遵医嘱过量服用，必然会增加肝脏负担。很多中草药都能引起肝衰竭，像何首乌、柴胡、水田七、雷公藤……"

"是啊，就看我在ICU这些年，遇见多少个自己瞎吃药进来的。"姜柏洲问道，"吕大夫的姑父情况怎么样了？"

"送进来的时候就神志不清了，现在全靠人工肝维持着，他的肝损伤比较严重，需要肝移植。"梁筱晞回答。

"难怪吕大夫情绪那么激动。"丁敏说完，担忧地朝会议室的方向瞅了一眼，"梅主任和崔洋家属在里面谈了那么长时间，不会有什么事吧？"

"我去看看。"梁筱晞说完，朝会议室走去，还没来得及进去，会议室的门开了，崔洋的母亲和舅舅怒气冲冲地从里面出来。

透过敞开的大门，她看见梅琳单手撑着额头坐在那里，脸上疲惫不堪，忙走过去问道："您没事吧，梅主任？"

梅琳闭着眼睛摇摇头，刚才跟家属谈了一个多小时，她已经累到没力气说话了。可是无论她费尽口舌怎样解释，家属都不相信一个还能喘气的活人死在医院，大夫就连一点错处都挑不出来。

昨天晚上，为了看护一名情况危重的患者，梅琳在ICU病房熬了整整一宿。患者十点多钟心脏骤停，抢救过来之后，她便不时地来到患者床旁，查看监护仪上的血压和心率，观察瞳孔。虽有一线二线值班，但这个病人情况特殊，他们经验尚浅，一旦发生紧急情况，她怕他们处理不好。

直到早上，胡裕民过来上班，她才放心从病房离开，回到办公室歇了一会儿。谁也不确定这位患者最后能否脱离危险，如果不能，她的全部努力又要付之一炬。

此时，梅琳的面色憔悴，眼里布满血丝。很多时候，尽管工作已把他们折磨得精疲力竭，却还要硬挤出几分精力去应对家属的反复质疑。从南津医院成立ICU以来，梅琳在这里一干就是近二十年。有时候，实在累了、倦了，她也会有意志不坚定的时候，人生短暂，谁不想过得更轻松一些。

"梅主任，你是不是累了？"梁筱晞问道。

"还好，你呢？"梅琳指了指旁边的椅子，示意她坐下来说话，"中午跟我一起抢救那名肝衰竭的患者，连午饭都没吃吧？"

"我没事，少吃一顿就当减肥了。"梁筱晞笑道。

"再减你就剩骨架子了。"梅琳强打精神说完，又问，"ICU这么累，有没有想过调到其他科室？"

梁筱晞摇摇头，反问道："您有过想放弃的念头吗？"

"年轻的时候，有过很多次，每次我都以为自己肯定撑不下去了，结果一咬牙，还是坚持下来了。"梅琳揉了揉太阳穴，陷入回忆之中，"最难过的那几年，我记得清清楚楚，儿子才两三岁，谢冬芳被派出国学习，我正读着在职博士，还面临职称晋升。工作忙得不可开交，家里孩子嗷嗷待哺，手边还有毫无头绪的毕业论文，我真恨自己分身乏术，没长出三头六臂来。有一次，老主任领着大家查房的时候，我竟然靠在墙上睡着了。"

"您还真敢睡啊？"梁筱晞惊讶地道。

"是啊，老主任给我留着面子，没当众批评我，事后把我叫到办公室教训了几句。"梅琳笑着说，"那几年，我觉得自己就像上了发条的时钟一样，不分昼夜，不知疲倦。走过那段最艰难最阴暗的日子，我才发现人生中没有什么事情做不到，没有什么困境过不去，就看你能为之付出多少。"

梅主任的一番话，让筱晞感慨万千，她想起自己写博士论文的时候，也经常熬到下半夜，瞪着干涩的双眼对着文档，尽管十分困倦，脑子却不敢停止运转。可她吃的这些苦，跟梅主任比起来，实在是小巫见大巫。梁筱晞不禁好奇，是什么力量支撑着她坚持了这么久，走了这么远？

"您当初为什么选择做医生……这个又苦又累又危险的职业？"梁筱晞问。

"当时也没考虑那么多，就是觉得人活一辈子，总得做点有价值有意义的事情。而医生治病救人，正好符合我的理想。后来，当我真正进了临床，准备施展抱负的时候，才发现要做一名好医生，并非想象的那么容易。我们不但要面对疾病和死亡，还要面对患者的怀疑、家属的辱骂、上级的指责……不知什么时候起，在某些人眼中，医生从救死扶伤的白衣天使变成了拿病敛财的吸血鬼。"

"是啊，我也想不明白，为什么现在很多人对医生充满了猜忌、仇视，缺乏最起码的尊重和理解。"

"其实，这不是某个医生的问题，也不是某个患者的问题，更不是某个行业的问题，医院，只是社会的一个缩影。"梅琳直起身子，继续道，"因为医生关系到人的生与死，所以医患矛盾才更容易凸显出来。"

"您说得对，不尊重理解医生的那些人，也不会尊重理解教师和警察，猜忌仇视医生的那些人，也不会信任爱戴法官和农民……如果人们的价值观越来越自私扭曲，这个问题只会越来越严重。"

"我们改变不了整个社会，医生所能做的，只是对得起病人，对得起良心。"

〔3〕

苑恒学病休之后，ICU的人手严重短缺。梁筱晞只能等过几天，姚静休完产假回科里上班后，再跟梅琳请婚假。

"筱晞，听说你和陈主任准备旅行结婚，不办婚礼，想好去哪儿了吗？"吕宁问。

"婚假太短，想去近一点的地方，暂定泰国或者北海道吧。吕姐，这两个地方你都去过，有什么建议吗？"

"这个季节，北海道太冷又没下雪，富良野的花期也过了。我建议你们还是去泰国吧，先在曼谷玩两天，然后坐飞机到清迈，一个小时就到了。"

下班路上，梁筱晞征询陈永的意见："我想结婚旅行去泰国，泰国可以落地签，下周就出发，你觉得怎么样？"

"行啊，我去哪儿都成，"陈永开着车回答，"不过下周三，有一个全国心血管学术会议在南津医院召开，我要在会上发言，回去得准备资料，所以这次结婚旅行，就靠你安排了。"

"那我们报团还是自由行？"梁筱晞又问。

"报团？我可不想跟一群老头老太太举个旗子满大街逛购物店。"陈永摇头道。

"跟团走比较方便，不用自己订机票和酒店，也不用提前做功课、上网查攻略。"

"订机票和酒店有什么难的，下一个软件就解决了。"陈永不以为意地道。

"你说得倒轻松，最后还不是我麻烦？"梁筱晞撇撇嘴。

"等忙完这阵子，我好好补偿你。"陈永哄着她说。

"怎么补偿？给我当包身工？"梁筱晞笑了，"我可没钱给你发工资。"

"不用发，咱俩都结婚了，我的就是你的。"

梁筱晞订了周三晚上七点的航班，陈永的会议下午三点半结束，医院到机场的车程大概一小时，中间有两个半小时办理登机手续，时间绝对来得及。

她五点多就到了湾北机场，等到快六点也不见陈永人影，只好自己先办了值机，继续在候机大厅等他。

六点钟的时候，陈永打来电话，说互动环节提问的人太多，会议延迟了一个小时，他正在去机场的路上，但遇到下班高峰，车还堵在市内，赶不上飞机了。

梁筱晞一听急了，连忙问："那怎么办呀？"

"你先到曼谷等我，我买最早的机票过去跟你会合。"陈永说。

"不，我想跟你一起走。"梁筱晞心里委屈，这可是他们的结婚旅行呀。

"听话，你先到曼谷的酒店住下，在那里等我。"陈永想了想，又嘱咐道，"到了酒店老实待着，千万别一个人到处乱逛。"

"好吧。"梁筱晞悻悻地撂了电话，走向安检口。

当天，航班抵达曼谷的时候已经很晚了，不过酒店有接机服务，无须担心安全问题。第二天，梁筱晞守在房间等了大半天，午饭都是在酒店里的自助餐厅解决的。

傍晚时分，梁筱晞实在憋不住，独自出门了。在BTS车站附近，她发现一条商业街，里面有卖各种泰式小吃，价格特别便宜。梁筱晞买了一份榴梿饭和一杯鲜榨果汁，才花了不到一百铢。

离开商业街，她又到旁边的集市闲逛，早把陈永的叮嘱抛到九霄云外。好不容易出来一趟，她可不想浪费大好时光，一直蹲在酒店里面。

曼谷虽是一座国际化都市，却随处可见在阜江只有城郊或偏僻角落才敢出没的路边摊，甚至很多地方都形成了规模，占据着整整一条街。梁筱晞就在这样挤满各种小摊的街上闲逛，她的身旁，还有欧美人、中东人、印度人和非洲人……

几乎世界各地的人都能在这里找到，再看小摊上的货物，琳琅满目，稀奇古怪，还有一些印着诡异的色情图案。这时，一个手臂上露着文身、脖颈挂着金属项链的男人冲她打口哨，她有点害怕了，不由得加快脚步，匆匆走向酒店。

晚上十点，陈永迈进酒店大门，迎面一个戴着棒球帽、穿着白衬衫牛仔裤，墨镜遮住大半张脸，辨不清男女的人对他微微一笑。陈永突然觉得那个笑容有点熟悉，就在两人擦身而过的瞬间，他迟疑地喊了一声："梁筱晞？"

那人果然停下脚步，转过身道："这样都能被你认出来，太没意思啦！"

"你怎么穿成这样？我开始还以为走过来的是一个小伙子呢！"陈永上下打量着她的装扮，黑着脸问，"大半夜的你去哪儿了？不是让你别一个人乱跑吗？"

"我在酒店等你一整天了，今天本来计划去大皇宫和水上集市的。"梁筱晞不以为然地说，"我也知道女孩子半夜出去危险，所以才女扮男装，这样你都能认出来啊？"

"你化装成要饭花子我都能认出来！"陈永看着她身上的男士衬衫很眼熟，又问，"这套衣服哪儿来的？"

"帽子和墨镜是商场买的，牛仔裤是我自己的，这件衬衫你肯定认得吧？三年前，你过生日的时候，我送给你的礼物。"

"三年前的衣服都让你翻出来了？"陈永想起来了，这衬衫是她送他的唯一一件东西，他一直没舍得穿，压在衣柜的最底层。

"是啊，那天我给你收拾行李的时候，无意中翻到的。瞅着还挺新，你没怎么穿过吧？"梁筱晞拽了拽身上肥大的白衬衫，没心没肺地说，"既然你不喜欢，借我利用一下吧。"

"谁说我不喜欢？"陈永眉头微蹙，解释道，"你就送过我这一样东西……"

梁筱晞恍然明白了："噢，原来你是敝帚自珍啊，一件破衬衫算什么，以后你的衣服都由我来买吧。"

"敝帚自珍？"陈永疑惑，"这不是爱马仕吗？"

"爱马仕？"梁筱晞看了一眼领口的商标，尴尬地笑道，"这串字母Hermès就是爱马仕呀？爱马仕的一件衬衫得几千块吧？这件衣服是我在网上买的，才五百多。"

"美元？"

"人民币。"

陈永无语，闷声道："以后我的衣服，还是我自己买吧。"

"现在高仿做得太逼真了，连你都没看出来吧？"梁筱晞讪笑，扯着他的胳膊说，"走啊，陪我出去玩。"

陈永抬手腕看了眼时间，问她："你就这么想出去玩？"

"好不容易来趟曼谷，当然得体验体验这里的夜生活啊，明天下午我们就飞清迈了。"

"好吧。"陈永无奈地点点头，拉起她的手，走出酒店。

他们在集市附近兜兜转转，无意中绕进了一条街道，路边有一排光线昏暗的酒吧，里面传出嘈杂喧嚣的音乐声。有的酒吧门口还站着穿着暴露的坐台小姐，三三两两地聚在一起冲过路的行人搔首弄姿。

梁筱晞紧紧挽着陈永的胳膊，警惕地打量着穿梭在这条街上的人，感觉好像走到了泰国的红灯区，正犹豫着要不要回去，却被陈永拉进一间吵闹的酒吧。

"Martini（一杯马丁尼）。"陈永给自己点了酒，又问筱晞："你喝什么？"

"有茶水吗？"梁筱晞置身于这样的环境，有点儿不适应。

"这是酒吧，又不是茶馆。"陈永说。

梁筱晞白了他一眼，直接问服务员："Do you have any juice（果汁有吗）?"

服务员抱歉地摇头，回答："No."

陈永无奈地笑了笑，让服务员给她上一杯Irish Coffee，爱尔兰咖啡，乍一听名字好像是咖啡，实际是一款加了热咖啡的鸡尾酒。

服务员走后，陈永毫不掩饰地嗤笑道："到酒吧点茶水和果汁，我真服了你。"

"我怎么知道没有茶水和饮料，人家又没来过酒吧，哪像你啊，对这种灯红酒绿的地方熟门熟路，肯定在国外的时候没少去吧？"梁筱晞脸色难看。

"跟你开个玩笑，你还当真了？"

这时，一个身材火辣、个子高挑的美女向他们走来，她的脸上浓妆艳抹，上身只裹了一件黑色无肩带的胸罩，低得几乎露点，下身是一条刚遮住屁股的蕾丝裙。

美女端着酒，身子靠在陈永旁边的吧台上，举起酒杯用蹩脚的汉语说道："你好。"

"你好。"陈永也冲她举了举酒杯。

"Could you dance with me（能跟我跳支舞吗）？"美女妩媚地撩了一下头发，大胆问道。

陈永看了一眼梁筱晞，她正狠狠地瞪着他，似乎在用眼神告诫他："你敢跳！"可陈永好像并没有领会她的意思，竟然跟那个衣不蔽体的女人说了一句："Of course（当然可以）。"

梁筱晞眼睁睁地看着美女把陈永领走了，酒吧里响起迈克尔·杰克逊的DJ舞曲。舞台中央，陈永和那个美女对跳一支劲舞，说实话，他跳得不错，以前她还不知道他会跳舞，一想到这儿，她的心里更不高兴了。

梁筱晞抬手，向服务员要了一杯威士忌，喝完之后，两人还没跳完。不知是生气还是酒精作用，她的脸颊通红，心情烦躁，正想要离开，陈永突然心有灵犀地看向这边，喊住她："喂，你干什么去？"

"不用你管！"梁筱晞站起身，直奔酒吧大门。

陈永立即对舞伴说声"对不起"，给了一百铢小费，然后朝梁筱晞跑过来，拽住她的胳膊道："怎么了？不是你要出来体验夜生活的吗？"

"对，是我要出来的，不过我看你体验得不错呀？玩得挺开心吧？"梁筱晞反问。

"还行吧……"陈永说着，跟筱晞同时扭头往舞池看去，那个美女一直盯着他，还冲他抛媚眼。

梁筱晞更恼火了，甩开陈永的手，愤愤地说："你继续玩吧，我怕在这儿碍手碍脚，扫了你的兴。"

"什么意思？是你让我陪你出来玩的，你连招呼都不打就想一走了之？"陈永拉下脸道。

"我又没想到这种地方来玩！在你的观念里，体验夜生活就非得去酒吧和夜店？"梁筱晞面红耳赤地说。

"不然去哪儿？电影院？泰语你也听不懂啊。"陈永弯下腰，仔细观察她的表情，"你不是吃醋了吧？"

"对，我吃醋了，并且很生气！"梁筱晞不顾形象地冲他嚷道。

陈永突然明白跳舞之前，她为什么对自己横眉冷对，忍不住笑了："你满脑子都想什么呢？那是个人妖！"

梁筱晞愕然转过头，再看刚才跟陈永跳舞的那位"美女"，个头很高，骨骼粗大，面部线条也不算柔和，确实跟一般女人有点不一样，难以置信地问道："他是……人妖？"

陈永点头："多明显啊，你看不出来？"

"我还以为……"梁筱晞欲言又止，心虚地道，"你怎么不早说他是人妖？"

"我觉得你这点基本的判断力应该还是有的，没想到你这么笨。"

"好吧，这次是我错怪你了，我自罚一杯。"梁筱晞说着，便要招手叫服务员，被陈永拦住："别折磨自己的身体了，我又没生气，你都是我的人了，喝多少赔罪，还不是伤在你胃，痛在我心？"

梁筱晞扑哧一笑，捶着他的肩膀说："你是不是喝多了？说话这么肉麻。"

"还不是叫你逼的，总对我疑神疑鬼。"

梁筱晞难为情地低下头，还在为刚才的无理取闹感到羞愧，她觉得非得把自己灌醉，才能化解此刻的尴尬，于是问道："酒吧度数最高的酒是哪种？"

"好像是伏特加，度数比国产白酒还高，号称女子失身酒。"陈永话音刚落，梁筱晞就冲服务员要了一杯伏特加。

过了一会儿酒来了，陈永来不及阻止，眼看梁筱晞端起酒杯一饮而尽，原以为她只是喝点尝尝，没想到竟然一口干了。

一杯伏特加下去，梁筱晞的胃里一阵滚烫，脑袋也有些发晕，眼前的人影变得模糊起来，她摇摇晃晃地站起来，搂着陈永的脖子问："你说，人妖喜欢男人还是女人？"

"不知道，"陈永摇头，伸手扶住她，"你醉了，咱们回去吧。"

"我怎么觉得……刚才那个人妖，挺喜欢你的。"

"胡说什么！"

〔4〕

第二天，梁筱晞盘腿坐在酒店的床上，拿着红色水笔，捧着地图画圈，嘴里还嘟囔着："大皇宫、玉佛寺、水上集市……唉，这些地方一个都没去成。"

陈永侧躺在她身边，一眼瞥见地图上密密麻麻的红圈，笑着把她拉进自己怀里，亲了亲她的脸颊，内疚道："这次怨我，耽误了一天行程，要不咱别折腾了，在曼谷玩两天就回去吧。"

"机票怎么办？"

"退了，退不掉就算了。"

"那可不行，都到泰国了，怎么能不去清迈，至少得飞过去拍几张照片吧……"

"再发个朋友圈，证明自己到此一游？最不认同你这种旅游方式，不管到什么地方，相机先看，不管吃什么东西，相机先吃，到底是人旅游，还是相机旅游？咱们约法三章好不好？不去游客聚堆的地方，不拍照发朋友圈，"陈永顿了一顿，继续说，"不准动不动就生气。"

"行啊，接下来咱们去哪儿？"

陈永扯过她手中的地图，指着湄南河对岸说："去个游客少点的地方，好好体验一下这里的风土民俗。"

"好，那今天你就给我当导游吧。"梁筱晞说完，又加了一句，"兼保镖。"

两人出了酒店，坐上BTS轻轨，中间换乘出租车，直接到了湄南河边。河上的渡轮发出呜呜的汽笛声，陈永买了两张过河船票，坐在渡口等船的时候，梁筱晞感叹道："你真厉害，这种地方都能找得到。"

陈永牵过她的手，笑而不语，过了一会儿才说："船来了，咱们走吧。"

他扶着筱晞踏上左右摇摆的船身，两分钟不到，轮船就摇摇晃晃地靠岸了。河的对岸，果然是另一番景象，远离城市的喧嚣与繁华，岸边黑色的石阶上长满青苔，古朴陈旧的老巷刻着历史的痕迹。

几百年的大树向河水伸展着光秃的枝丫，树下一群鸽子悠闲地踱着步子，河里的鲶鱼时不时甩着尾巴跃上水面，掀起几朵浪花。梁筱晞站在岸边，听着河水哗哗流淌的声音，仿佛穿越了时空。

她闭上眼睛，感受这陌生宁静的气息，轻声道："好像到了另一个世界，没有现代生活的焦虑与压力，人和动物都那么悠闲自在。你的决定是对的，如果跟一群人摩肩接踵地挤在热门景点，浪费时间不说，最后弄得身心俱疲，也失去了旅游的意义。"

陈永微微一笑，搂着她的肩膀道："去那边走走，也许前面还有更美的风景。"

转过几条街道，他们来到一座僻静清幽的寺庙，庙中坐落着一个白色建筑，形状似钟又似塔，外身墙壁斑驳脱落，砖红色的底座也浸染了泥土的颜色，透着岁月的积淀与沧桑。

一只黑灰相间的狸猫正趴在石凳上晒太阳，看见有人走来，它懒洋洋地起来抻了个懒腰，竖起尾巴慢悠悠地朝他们走来。梁筱晞蹲下来学了两声猫叫，它便兴奋地加快步伐颠颠地跑到她身边，拱起背在她的腿上蹭来蹭去。

"它是身上痒了。"梁筱晞随手捡起一根枯树枝，在猫背上轻轻挠着。

"你怎么知道？"陈永蹲在梁筱晞身边，两人的目光都注视着花猫，像两个干坏事的小孩儿。

"看它舒服的样子，我说得没错吧？"花猫躺在地上，半眯着双眼，鼻腔微微出气，看起来确实很享受。

"你这么了解动物，以前学兽医的吧？"陈永开玩笑道。

"你才学兽医的呢，外婆家以前养过一只，就喜欢我这样给它按摩。"

"行了。"陈永抓住梁筱晞的手，那只猫见状，翻身一溜烟跑了。

"怎么了？"梁筱晞疑惑地看着他。

"省着点力气，回去给我按。"陈永说。

"美得你！"梁筱晞冲他翻白眼。

此时，到了寺庙的诵经时间，穿着黄袍的僧人和零散的信众陆陆续续走进大殿。陈永望着僧人踽踽远去的背影，感慨道："他们应该不会像ICU的病人那样，对死亡怀有深深的恐惧，信仰是一种能让人超脱生死的强大力量。"

梁筱晞的眼神暗淡下来，低声道："苑大夫以前经常说，等科里不那么忙了，想休个年假，带全家人一起出国旅行。可他计划了那么多年，直到等来自己癌症晚期的消息，才彻底闲下来。"

陈永站在她身旁，语气沉重："世人都希望能像乌龟一样长寿，可就算活到两百岁，也没有一棵树的寿命长。早点接受人终究要死这个事实，也可以早点计划这短暂的一生该怎样度过，就像一位作家所说，谁知道明天和意外，哪一个先来？"

"是啊，我们的周围，每个人都匆匆忙忙，不知在追赶什么？没有人愿意驻足看一看这个世界。只有在临死前，他们才会流着泪说，这个世界太美好了，我不想死。"

"没错，这个世界的确很美好，可是很多人被内心的欲望蒙蔽了双眼，看不到世界的美好，只顾盯着眼前的目标，为赚钱拼命，为升职拼命，为成功拼命，等到失去健康的那天才明白，命是最不该拿来拼的，因为人在离开世界的那一刻，什么也带不走。"陈永说着，跟筱晞走出寺庙，"其实人生就像一场旅行，不要总盯着所谓的目的地，沿途还有很多风景值得我们停下来慢慢欣赏。"

梁筱晞点头："嗯，所以这次没去清迈，我也不觉得有多可惜，至少我看到了不一样的风景。"

"跟我在一起，走到哪儿都是风景。"陈永厚着脸皮说。

"因为你太好看了，美成了一道风景？"梁筱晞笑问。

"你要这么理解，也可以。"陈永说完，伸手在她的头上拍了一下。

"你干吗打人呀？"

"有蜜蜂。"

"蜜蜂？"

"对！拇指那么粗，落在你头顶上。"

泰国的气候湿热，植被茂盛，昆虫的体积都比国内的大了一倍还不止，而且咬人特别厉害。听了陈永的话，梁筱晞的身体瞬间石化，她脸色煞白脖颈僵直地立在原地，只有眼睛不安地转向上方，瘪嘴问道："飞走了吗？"

"让我看看。"陈永上前两步，凑到筱晞身前，她头发上淡淡的香气飘进他的鼻子。

梁筱晞比陈永矮一截，此时，她平视着他的衬衫领口，一动也不敢动："不是像拇指那么粗吗？还用这么仔细……"

没等她说完，陈永伸手将她搂进怀中，仿佛用尽了全身的力气拥抱她，那份压迫让她感到窒息，却让他觉得温暖踏实，他更紧地收了手臂，在她耳边低语道："谢谢你，在我的生命中出现。"

梁筱晞攥着他的衣服，几乎是从胸腔中发出了一个微弱的声音："你想谋杀呀？我快喘不过气了！"

〔5〕

从泰国回来，梁筱晞去肿瘤科探望了在那里接受化疗的苑大夫。站在病房门口，她看见苑恒学靠在床头紧闭着双眼，眼窝深陷，形容枯槁，像一盏摇摇欲坠的油灯。

梁筱晞走进去，坐在他的床旁，轻声问道："你还好吧？"

苑恒学缓缓睁开眼，勉强扯出一个笑容："化疗似乎不起作用，过几天我就要出院了。"

梁筱晞的心一沉，却也在意料之中，她环顾这间空荡荡的病房，不知说什么才好："嫂子没来？"

"傍晚的时候回去了，家里老人不知道我病了，患癌的事情，我只告诉了她一个人。"苑恒学答道。

"那你在这儿住院……"

"我跟他们说，要出去学习一阵子。"

"可他们早晚都会知道的呀。"

"真不知怎么开口，但愿他们能够想得开。"

"……"梁筱晞无言以对。晚年丧子，这一定是风烛残年的老人最可悲的事情，让他们如何想得开。

"小时候，我们村里有个老头，大家管他叫刘二爷。他的妻子走得早，儿女都住在村外，他和他的狗相依为命，那狗虽不是什么名贵品种，但特别聪明，会作揖，会捡球，还会算术，刘二爷对它的感情极深，跟它一起吃，一起睡，一起出去逛。有一阵子，村里发现偷狗贼，他就寸步不离地看着它，生怕有人把它偷了去。那条狗十二岁的时候，得心脏病死了。大家本以为刘二爷会很难过，每当有人问他，你的狗哪儿去了？他都平静地说，死了。人家便问，你不伤心吗？他说，不伤心，死了好，死了就不用再记挂着它了。"说到这儿，苑恒学苦笑了一下，"这么看来，死，并不是一点好处也没有啊。"

梁筱晞哽咽着说不出话来，过了半晌，她才拼命忍住眼泪，底气不足地劝道："别那么悲观，也许会有奇迹呢。"

"呵呵，奇迹？"苑恒学笑了，"不用安慰我，别忘了，我也是一个医生，非常清楚印戒细胞癌的预后，与其抱着不切实际的幻想，不如早点为自己的身后事做准备。"

"你害怕吗？"梁筱晞问。

"白天还好，还能想得开，一到夜深人静，就会绝望、恐惧，舍不得离开家人，舍不得离开这个世界。以前总觉得自己还年轻，可以无限度透支体力，等病理结果的那几天，我还抱着侥幸心理，不相信自己的运气会那么差。"苑恒学从未想过这一天来临该怎么办，他总认为死亡离自己太遥远，刚被确诊为胃癌的时候，他甚至难以接受，"我在网上看过一个漫画，说人生有四张床，婴儿床、单人床、双人床和病床，现在，这四张床我都睡过了，我的一生也快要结束了。"

梁筱晞偷偷抹了一下眼睛，低声道："人人都会死，只是或早或晚的问题。每个癌症患者的生存期都不一样，没准你还能活个五六年呢。"

"是啊，谁也不确定我还能活多久，也许三个月，也许五个月，乐观点估计，能活到一年也说不定。"苑恒学捂着上腹，有气无力地说，"比起那些没有任何准备就意外离世的人，我还算是幸运的，我还有时间回顾一生，还有时间陪伴家人，还有时间安排后事。最近，我一直在问自己，'如果上天再给你一次机会，你想怎样度过这短暂的一生？你还会选择医生这个职业吗？'"

"那你想好答案了吗？"

"嗯，我还想当一名医生，因为它能帮我实现人生的价值。离开ICU的那天，我一个人开车去了山顶，在那里俯瞰整个阜江市，让自己的大脑放空，什么也不想，就像一株植物那样简单地活着，呼吸着山顶的空气，望着头顶的蓝天白云，看着脚下的重山群楼。活了这么久，我第一次感受到生命是如此真实，也意识到人类对这个世界最原始的渴望，不是名色财食，而是——呼吸。那一刻，我无比强烈地感受到我们这个职业的崇高和伟大，因为医生挽救了那么多生命，让他们能够继续呼吸，继续活着。"苑恒学停顿了一会儿，继续说，"如果让我再活一次，我不会把所有的时间都花在事业上，尤其不能像以前那样，为了评职称，去炮制一些没有价值的学术垃圾，我要用这些时间来陪伴家人，带他们一起去旅行，陪他们好好看世界。"

"是啊，很多时候，我们都把时间和生命浪费在了毫无意义的事情上。"

"可有一天，我突然醒悟了，为什么要假设自己的人生再重来一次？不管我剩下三个月还是六个月，人生不是还没走到终点吗？感谢上苍，没让我身患暴疾一命呜呼，没让我遭遇车祸当场死亡，我还有一点时间来弥补此生的遗憾。我不能自怨自艾，在焦虑和恐惧中度过余下的日子，我要趁着自己还没病到浑身无力，连呼吸都感到疼痛的时候，好好享受生命最后的时光。"

梁筱晞赞同地点点头，进ICU这几年，她一直在思考，很多患者的病情无法逆转，生命即将走向终点，医生能为这样的患者做什么呢？现在她总算明白了，医生的职责，并不是一味地延续病人的生命长度，而是要让他们活得有质量，死得有尊严。

"你说得对，很多人只想着要多活一天，多活一天……却不清楚自己为什么而活着，这多活的一天又与之前的每一天有什么区别？如果我们的脑子里塞满了各种各样的欲念，没有真正想明白活着的意义，那又跟屠宰场的猪有什么区别？"

"这个世界上，每一个人都在奔向死亡，分秒必争地朝生命的终点迈进，却不愿意体验过程，只顾盯着最终的结局。患癌之前，我人生全部的奋斗目标是在四十岁之前评上副高，查出胃癌的那一刻，这个目标一下子变得那么微不足道，甚至让我觉得荒诞。但这一年来，我为了实现它，熬了多少个通宵，写了多少篇论文，花费了多少心血，而熬夜、压力、焦虑，都是助长我体内癌细胞疯狂扩散的因素。往往有时，杀死人的不是疾病，而是欲望……"

梁筱晞踏着夜色从住院楼走出来，一轮皎洁的新月挂在天空，象征着一个新的开始，她不禁想起苑恒学的那句话："如果上天再给你一次机会，你想怎样度过这短暂的一生？"

【End】

图书在版编目（ＣＩＰ）数据

重症监护室. 2 / 荀午著. -- 南京 ：江苏凤凰文艺
出版社，2019.4
ISBN 978-7-5594-3358-9

Ⅰ. ①重… Ⅱ. ①荀… Ⅲ. ①长篇小说－中国－当代
Ⅳ. ①I247.5

中国版本图书馆CIP数据核字(2019)第031387号

书　　　名	重症监护室. 2	
作　　　者	荀　午	
选 题 策 划	北京记忆坊文化	
责 任 编 辑	白　涵　刘洲原	
特 约 策 划	虾　球	
特 约 编 辑	虾　球	
营 销 编 辑	杨　迎	
封 面 绘 图	三　乖	
封 面 设 计	80零·小贾	
版 式 设 计	段文婷	
出 版 发 行	江苏凤凰文艺出版社	
出版社地址	南京市中央路165号，邮编：210009	
出版社网址	http://www.jswenyi.com	
印　　　刷	环球东方(北京)印务有限公司	
开　　　本	880毫米×1230毫米　1/32	
字　　　数	214千字	
印　　　张	8	
版　　　次	2019年4月第1版，2019年4月第1次印刷	
标 准 书 号	ISBN 978-7-5594-3358-9	
定　　　价	36.00元	

江苏凤凰文艺版图书凡印刷、装订错误可随时向承印厂调换

MEMORY
HOUSE